SEGUNDOS

29
SEGUNDOS

T.M. LOGAN

Editado por HarperCollins Ibérica, S.A.
Núñez de Balboa, 56
28001 Madrid

29 segundos
Título original: 29 Seconds
© 2018, T.M. Logan
© 2019, para esta edición HarperCollins Ibérica, S.A.
© Traducción del inglés, Victoria Horrillo Ledesma

Diseño de cubierta: Mario Arturo
Imágenes de cubierta: Shutterstock

ISBN: 978-84-9139-420-4
Depósito legal: M-29454-2019

Para mis padres

Quien diga que no ha pecado se engaña a sí mismo.

Christopher Marlowe, *Doctor Fausto*

Había tres condiciones.

Tenía setenta y dos horas para dar un nombre.

Si ella decía que no, él retiraría la oferta. Definitivamente.

Y si decía que sí, no habría marcha atrás. No podría cambiar de idea.

Miró fijamente al desconocido, a ese hombre al que no había visto nunca antes y al que no volvería a ver después de aquella noche. Un personaje importante y peligroso que se hallaba en deuda con ella.

Era una oferta única, una posibilidad de las que solo se presentan una vez en la vida. Un trato que podía dar un vuelco a su existencia. Y que, casi con toda seguridad, cambiaría la vida de otra persona.

Un pacto con el Diablo.

PRIMERA PARTE

DOS SEMANAS ANTES

1

Las reglas eran bastante sencillas. No quedarte a solas con él si podías evitarlo. No hacer ni decir nada que él pudiera interpretar como una invitación. No subir a un taxi ni a un ascensor con él. Tener especial cuidado cuando estuvierais juntos fuera de la oficina; sobre todo, en hoteles y congresos. Y, por encima de todo, la regla número uno, la que jamás había que quebrantar: no hacer nada de lo anterior si él había bebido. Cuando estaba sobrio, era malo. Pero cuando estaba borracho era peor. Mucho peor.

Esa noche estaba borracho, y Sarah comprendió demasiado tarde que estaba a punto de incumplir todas las reglas a la vez.

Estaban los seis en la acera frente al restaurante, exhalando nubecillas de vapor al aire frío de la noche, con las manos metidas en los bolsillos para protegerlas de la helada de noviembre. Se disponían a volver al hotel tras una buena cena y una conversación animada: seis compañeros de trabajo relajándose después de un largo día lejos de casa. De pronto, él salió a la calzada para parar un taxi, la agarró con firmeza del brazo, la hizo subir al asiento de atrás y se montó tras ella. Su aliento, una vaharada caliente, apestaba a vino tinto, coñac y entrecot a la pimienta.

Sucedió tan deprisa que Sarah no tuvo tiempo de reaccionar: dio por sentado que los demás irían detrás. Solo al cerrarse la puerta del coche comprendió que la había separado del resto del grupo tan eficaz y deliberadamente como un depredador a su presa.

—Al hotel Regal, por favor —le dijo al taxista con su voz profunda y grave.

El taxi arrancó y Sarah permaneció paralizada un instante en el asiento, aturdida todavía por aquel brusco giro de los acontecimientos. Se volvió y vio a los demás por la luna trasera; seguían allí plantados, de pie en la acera, cada vez más lejos a medida que el taxi ganaba velocidad. Marie, su amiga y colega, tenía una expresión de sorpresa y la boca entreabierta como si estuviera diciendo algo.

«Permanecer siempre juntas». Era otra de las reglas. Ahora, sin embargo, estaban solo ellos dos.

El interior del taxi era oscuro y olía a cuero viejo y tabaco. Sarah miró hacia delante y se abrochó apresuradamente el cinturón de seguridad, desplazándose todo lo que pudo a la derecha. El dulce y cálido aturdimiento del par de copas de vino que había bebido se había desvanecido y de pronto se sintió completamente sobria.

«Si hago bien las cosas, no pasará nada. Tú no le mires a los ojos. No sonrías. No le animes».

Él no se puso el cinturón, sino que se recostó en su lado del asiento, con las piernas abiertas, de frente a ella. Extendió el brazo derecho y lo pasó por encima de los asientos, apoyándolo sobre el respaldo y, como quien no quiere la cosa, dejó colgar la mano detrás de la cabeza de Sarah. La izquierda la apoyó sobre el muslo, a escasos centímetros de la braqueta.

—Sarah, Sarah —murmuró con la voz empapada en alcohol—. Qué lista es mi niña. Tu presentación de esta tarde me ha parecido fantástica. Tendrías que estar muy satisfecha. ¿Lo estás?

—Sí —contestó ella aferrando el bolso con fuerza sobre su regazo con la vista fija mirando al frente—. Gracias.

—Tienes mucho talento. Me di cuenta desde el principio, siempre he sabido que tenías madera para esto.

El taxi torció bruscamente a la izquierda y él se le acercó un par de centímetros más, hasta que sus rodillas se tocaron. Sarah tuvo que refrenarse para no dar un respingo. Él no apartó la rodilla. La dejó allí.

—Gracias —repitió Sarah pensando en el instante en que al fin podría interponer una puerta cerrada entre ellos dos. «Por favor, que solo falten unos minutos».

—No sé si te lo he comentado, pero ¿sabías que la BBC2 ha encargado otra temporada de *Historia desconocida*? Y la productora está sopesando la posibilidad de que haya un copresentador, a mi lado, la próxima temporada.

—Es buena idea.

—Una copresentadora —insistió él con énfasis—. Y, ¿sabes?, hoy, cuando he visto tu presentación, he pensado que quizá tengas potencial para la televisión, en serio. ¿Qué opinas?

—¿Yo? No. La verdad es que no me apetece nada tener cámaras apuntándome.

—Yo creo que tienes talento para ello. —Aproximó más la mano derecha a su cabeza. Sarah notó que le tocaba el cabello—. Además de físico.

Él no había estado mal del todo tiempo atrás, imaginaba Sarah. Quizá hubiera sido medianamente guapo de joven, pero cuarenta años de alcohol, comilonas y excesos dejaban huella y ahora parecía, como mucho, un galán venido a menos. Cargaba demasiado peso sobre su alta osamenta, la barriga le rebosaba por encima de la cinturilla de los vaqueros, lucía una papada carnosa y su afición a la bebida le había dejado la nariz y los carrillos salpicados de manchas rojas. Su coleta canosa raleaba y unos pocos mechones de pelo se juntaban sobre su coronilla cada vez más calva. Las bolsas que tenía bajo los ojos eran gruesas y oscuras.

«Y aun así», se dijo Sarah con un ápice de asombro, «sigue comportándose como si fuera el puñetero George Clooney».

Intentó apartarse un poco, pero ya estaba pegada a la puerta: el tirador se le clavaba en el muslo. El interior del taxi la asfixiaba, era una prisión pasajera de la que no podía escapar.

Sintió un arrebato de alivio cuando le sonó el móvil en el bolso.

—¿Sarah? ¿Estás bien?

Era Marie, su mejor amiga del trabajo, otra que había sufrido de primera mano la conducta de Lovelock. Fue ella, de hecho, quien el año anterior propuso las reglas para tratar con él.

—Sí, bien —contestó Sarah en voz baja, con la cara vuelta hacia la ventana.

—Perdona —dijo Marie—. No le he visto parar el taxi. Helen me estaba dando fuego y, cuando me he girado, he visto que te estaba metiendo en el coche casi a empujones.

—No pasa nada. De verdad. —Vio en el reflejo de la ventanilla que él la miraba fijamente—. ¿Ya habéis encontrado taxi?

—No, todavía estamos esperando.

«Todavía», pensó Sarah. «Estoy sola de verdad».

—Vale, no importa.

—Mándame un mensaje cuando llegues a tu habitación, ¿vale?

—Sí.

—Y no le pases ni una —añadió Marie en voz más baja.

—Sí. Nos vemos dentro de un rato.

Sarah colgó y volvió a guardar el teléfono en el bolso.

Él se arrimó un poco más.

—¿Quería ver cómo estabas? —preguntó—. Sois uña y carne, la pequeña Marie y tú.

—Ya vienen. En un taxi, justo detrás.

—Pero nosotros llegaremos primero. Solos los dos. Y tengo una sorpresa para ti. —Le tocó la pierna justo por encima de la rodilla y dejó la mano allí posada. Sarah sintió el peso de sus dedos en el muslo—. Me gustan mucho estas medias. Deberías llevar falda más a menudo. Tienes unas piernas fabulosas.

—No hagas eso, por favor —dijo ella con un hilo de voz mientras le daba vueltas a su anillo de casada en el dedo.

—¿Que no haga qué?

—Tocarme la pierna.

—Ah. Creía que te gustaba.

—No. Preferiría que no lo hicieras.

—Me encanta que te hagas la dura. Qué pillina eres, Sarah.

Volvió a arrimarse. Ella notó el intenso olor acre de su sudor y el del coñac de después del postre, al que había dado vueltas en el vaso mientras clavaba los ojos en ella desde el otro lado de la mesa del restaurante. Deslizó los dedos unos cuantos centímetros hacia arriba, acariciándole el muslo.

Sarah tomó su mano con cuidado pero enérgicamente y la apartó, consciente de que el corazón le latía con violencia en el pecho.

Él comenzó entonces a acariciarle la parte de atrás de la cabeza, a manosearle el cabello largo y oscuro. Sarah se apartó con un respingo, se echó hacia delante tensando el cinturón de seguridad y le lanzó una mirada. Lovelock ni se inmutó, se llevó la mano derecha a la nariz y cerró los ojos un segundo.

—Me encanta cómo hueles, Sarah. Eres embriagadora. ¿Llevas ese perfume solo para mí?

Con un escalofrío, Sarah pensó frenéticamente en un modo de poner fin a aquello.

Opción uno: podía simplemente bajarse del coche. Tocar en la mampara de cristal y decirle al conductor que parase, y luego buscar otro taxi para volver al hotel, o regresar a pie. Pero quizá no fuera buena idea caminar sola por una ciudad que no conocía y, además, él la seguiría casi con toda probabilidad. Opción dos: podía volver a pedirle educadamente que no invadiera su espacio personal y que la respetase como compañera de trabajo, pero muchas otras mujeres lo habían hecho antes que ella, sin resultado. Opción tres: podía no hacer nada, quedarse quietecita, tomar nota de todo lo que dijera él y presentar una queja en Recursos Humanos en cuanto volviera a la oficina el lunes, lo que seguramente sería tan eficaz como…, en fin, como la opción número dos.

Había, claro está, una cuarta alternativa, la que habría escogido ella con dieciséis años: decirle que le quitara las manos de encima y que se fuera a la mierda, lo más lejos posible de ella. Tenía las palabras en la punta de la lengua, se imaginaba la cara que pondría él, pero naturalmente no podía tirarlo todo por la borda diciéndolas en voz alta. Ya no tenía dieciséis años, ahora se jugaba demasiadas cosas, había mucha gente que dependía de ella. En los quince años transcurridos desde entonces, había aprendido que no era así como funcionaban las cosas. Que así no se llegaba a nada en la vida.

Y lo peor era que él también lo sabía.

2

Sarah respiró hondo. Debía tener más mano izquierda. Tomarse un minuto, conservar la calma y moverse entre la ira y la complacencia como una equilibrista por la cuerda floja.

O sea, que tendría que escoger la opción cinco: intentar distraerle y que pensara en otra cosa.

—¿Sabes, Alan?, he estado dándole vueltas a lo de esa beca de investigación que nos concedió el Grupo Bennett hace poco —dijo con una firmeza que distaba mucho de sentir—. Me he informado sobre otras fuentes de financiación y creo que he tenido suerte: hay una tal Fundación Atholl Sanders que ha cofinanciado los premios Bennett en otras ocasiones y creo que estarían dispuestos a cofinanciarnos también a nosotros.

—¿La fundación qué? No me suena de nada.

—Atholl Sanders. La sede está en Boston, en Estados Unidos. Es una institución muy hermética, su capital procede del sector inmobiliario, las farmacéuticas, ese tipo de cosas. Normalmente mantienen una actitud discreta, pero creo que podría interesarles financiar algunos de nuestros estudios. Al presidente le interesa especialmente Marlowe.

Él dio una palmada y juntó las manos sobre su regazo.

—Estupendo —dijo con una sonrisa—, continúa.

Sarah le sonrió involuntariamente. Mirando por encima del hombro de Lovelock, trató de orientarse. Allí estaba la estación de tren, y el puente, y los juzgados que reconocía de antes: ya estaban cerca del hotel. Lo único que tenía que hacer era conseguir que siguiera hablando.

—Me he puesto en contacto con el presidente del patronato —añadió— y están dispuestos a escucharnos.

—Ahí lo tienes, Sarah: qué lista eres. Creo que deberías presentar tu propuesta en la reunión de departamento del martes. El decano estará presente. Puedes anotarte muchos puntos.

—Claro. Me parece bien.

—¿Verdad que me porto bien contigo?

Ella no contestó.

—Lo que me recuerda —prosiguió él al tiempo que se sacaba un sobre del bolsillo de la chaqueta— que tenía que darte esto. Espero de veras que puedas asistir.

Le dio el sobre y, al hacerlo, volvió a rozarle la pierna. Era un sobre color crema de papel grueso y de buena calidad, con su nombre escrito en la parte delantera con letra intrincada. Sarah se lo guardó en el bolso.

—Gracias —dijo.

—¿No vas a abrirlo?

—Sí. Cuando estemos en el hotel.

—Me porto bien contigo, ¿verdad que sí? —repitió él—. Tú también podrías portarte bien conmigo, ¿sabes? De vez en cuando, al menos. ¿Por qué no lo intentas?

—Solo quiero hacer mi trabajo, Alan.

El taxi se detuvo con un chirrido frente a la fachada de piedra blanca del hotel Regal.

—Ya estamos aquí. Ahora, voy a invitarte a una copita muy especial antes de irnos a la cama. No te atrevas a ir a ninguna parte —dijo Lovelock, y se inclinó con un billete de veinte libras en la mano cuando el taxista encendió la luz.

—Lo siento, estoy agotada —se apresuró a responder Sarah—. Me voy a dormir.

Se desabrochó el cinturón de seguridad precipitadamente, accionó el tirador de la puerta, salió y rodeó el morro del taxi. Cruzó la puerta giratoria —«Vamos, vamos, date prisa»— y entró en la zona de recepción acompañada por el repiqueteo de sus tacones en el reluciente suelo de baldosas.

«Por favor, que haya un ascensor. Por favor. Que pueda llegar a mi habitación y cerrar la puerta con llave».

Había cuatro ascensores. Mientras pasaba a toda prisa frente al mostrador del conserje, el de la derecha se abrió y una mujer entró en él. Las puertas comenzaron a cerrarse.

—¡Espere! —dijo Sarah casi gritando, y echó a correr.

Al verla, la mujer pulsó el botón y las puertas volvieron a abrirse.

—Gracias —dijo Sarah al entrar y pegarse a la pared.

La mujer era una estadounidense a la que reconoció de uno de los seminarios de ese día. La chapa identificativa que llevaba en la solapa decía *Dra. Christine Chen, Universidad de Princeton.* Tenía el pelo liso y moreno y la mirada amable.

—¿A qué piso va? —preguntó.

—Al quinto, por favor.

La doctora Chen pulsó el botón que cerraba las puertas del ascensor en el instante en que Lovelock cruzaba la puerta giratoria al otro lado del vestíbulo.

—¡Ah, estás ahí! —gritó, y echó a andar hacia ella con decisión.

Sarah fingió no oírle y pulsó el botón de cierre. No pasó nada.

—¡Sarah! —gritó Lovelock—. ¡Espera!

Las puertas del ascensor comenzaron a cerrarse con penosa lentitud.

—¡Sarah! ¡Sujeta la…! —ordenó él con voz áspera, pero las puertas se cerraron por fin.

3

—¿Cómo soportas a ese capullo? Es asqueroso —preguntó Laura mientras cortaba pimientos en la encimera de su cocina.

—Ya sabes por qué —contestó Sarah.

—Eso no le da derecho a manosearte y acosarte. Si fuera mi jefe, me quejaría a Recursos Humanos inmediatamente. No le daría tiempo ni a pestañear, al muy cabrón.

—Sí, ya, pero en la universidad las cosas no siempre funcionan así.

Laura dejó su tarea un segundo y la señaló con el largo cuchillo de mango negro, cuya hoja acababa en una punta extremadamente afilada.

—Pues debería funcionar así, joder —replicó—. Ni que estuviéramos en los años cincuenta.

Sarah sonrió. Su amiga bebía y soltaba más tacos que nadie que ella conociera, y tenía esa acendrada costumbre, tan propia de los nativos de Yorkshire, de decir lo que pensaba sin reparar en las consecuencias. A Sarah le encantaba eso de ella. Laura no se dejaba avasallar absolutamente por nadie.

Se habían conocido en las clases de preparación al parto cuando Sarah estaba embarazada de Grace y Laura de sus gemelos, Jack y Holly. Al principio, la franqueza de Laura la había echado un poco para atrás. Eso, y el hecho de que dijera que quería que la drogaran en el parto con todos los fármacos disponibles y, a ser posible, una semana

24

antes de que empezaran los dolores. Después, resultó que tenían muchas cosas en común. Las dos habían estudiado Filología Inglesa en Durham, vivían en el mismo barrio del norte de Londres y aspiraban a triunfar en sus respectivas carreras. Laura era jefa de contenidos digitales en una gran cadena de tiendas de ropa.

Una vez al mes, siempre en viernes, quedaban para dormir en casa de una u otra con sus hijos. Los cuatro niños se entendían bien y no se cansaban de disfrazarse y jugar, aunque a Harry, el más pequeño, siempre le correspondían papeles secundarios, como sirviente, esbirro o animal de granja. A él no parecía importarle demasiado, con tal de que le incluyeran en el juego.

Los niños ya estaban en la cama. Chris, el marido de Laura, se había ido al *pub* con sus compañeros del equipo de fútbol sala. Sarah estaba sentada a la ancha mesa de la cocina mientras su amiga preparaba un salteado para las dos. El aire estaba impregnado del olor delicioso de los brotes de soja, los anacardos y el pollo que ya chisporroteaban en el *wok*.

—Sé que las cosas no deberían ser así, Loz, pero lo son. Todo depende, sencillamente, de quién sea el acusado. Además, ya han probado a hacerlo otras.

—¿Y? —Laura dio un sorbo a su copa de vino tinto.

—Y nada. Ahí sigue. Por eso le llaman «el profesor blindado». Y por eso tengo que andarme con pies de plomo hasta que tenga un contrato fijo.

—«El profesor blindado» —repitió Laura—. ¿A qué lumbrera se le ocurrió ese mote? Hace que parezca un superhéroe, joder.

—Le llaman así desde hace años, desde antes de que llegara yo. Extraoficialmente, claro.

—Pero ¿ya le han denunciado otras veces?

—No son más que rumores de pasillo. Nadie habla abiertamente de lo que pasa. Solo son cuchicheos.

—¿Has hablado con alguna de esas mujeres? ¿Con alguien que le haya denunciado a Recursos Humanos?

Sarah negó con la cabeza y bebió un sorbo de vino.

—No, por Dios. Ya no están. Se marcharon hace tiempo.

—Joder, ¿en serio? ¿Porque las despidieron, las invitaron a irse, o porque se fueron voluntariamente?

Sarah se encogió de hombros.

—Fue antes de que llegara yo, pero imagino que la mayoría ya no se dedica a la docencia. También ha habido unas cuantas estudiantes, a lo largo de los años.

—La gente lo sabe, entonces.

—El caso, Loz, es que Alan Lovelock tiene dos caras. Está, por un lado, la del famoso profesor de Cambridge y erudito televisivo, simpático, carismático y listo a más no poder, al que siempre están a punto de concederle el título de caballero. Esa es su faceta pública, la que suele mostrar. Solo cuando tienes la mala pata de ser mujer y quedarte a solas con él descubres su cara oculta.

—Y, entre estudiantes y profesoras, ¿cuántas muescas tiene en el cabecero de la cama?

—Espero no ver nunca el cabecero de su cama.

Laura resopló y volvió a servirse vino de la botella casi vacía. Ya le llevaba una copa de ventaja a Sarah.

—Pero no lo entiendo —dijo—. ¿Cómo es que los de Recursos Humanos no van a por él a saco? Seguro que le tienen enfilado.

—Mmm. Voy a intentar explicártelo. Piensa en algo que funcione de pena, lo peor que se te ocurra.

Laura se apoyó en la encimera, mirando a su amiga.

—Vale. Estoy pensando… ¿El servicio de trenes de la zona sur?

—Ahora, multiplícalo por diez y ahí lo tienes: así de eficaz es nuestro departamento de Recursos Humanos. En el mejor de los casos, le darán un cachete y le obligarán a asistir a un curso para que aprenda a comportarse como es debido. Y en el peor, dirán que es su palabra contra la mía y no pasará nada, salvo que cuando llegue el momento de hacerme fija, o sea, dentro de tres días, me dirán: «Uy, sintiéndolo mucho vamos a tener que prescindir de ti». Y adiós contrato. Adiós trabajo. Y en cualquiera de los dos casos mi carrera, en mi campo de estudio, se irá al carajo.

—Me cuesta creer que sigan permitiéndole trabajar allí. Deberían haberle despedido hace años.

—Es muy listo. Sacaba matrículas de honor en Cambridge. Nunca lo hace cuando hay testigos, así que siempre es tu palabra contra la suya. Y como nunca hay pruebas materiales, la plana mayor de la universidad acaba concediéndole el beneficio de la duda.

—Alguien debería grabarle. Pillarle con las manos en la masa.

—Pero, si te pilla él, ya puedes despedirte de tu contrato fijo.

—Si le grabaras, al menos tendrías una oportunidad de defenderte.

Sarah señaló la televisión colgada de la pared. Tenía el volumen apagado y estaban dando un boletín de noticias en el que aparecía Donald Trump rodeado de su cohorte sobre el césped del jardín delantero de la Casa Blanca.

—Ya, claro, porque, como puede verse, que te graben jactándote de acosar a mujeres puede hundir tus ambiciones, ¿es eso?

Laura hizo una mueca.

—Puaj. Ni me nombres a ese, no me hagas hablar.

Cogió el mando a distancia y cambió a la BBC2. El profesor Alan Lovelock apareció en pantalla, de pie en medio de unas ruinas medievales, gesticulando a cámara.

—Dios —masculló Laura, cambiando a un canal de cine—, no hay manera de librarse de ese capullo.

Sarah suspiró y bebió un trago de vino.

—De todos modos, la universidad tiene muchos motivos para querer que siga allí. Nueve coma seis millones de motivos, para ser exactos.

—Entonces, ¿puede hacer lo que le dé la gana? —preguntó Laura—. ¿Por el dinero?

No había duda de que el profesor Alan Lovelock era un investigador con talento y un erudito notable: una de las mayores autoridades del mundo en su campo. Eso era lo que, en principio, había atraído a Sarah a su departamento de la Universidad Queen Anne. Lo que le hacía intocable, sin embargo, era que había conseguido una de las mayores subvenciones otorgadas jamás a un departamento de Filología Inglesa: una beca de siete años concedida por un filántropo australiano, por valor de 9,6 millones de libras.

—Es una cifra enorme, más de lo que consiguió el claustro entero estos últimos cinco años. A los mandamases de la universidad les aterra que empiece a sentirse incómodo por lo que sea y se lleve su beca a otra parte. Porque eso abriría un tremendo agujero en nuestro perfil de investigación, caeríamos en las tablas clasificatorias, y ya no podrían presumir cada cinco minutos del famoso profesor que tiene su propia serie en la BBC2. De vez en cuando le deja caer al decano que las universidades de Edimburgo y Belfast le han sondeado, solo para que le quede claro que puede largarse cuando se le antoje.

—Lástima que no se caiga por un precipicio —comentó Laura, y Sarah sonrió fugazmente.

—¿Sabes qué es lo que de verdad me saca de quicio?

—¿Aparte del sobeteo, el acoso, la discriminación y toda esa mierda?

—Lo que de verdad me pone enferma es que tengo un doctorado, un trabajo estable y una hipoteca, estoy casada, tengo dos hijos, y aun así ese tipo sigue llamándome «niña lista» en las reuniones, como si fuera una cría de catorce años. No sé por qué permito que eso me afecte, pero me saca de mis casillas. Tengo treinta y dos años, por amor de Dios. No se le ocurriría llamar así a uno de sus colegas más jóvenes.

—¿Y sigues sin querer irte a otro sitio?

—¿Y dónde voy a ir? Solo hay tres universidades en el Reino Unido que tengan departamentos especializados en Christopher Marlowe: Belfast, Edimburgo y nosotros. Y el de Lovelock no es uno más, es el mejor, el que tiene la beca más grande, el mayor equipo y el más reputado. Cambiar ahora de campo de estudio sería como volver a la casilla de salida y empezar de cero.

—De todas formas, no veo por qué tendrías que irte tú —repuso Laura—. Te has esforzado un montón, te encanta tu trabajo y no has hecho nada malo. Tendrías que mudarte a cientos de kilómetros de aquí y sacar a tus hijos del colegio, y además estarías lejos de tu padre. Menuda mierda.

—Pues sí. En fin, ya que hablamos del tema, espero que por fin haya buenas noticias muy pronto.

Laura la interrogó levantando una ceja.

—¿Y eso?

Sarah cogió su bolso y sacó el sobre de color crema que le había dado Lovelock en el taxi dos noches antes. Se lo pasó a su amiga.

—Te apuesto algo a que no adivinas qué es.

—Ni idea, corazón —contestó Laura mientras le daba la vuelta al sobre—. Vas a tener que darme una pista.

—Ábrelo.

Laura abrió el sobre y, al sacar la gruesa tarjeta grabada, silbó por lo bajo.

—Será una broma. —Levantó la vista y dejó de sonreír—. Pero no estarás pensando en serio en ir a esto, ¿verdad?

Sarah asintió con un gesto.

—Sí. Creo que sí.

4

Laura no daba crédito.

—Me estás tomando el pelo. ¿O es que te has vuelto loca?

—Tengo que ir. Él da esa fiesta todos los años, coincidiendo con su cumpleaños, pero es la primera vez que me invita, y hace ya dos años que trabajo en la universidad.

Laura levantó la tarjeta de color blanco roto y leyó el texto que contenía con voz engolada:

—*El profesor Alan Lovelock y su esposa tienen el placer de invitarle a su gala benéfica anual, que se celebrará el sábado 11 de noviembre.*

—Sus fiestas son legendarias en la facultad. Las utiliza para recaudar dinero para su fundación.

—¿Su qué?

—Tiene una organización benéfica. Fundación Lovelock, se llama. Recauda fondos para niños desfavorecidos y concede becas, ayudas y esas cosas. Este año, además, va a celebrar el contrato de publicación de su nuevo libro. Está relacionado con su programa de la BBC, así que seguro que va a ser un éxito.

Laura frunció el ceño y tiró la invitación sobre la mesa de la cocina.

—Pero ¿vas a ir, después de todo lo que hemos hablado?

—Sí.

—Está claro que te has vuelto loca. Hace un par de días intentó meterte mano en un taxi y te persiguió por el hotel. Por lo que me has contado, se porta contigo como un cerdo desde que trabajas allí. ¿Y ahora vas a ir a su fiesta, a su casa, como si no pasara nada?

Sarah se removió en la silla, inquieta. Deseaba con todas sus fuerzas que su amiga entendiera por qué hacía aquello. Que viera el hilo de lógica desapasionada y nítida que recorría su argumento. Si no podía convencer a su mejor amiga, no convencería a nadie.

—No es que no pase nada. No es eso lo que estoy diciendo.

—¿Qué estás diciendo, entonces?

—Es como… como una prueba, Loz. Un rito de iniciación. Están todos esos catedráticos veteranos que se encargan de hacerte sentir como una mierda mientras intentas afianzarte en tu carrera y escalar posiciones. Sobre todo, si eres mujer. Es como si exhibieran musculatura, como si durante un tiempo te enseñaran cuál es tu sitio para que aprendas a respetar la jerarquía. Procuran que las pases moradas. Y ahora por fin tengo la sensación de que estoy saliendo del túnel.

—Te estás justificando, nada más.

—No digo que esté bien, solo digo que es así. Él tiene la sartén por el mango. Pero normalmente esa fiesta es solo para catedráticos y profesores asociados, para personal fijo, no para gente con contrato temporal como yo. Normalmente, a la plebe como yo le está vedada.

—Y menos mal que es así, ¿no? Porque a mí eso me parece una bendición.

—No, si quieres avanzar en tu carrera. Ya se sabe: para que te dejen entrar en su juego, hay que seguirles la corriente.

—¿Aunque el sujeto en cuestión sea una auténtica sabandija sin una sola virtud que le redima?

—Sobre todo entonces. Esta invitación… Creo que es una señal.

—¿Una señal de que sigue queriendo llevarte al huerto? —Laura levantó las manos—. Perdona, no he querido decir eso. Bueno, sí. Porque está claro que es lo que quiere.

—Una buena señal.

—¿Seguro que no estás dándole una importancia que no tiene?

—¡Es la primera vez que me invita! La comisión de ascensos se reúne el lunes, dentro de tres días. Y él me ha invitado por primera vez a su fiestón benéfico anual. Piénsalo. No puede ser una coincidencia. Es como si me estuviera dando la bienvenida al sanctasanctórum o algo así.

—Bueno, pues ya era hora, joder. Te lo mereces, amiga.

—Gracias, Loz. Tengo la sensación de que por fin va a pasar.

—Pero no eches las campanas al vuelo hasta que tengas el contrato firmado, sellado y registrado, ¿de acuerdo? Ya hemos pasado por esto, ¿no? El año pasado.

—Sí, lo sé, pero lo del año pasado fue distinto. Esta vez tengo una corazonada. Con esta invitación, está prácticamente diciéndome que ya tengo el contrato fijo.

—Pero no pensarás ir sola, ¿verdad? Tú allí, sola, con ese cerca… No quiero ni pensarlo.

—La invitación es para dos, pero evidentemente no puedo ir con Nick, así que… —Se interrumpió, llevándose la copa a los labios.

Todavía le costaba hablar de su marido sin que la embargase la emoción: ira, amor, esperanza y desesperación, todo mezclado en un cóctel tóxico cuyo sabor seguía siendo tan amargo como el día en que se marchó.

Laura le dedicó una sonrisa comprensiva.

—¿Has sabido algo de él últimamente?

—Desde el fin de semana pasado, no. Ese mensaje.

—¿Cuánto tiempo hace ya?

—El lunes hará un mes. Casi un mes ya. Y los niños siguen preguntando por él a diario. —Tragó saliva con esfuerzo—. Todos los putos días.

—Ven aquí. —Laura le tendió los brazos y la estrechó con fuerza—. Pobrecita mía. Volverá, ya verás.

Sarah asintió sobre el hombro de su amiga, pero no dijo nada. Tenía los ojos llenos de lágrimas.

Se había enamorado de Nick a los veinte años, cayó rendida ante ese soñador guapo y simpático que lo hacía todo tan bien, tan sin esfuerzo, que era imposible no dejarse arrastrar por su entusiasmo. Resultaba imposible no creer que conseguiría su sueño de actuar en la gran pantalla y sobre los escenarios, él, que siempre se metía al público en el bolsillo. Pero su gran oportunidad no había llegado. Había hecho algún que otro papelito, algún que otro bolo, incluso algo de televisión, pero su carrera como actor no había despegado. Y tras doce años intentándolo, un buen día se levantó y se fue, a «encontrarse a sí mismo», dijo. Qué topicazo. Era la segunda vez que se marchaba en un año y medio.

Sarah ignoraba cuándo volvería esta vez. Si es que volvía.

—¿Sigue en Bristol? —preguntó Laura con delicadeza—. ¿Con esa tal...? Como se llame.

—Arabella. Sí, creo que sí.

—Siempre ha sido un mamón.

Sarah asintió en silencio. Era cierto.

—Oye —dijo Laura por fin, soltándola—, yo podría ir contigo a la fiesta, si quieres. Aunque seguramente le tiraría una copa a la cara a Lovelock a los cinco minutos de llegar.

—¿Crees que aguantarías cinco minutos?

Laura se encogió de hombros con una sonrisa.

—Puede que cinco sean muchos.

Sarah sorbió por la nariz y se enjugó los ojos con un pañuelo.

—Te lo agradezco, Loz, pero ya le he pedido a Marie que me acompañe. Ella conoce de primera mano cómo se las gasta. Nos ceñiremos a las reglas y procuraremos no separarnos de manera que ninguna de las dos se quede a solas con él.

—¿Estás completamente segura de que quieres ir?

Sarah respiró hondo y la miró a los ojos.

—Tengo que hacerlo.

5

El profesor Alan Lovelock vivía en Cropwell Bassett, un hermoso pueblecito del sur de Hertfordshire a cuarenta minutos del campus de la Universidad Queen Anne, en una casona de estilo victoriano tardío, con seis habitaciones, cobijada al fondo de una avenida de grava bordeada de árboles. Delante de un garaje triple, algo alejado de la casa, había dos cochazos aparcados: un gran Mercedes negro y un BMW blanco descapotable.

—Anoche me llegó otro Correo de Medianoche —comentó Marie mientras avanzaban por el camino haciendo crujir la grava—. El tercero esta semana.

El «Correo de Medianoche» era típico del estilo de gestión que aplicaba Lovelock. Se llamaba así porque normalmente aparecía en la bandeja de entrada entre la medianoche y la una de la madrugada. Escrito casi siempre en tono crítico, si bien un tanto oblicuo y a menudo impenetrable, solía incluir en copia a tres o cuatro colegas para humillar más eficazmente al destinatario. Todos los miembros del departamento temían encontrar uno al despertar: un Correo de Medianoche podía amargarte todo el día.

—¿De qué iba esta vez? —preguntó Sarah.

—De la visita del consejo de investigación. Me regañó en público hace un par de días por no tener listos los preparativos, me dijo que tuviera más iniciativa y que me pusiera a organizarlo de una vez.

Y anoche se dedicó a analizar lo que había hecho con la minuciosidad de un forense, explicando en qué me había equivocado, y acabó preguntándome si quería que me sustituyese Webber-Smythe.

—Webber-Smythe no podría ni organizar una curda en una cervecería. Dile a Lovelock que lo sientes y que quieres seguir con el tema, y ya está.

Marie soltó un bufido.

—¿Le hago también una reverencia y le llamo «señor»?

—Ya sabes lo que quiero decir. Síguele la corriente, como hacemos todos. Por lo visto está medio borracho cuando manda esos correos. Aunque eso no sea ningún consuelo.

—Seguro que esta noche se emborracha. —Señaló la casona que se cernía ante ellas—. Además, ¿de dónde saca dinero para permitirse estos lujos? Esto es demasiado pijo para el sueldo de un profesor universitario.

—Su familia tenía dinero. Su padre era conde, o *baronet* o algo así.

—Pues se lo tiene muy calladito, ¿no?

—Y ha ganado una pasta gansa con la serie de televisión, los libros y todo lo demás.

—Sonríe —dijo Marie, señalando la pequeña cámara de seguridad colocada discretamente sobre la puerta principal de la casa.

Una furgoneta de reparto esperaba al ralentí junto al porche. El conductor estaba en el umbral, entregándole un paquete a una mujer madura y esbelta, cubierta con un impecable delantal blanco.

—¿El servicio? —preguntó Marie en voz baja.

—Bueno, la señora Lovelock no es, eso seguro.

El conductor volvió a la furgoneta y arrancó con un chirrido de grava. La mujer del delantal mantuvo la puerta abierta y, con una sonrisa, les indicó que pasaran.

Sarah tuvo que hacer un esfuerzo para no mirar boquiabierta la cocina a la que les condujo la sirvienta. Tenía el tamaño de la planta baja de su adosado, toda entera. Anchas vigas de roble en el techo, encimeras de granito negro, suelo de mármol de color blanco roto. Sintió una punzada de envidia.

Se oía un murmullo de conversaciones entre la suave música *jazz*. Los invitados charlaban en grupitos de tres o cuatro, de pie, sosteniendo copas y canapés. Sarah tuvo la impresión de que todos se volvían para mirarlas cuando entraron y que, pasado un instante, reanudaban sus conversaciones. Se acercó a una mesa larga en la que un camarero de chaquetilla blanca servía copas de champán. Cogió dos copas y le dio una a su amiga.

Lovelock presidía la reunión. De espaldas a la cocina tradicional de leña Aga, con una gran copa de vino tinto en la mano, hablaba y gesticulaba ante un público embelesado, compuesto por compañeros de la facultad. Su voz retumbante se oía claramente entre el barullo de las conversaciones. «Hablando de su libro, como siempre».

—Así que les he dicho a los chicos de la BBC que ellos verán lo que hacen. —Se encogió de hombros y levantó una ceja mirando a sus espectadores, que volvían la cara hacia él como flores hacia el sol—. O la BBC cambia la fecha de emisión para que coincida con el lanzamiento de mi libro, o me llevo la serie al Canal 4. Así de sencillo.

Se oyeron risas educadas entre su público.

Sarah vio al decano de la facultad, Jonathan Clifton, en otro rincón de la cocina hablando con Caroline, la esposa de Lovelock, una mujer delgada de unos cincuenta años, labios finos, pómulos cincelados e impecable melena rubia hasta los hombros. Era, como mínimo, diez años más joven que su marido.

Sarah había oído hablar de Caroline Lovelock, pero nunca había hablado con ella. Sabía, eso sí, que era la segunda esposa de Lovelock y que había trabajado con él como secretaria de departamento en su anterior puesto, en la Universidad de Edimburgo. Las malas lenguas de la facultad aseguraban que se pasaba el día supervisando a una cohorte de empleados domésticos —limpiadora, cocinero, jardinero, mozo de mantenimiento— para que todo estuviera en perfecto orden de revista cuando llegaba el señor de la casa.

36

Sarah se preguntó vagamente si Lovelock se había portado con ella como se comportaba en general con sus compañeras de trabajo. Y aquella mujer había acabado casándose con él, santo cielo. En su opinión no hacían muy buena pareja: ella era una mujer atractiva y él estaba demasiado gordo para haberla conquistado. El caso era que ella se había separado de su marido al conocer a Lovelock, y Lovelock había dejado a su primera mujer y a su hija, que todavía era pequeña. Pero eso había ocurrido hacía años.

Caroline recorrió la cocina con la mirada, la posó un instante en su marido, que seguía perorando en el rincón, y luego siguió adelante. Sarah sonrió y la saludó con la mano discretamente, pero a cambio recibió una mirada de desconcierto. Se preguntó si la señora Lovelock tenía idea de cómo era su marido. ¿Era consciente de lo que sucedía? Quizá lo supiera mejor que nadie.

Sarah consultó su reloj. Eran las ocho pasadas.

—Dos horas y nos vamos —murmuró.

—Cíñete a las reglas —le respondió Marie en voz baja.

—Lo mismo digo —contestó Sarah.

6

En un rincón del cuarto de estar, en los márgenes de dos o tres conversaciones, Sarah observaba a los grupos de invitados que charlaban amigablemente mientras picoteaban comida del bufé en platos de porcelana fina. El equipo de música emitía música *jazz* vertiginosa e incomprensible. Coloridos peces tropicales nadaban en una pecera alargada arrimada a una pared. Marie había ido a ponerse a la cola para usar el cuarto de baño, y Sarah tenía de pronto la sensación de que nada de aquello era real, de que había cruzado un espejo por azar y penetrado en una realidad alternativa, en un mundo que no era el suyo y cuyas normas desconocía.

Todas aquellas personas, sin embargo, habían sido como ella alguna vez, se dijo. Todas habían mirado hacia dentro desde el otro lado del cristal esperando una señal, un toque en el hombro que indicara que daban la talla, que eran lo bastante listos y duros para proseguir su ascensión. Les había llegado su momento, igual que pronto le llegaría a ella. Debía tener paciencia, nada más. Seguirles el juego.

Bebía a sorbitos de su copa y, cuando su mirada se cruzaba con la de algún invitado, sonreía con amabilidad.

Le vibró el móvil en el bolsillo. En la pantalla decía *Casa*. Pulsó el icono verde y se acercó el teléfono a la oreja.

—¿Hola?

Al otro lado de la línea, se oía un ruido amortiguado, indistinto en contraste con el alboroto de las conversaciones y la música de la habitación. Sarah dejó su copa y se tapó el otro oído con un dedo. Al hacerlo, su mirada se cruzó con la de un hombre al otro lado de la sala. Su expresión parecía decir «¿Cómo te atreves? ¡Qué vulgaridad, contestar a una llamada en la fiesta del gran profesor Lovelock, el evento social de la temporada!». Sarah no hizo caso y, como el ruido de las conversaciones apenas le permitía oír, se encaminó a las puertas del jardín.

Fuera, el aire nocturno le pareció fresco y cortante comparado con el calor que hacía en la habitación. El jardín, ancho y alargado, estaba salpicado a ambos lados de farolillos chinos que emitían un tenue resplandor. Se apartó de la casa y aguzó el oído.

—¿Hola? —repitió.

—¿Mami?

Era Grace.

—Sí. ¿Estás bien, Gracie?

—Estamos comiendo palomitas.

Sarah cruzó la explanada para acercarse a una de las altas estufas de exterior y notó su calor en la cara. Parecía tener todo el jardín para ella sola.

—Qué bien —dijo—. ¿De qué sabor?

El sonido volvió a velarse y oyó voces alteradas. Harry y Grace, gritando a la vez. Un momento después se puso su padre.

—Perdona, Sarah —dijo—. Harry quería darte las buenas noches. Espera un segundo.

Más gritos. Luego oyó la vocecilla aguda de su hijo.

—¿Hola?

—Hola, Harry. ¿Qué tal va todo?

—¿Mami?

—¿Sí, tesoro?

Un silencio, más ruidos sofocados de fondo, y después:

—Grace me ha pellizcado.

—Bueno, seguro que ha sido sin querer, cariño. ¿Os va a contar un cuento el…?

—¡Buenas noches! —dijo él.

—Buenas noches, Harry. Te quiero.

Pero su hijo ya se había ido: nunca había sido muy de hablar por teléfono. Volvió a ponerse su padre.

—¿Qué tal, cielo? ¿Todo bien? ¿Sigues con Marie?

Sarah nunca le había hablado del problema que tenía con Lovelock en el trabajo. Su padre sabía lo de Nick, lo de sus problemas matrimoniales, pero Sarah procuraba no hablarle del trabajo. En parte, porque quería que su padre siguiera sintiéndose orgulloso de ella, de lo lista que era su hija, y le preocupaba que la conducta de Lovelock pudiera empañar esa imagen, y en parte porque no quería que se preocupase. Desde que había muerto su madre, hacía ya ocho años, intentaba ahorrarle disgustos. Bastantes preocupaciones tenía ya, tal y como estaban las cosas.

—Sí, papá, todo bien por aquí. Esto es… muy bonito. Marie acaba de ir al aseo y dentro de un rato cogeremos un taxi para volver a casa.

—Mientras tú estés bien…

—Oye, papá, creo que debería volver a la fiesta y charlar un poco más con la gente, dejarme ver. Dales un beso de buenas noches a los niños de mi parte.

Se despidieron y ella colgó. Se guardó el teléfono en el bolsillo y se disponía a volver a la casa cuando oyó una voz conocida a su espalda, una voz grave y profunda, deshilvanada ya por el alcohol.

—Hola, Sarah. Cuánto me alegro de que hayas venido.

7

Era él. Se interponía entre ella y la casa, cortándole el paso.

Sarah miró más allá y rezó porque apareciera Marie, pero no la vio por ninguna parte.

—Ah, hola, Alan.

—Parece que no estás bebiendo nada, Sarah, y eso no lo puedo permitir en mi fiesta de ningún modo. —Le tendió un vaso grande, en cuyo interior tintineaban los cubitos de hielo contra el cristal—. *Gin-tonic*, ¿verdad?

—Creo que no debería, ya he bebido un par de copas y tengo...

—Tonterías. —Él volvió a ofrecerle la copa y le dedicó una sonrisa maliciosa. Se le trababa un poco la lengua—. Es mi fiesta, e insisto. Además, lo he preparado especialmente para ti.

—De acuerdo. Gracias.

—Salud. —Dio un paso hacia ella, levantó su vaso de *whisky* y lo hizo chocar levemente con el de Sarah antes de beberse de un trago la mitad de su contenido.

—Salud —respondió Sarah.

—¿No vas a beber? No se puede brindar sin beber. —Volvió a esbozar una sonrisa—. Por lo menos, en mi casa.

Sarah se acercó el vaso a los labios y le dio un sorbito. Sabía bien. Era quizá el *gin-tonic* más fuerte que había probado nunca

—seguramente contenía la misma medida de ginebra que de tónica—, pero por lo demás no parecía tener nada de raro.

Lovelock se inclinó hacia ella.

—Sarah, es fantástico que hayas podido venir. Y me alegro de haberte pillado a solas, de hecho. Quería hablar contigo de lo del lunes.

El lunes. El comité de ascensos.

—Claro. —Sarah procuró mantener la calma a pesar de que le dio un vuelco el estómago. «Ya está», pensó. «Va a darme la buena noticia»—. ¿Aquí? ¿Ahora?

Lovelock miró a su alrededor.

—¿Qué mejor momento que este?

—Está bien —dijo ella, y bebió otro sorbito de *gin-tonic*. «Mierda», qué cargado de ginebra estaba.

—¿Por qué no nos sentamos?

Él le señaló un banco de piedra labrada que había al borde del jardín, flanqueado por dos arbustos plantados en caperuzas de chimenea puestas del revés. Se sentó en el banco y dio unas palmaditas en el asiento, a su lado. Sarah titubeó y luego se sentó en el otro extremo, en el filo del asiento de piedra desgastada.

—¿Marie no está por aquí?

Sarah sintió el frío de la piedra a través de los pantalones y se estremeció involuntariamente.

—Ha ido al baño. Volverá enseguida.

—Entonces, ¿te hace ilusión lo del lunes?

Sarah le miró, buscando en su cara alguna pista sobre cómo debía reaccionar. El lunes, Lovelock y otros cuatro profesores veteranos del departamento se reunirían para decidir a quién proponían al decano para los ascensos de ese año. Los cinco profesores —todos los cuales se hallaban en la fiesta— se reunirían a puerta cerrada, disfrutarían de una opípara comida y se pasarían parte de la tarde debatiendo los méritos de los candidatos y votando. Luego llamarían a los candidatos uno por uno para darles la noticia. Ese año se presentaban seis miembros del claustro para subir al siguiente escalón de la jerarquía académica: uno, a catedrático; otro, a profesor adjunto; dos a profesor numerario, y otros dos, con contrato temporal —Sarah, entre ellos—, a ocupar una plaza fija de profesor asociado.

Sarah compuso una sonrisa y se encogió de hombros.

—Si te soy sincera, creo que sobre todo quiero que pase de una vez.

—Un ascenso es un paso importantísimo. Lo sabes, ¿no?

—Sí, lo sé.

—Supone depositar tu confianza en un colega y confiar en que no defraude tus expectativas. Lo que quiero decir es que tienes que quererlo de verdad.

—Lo quiero de verdad. Más que nada en el mundo. Sé que tengo muchas cosas que aportar al departamento y a los estudiantes.

—Tienes que estar dispuesta a hacer sacrificios.

—Lo sé. Y lo entiendo perfectamente.

—Estupendo. —Sonrió, inclinándose hacia ella—. Eso quería oír.

Sarah se preguntó por enésima vez qué resultado arrojaría la votación del comité. Cinco hombres de edad madura llegando a una decisión por mayoría tras debatir cada solicitud. Giles Parkin era uno de los mejores amigos de Lovelock y votaría lo mismo que él pasara lo que pasase. Roger Halliwell era extremadamente ambicioso y tan egocéntrico que apenas reparaba en los miembros más jóvenes del claustro. Haría lo que, en su opinión, le beneficiara de manera inmediata o en el futuro. El cuarto integrante del comité era Quentin Overton-Gifford, una de las personas más inteligentes que Sarah conocía, pero también de las más arrogantes. Su antipatía era legendaria, y parecía disfrutar especialmente haciendo notar a los miembros del personal administrativo que eran funcionarios de medio pelo, poco menos que parásitos del cuerpo universitario. Tenía además la firme convicción de que las mujeres no estaban intelectualmente al nivel de los hombres, ni lo estarían nunca. Y por último estaba

Henry Devereux, un tipo decente, justo y razonable, al que no le importaba en absoluto enfrentarse a Lovelock. Pero, aunque le llevase la contraria, era casi imposible que consiguiera imponer su criterio.

Según la leyenda del departamento, nadie había conseguido nunca imponerse en la votación en contra de los deseos de Lovelock. Si Sarah contaba con su respaldo, su ascenso era cosa hecha. Pero Lovelock no parecía dispuesto a darle más pistas de momento: la conversación acerca del trabajo se había terminado. Sarah notó de pronto que le estaba mirando los pechos.

—Tienes una casa muy bonita —dijo por decir algo.

—Permíteme enseñártela. Hemos reformado por completo la planta de arriba, y el dormitorio principal es realmente…

Se paró en seco, distraído por un ruido. Se oía un repiqueteo de pasos en las baldosas de piedra del patio.

Alguien se acercaba.

Sarah se volvió y vio a una mujer con chaqueta negra y vaqueros. Había clavado en Lovelock una mirada llameante.

—Ahí estás —dijo—. Por fin te encuentro, joder.

—Hola, Gillian —contestó él tranquilamente—. Qué sorpresa.

44

8

Era algo más joven que Sarah, de unos treinta años. Tenía ojeras oscuras y el cabello castaño peinado severamente hacia atrás y recogido en una coleta. Una expresión de ira crispaba su rostro. Haciendo caso omiso de Lovelock, dio media vuelta y se acercó a la casa. Abrió de par en par las puertas, y el barullo de las conversaciones y la música inundó el patio. Algunos invitados se callaron al verla.

Ella les hizo señas para que se acercaran.

—Vengan, quiero que oigan esto.

Metió una mano en su bolso. Sarah pensó fugazmente que iba a sacar un arma y se encogió en el banco. Pero la mujer sacó una hoja de papel doblada, la levantó y se dirigió a los invitados.

—Su estupendo colega, Alan Lovelock, hizo que la universidad me despidiera cuando presenté una queja contra él, después de que se pasara un año entero acosándome, siguiéndome y, por último, agrediéndome sexualmente en cinco ocasiones distintas. Se negó a recomendar mi ascenso a no ser que me acostara con él. Y ahora —añadió, blandiendo el papel como un arma—, después de intentar sin éxito follarme, ha decidido joder definitivamente mi carrera profesional.

Un murmullo cundió entre los invitados. Sarah deseó estar en otra parte, en cualquier sitio menos allí. Lovelock no dijo nada.

—No entendía por qué no conseguía otro puesto —prosiguió

la mujer—. En la mayoría de los sitios ni siquiera me llamaban para una entrevista, a pesar de que estaba cualificada. Era absurdo. Entonces conseguí hacerme con una copia de tu carta de referencias sobre mí, Alan —dijo volviéndose hacia él— y empecé a entenderlo todo.

Lovelock meneó la cabeza lentamente.

—Te estás poniendo en ridículo, Gillian.

—Los has puesto a todos contra mí, ¿verdad, cabrón? En todas partes donde he intentado encontrar trabajo, les has avisado: en Edimburgo, en Belfast, hasta en el puto Harvard. Todas esas universidades dirigidas por vuestro asqueroso club de carcamales que se conocen desde hace décadas. Les has dado a todos las mismas referencias sobre mí. —Desdobló la hoja—. Pero ¿sabes qué? Que en el último sitio, los inútiles del puto departamento de Recursos Humanos me pusieron por error en copia en un correo que llevaba adjunta tu carta de referencias. Vale la pena leerla, ¿no crees?

—Tenía la obligación de decir la verdad. Si no lo hiciera, estaría faltando al respeto a mis colegas de otras universidades.

—Conque la verdad, ¿eh? —Gillian fijó los ojos en el papel y empezó a leer—. *Poco fiable, inestable, proclive a estallidos de ira y extremadamente crítica con sus compañeros. Áspera de trato, no sabe trabajar en equipo. Ejerce un efecto corrosivo sobre las dinámicas de grupo dentro del departamento. Tiene tendencia a hacer acusaciones absurdas e infundadas contra sus colegas.*

—Lamento de veras que las cosas no te hayan ido bien en lo profesional, Gilly —repuso Lovelock—. De verdad que lo siento.

—Todo esto es mentira. Un completo embuste, de principio a fin. Los has puesto a todos en mi contra.

Sarah miraba a Gillian y se preguntaba si estaba viendo su propio futuro, su destino personificado en aquella mujer. Había incluso un parecido físico: la recién llegada era casi de su misma estatura; tenía, como ella, el cabello largo y moreno, la figura esbelta, una edad parecida.

«Imagino que Lovelock tiene un tipo predilecto. Un físico que le gusta especialmente. Pero no soy yo. Es un aviso, pero no soy yo».

Lovelock obsequió a la mujer con una sonrisa tranquila, como si se compadeciera de ella.

—Estás borracha, Gilly.

—¡Claro que estoy borracha, joder! —le espetó ella—. ¡Es la única manera que tengo de soportar esto! —De pronto pareció reparar en Sarah—. ¿Tú eres la nueva? —preguntó señalándola y volviéndose hacia ella—. ¿Ya ha intentado llevarte a la cama? Porque si no lo ha intentado aún, lo intentará, te lo aseguro.

Los invitados que habían salido al patio contemplaban la escena en silencio, observando alternativamente a Lovelock y a la mujer, como mirones deseosos de ver sangre en un accidente de tráfico. Por fin apareció Marie abriéndose paso entre la gente.

Sarah vaciló. Notaba, fijos en ella, los ojos de sus compañeros de departamento. Los ojos del hombre que iba a recomendar su ascenso el lunes siguiente. No parecía el mejor momento para decir la verdad.

—No —respondió—. No, en absoluto. Nada de eso.

—¿Todavía no ha intentado acostarse contigo? —Gillian la miró de arriba abajo—. Pues eres su tipo.

Sarah meneó la cabeza rápidamente, sintiendo que se sonrojaba.

—No.

La mujer la miró un momento con los ojos entornados.

—Si no lo ha intentado aún, lo intentará pronto. Por si no lo sabías, es reincidente.

Sarah sintió el impulso de decir que sí, que lo sabía, pero se quedó callada y se odió a sí misma por ello. Le ardían las mejillas.

—Ya la has oído —dijo Lovelock—. No sabe de qué estás hablando.

—¡Eres un mentiroso, un depredador y un agresor sexual en serie! —replicó ella—. Yo lo sé, y la mayoría de la gente que hay aquí también lo sabe. Hasta el decano de la facultad lo sabe desde hace años.

—Eso, sencillamente, no es verdad, Gilly.

—Claro que lo es.

—Bueno, ¿por qué no se lo preguntas a él si tan convencida estás?

—¿A quién?

—Al decano. —Lovelock señaló la casa—. Está aquí. En la cocina. No creo que hubiera venido a mi fiesta anual estos últimos diez años si me considerara una especie de manzana podrida. Pregúntale qué opina de que te hayas presentado aquí lanzando acusaciones absurdas contra uno de sus colaboradores más veteranos.

Charlie Webber-Smythe, uno de los jóvenes acólitos de Lovelock en el departamento, salió de entre los invitados.

—Alan, creo que deberías saber que una mujer ha intentado colarse por la puerta principal hace un momento…

—Sí, lo sé —respondió Lovelock señalando a Gillian—. Al final ha entrado por la puerta lateral. Caroline habrá vuelto a olvidarse de cerrarla con llave. Pero ya se iba, ¿verdad, Gilly?

—¡Que te jodan! Ya no puedes decirme qué hacer. Aún no he terminado.

—Yo creo que sí.

Gillian se abalanzó sobre él, pero Webber-Smythe la agarró por los brazos y la apartó de Lovelock.

—¡Suéltame!

Webber-Smythe era mucho más grande y fuerte que ella, pero Gillian tenía la rabia de su lado. Consiguió desasir un brazo y volvió a arrojarse contra Lovelock, lanzándole manotazos a la cara. Lovelock se limitó a echarse hacia atrás en el banco y a observarla con una expresión divertida. Webber-Smythe intentó sujetarla del brazo, pero agarró el bolso, la tira se rajó y el bolso cayó al suelo. La cremallera estaba abierta y parte de lo que contenía se desparramó por las baldosas del patio: el monedero, una barra de labios, el móvil, varios

bolígrafos, papeles, una agenda. Marie se agachó y empezó a recoger-
lo todo precipitadamente.

Webber-Smythe asió con fuerza a la mujer por el brazo y, ayudado por otro invitado, la condujo hacia la puerta lateral.

Sus gritos de rabia fueron remitiendo a medida que se alejaba.

9

—Esto es tuyo —dijo Marie al tenderle sus cosas a la mujer.

Gillian levantó la vista. Tenía lágrimas en la cara.

—Gracias.

—Eres Gillian Arnold, ¿verdad? Te conozco por LinkedIn.

La mujer asintió en silencio mientras guardaba sus pertenencias en el bolso.

—Oye —dijo Sarah al alcanzarlas—. Lo que has hecho ha sido... muy valiente.

Gillian se había sentado en el murete de piedra que había al final de la avenida y se tambaleaba ligeramente. Habló sin mirar a Sarah.

—Para lo que va a servirme... —Cerró la cremallera del bolso y lo agarró con fuerza sobre el regazo—. Además, ¿qué sabrás tú de valentía? Sabías perfectamente de qué estaba hablando, te lo he visto en los ojos.

Sarah clavó la mirada en el suelo.

—Lo siento. Es que... no podía decirlo delante de toda esa gente.

—Pues te deseo buena suerte.

—¿Con qué?

—Con lo de quedarte callada. Yo también lo intenté, hasta que ya no podía ni mirarme al espejo. —Con un gesto de rabia, Gillian se limpió una lágrima de la mejilla. Parecía derrotada. Vencida—. Lo siento, no quiero tomarla contigo. Pero es que ahora estoy siempre tan furiosa… Tengo tanta rabia dentro que no sé qué hacer con ella. Me acuerdo todos los días de lo que me hizo, todos los puñeteros días. Pero las noches son lo peor: lo tengo siempre ahí, en la cabeza. —Hizo una pausa, con la mirada fija al frente—. Estuve mucho tiempo pensando en matarle.

Sarah dudó. No sabía si formular la pregunta que le rondaba por la cabeza.

—¿Cuánto tiempo estuvo acosándote? —dijo en voz baja.

—¿Qué más da eso? Un día, un mes, un año, ¿qué importa? Lo que importa es lo que hace, cómo es. Nunca va a cambiar. Ni tampoco cambiará la universidad, hasta que no le quede otro remedio.

—A mí me tiene en el punto de mira casi desde que llegué, hace cosa de dos años.

—Pues ya has aguantado más que yo. Yo solo aguanté diecinueve meses.

—¿Qué pasó? —preguntó Marie.

Gillian se encogió de hombros.

—Pasó que la universidad es una empresa y que ha invertido demasiado en su activo principal como para tomar cartas en el asunto. La gente como nosotras solo somos víctimas colaterales.

Sarah se sentó a su lado en el murete de piedra, sacó un pañuelo de papel de su bolso y se lo pasó. Ahora veía que, bajo su máscara de furia, Gillian tenía un rostro amable y franco. Más allá de los estragos de la preocupación y el estrés, había verdadera inteligencia y vitalidad en sus rasgos.

—¿La gente como nosotras?

—Cualquiera que se atreva a denunciarlo públicamente por lo que es. Yo creía que me escucharían, que serían ecuánimes. No me di cuenta hasta que ya era demasiado tarde de que el principal interés de la universidad es protegerse. Su prioridad absoluta es mantener su prestigio. Hubo compañeros que me dijeron en privado que, si hablaba, me echarían a los perros. Pero no les hice caso. —Soltó una risa amarga—. Creía tener la razón de mi parte.

—¿Pudiste darles alguna prueba?

—Solía hacer transcripciones, de memoria. Anotar detalladamente las cosas que decía y hacía, o que intentaba hacer, cuando teníamos que vernos a solas, o en congresos fuera de la universidad, o en eventos públicos, cuando me acorralaba. A los seis meses, cuando me pareció que tenía pruebas suficientes, acudí al decano.

—Entonces, le tenías pillado.

Gillian negó con la cabeza lentamente.

—No. Debes tener claro que, cuando el decano hace una investigación de este tipo, no está de tu parte. Tú crees que sí, pero no. Su labor consiste en neutralizar la amenaza. Me dijo que pensara en las consecuencias que tendría aquello para mi carrera y que hablaría con Lovelock para que me dejase tranquila, aunque me dio a entender que yo tenía parte de culpa.

—Te convenció para que no siguieras adelante.

—Durante unos meses —contestó con deje de ira—. Pero era todo mentira. Lovelock siguió exactamente igual que antes, hasta que al final me harté y presenté una queja formal en Recursos Humanos.

—¿Qué pasó?

Gillian resopló.

—¿Qué creéis vosotras que pasó? Que se jodió todo, absolutamente. La universidad echó tierra sobre el asunto, hubo un montón de reuniones confidenciales, cartas e impresos que rellenar, procedimientos que cumplir, reuniones de arbitraje… Todos los gerentes a los que podía salpicar el asunto intentaron cubrirse las espaldas. Después Lovelock presentó una contrademanda y la cosa se fue definitivamente a la mierda. Para enturbiar las aguas, me acusó de todas las cosas de las que yo le acusaba a él y en privado me dejó claro que podía despedirme de mi carrera si no aceptaba la indemnización por despido que me ofrecían y firmaba un ADC.

—¿Un ADC?

—Un acuerdo de confidencialidad. Un par de meses más de salario en la indemnización a cambio de que mantuviera la boca cerrada. Yo para entonces ya estaba hecha polvo. No dormía, no comía, llevaba meses así y no sabía qué demonios hacer. Incluso recibía mensajes y correos ofensivos de Caroline, su mujer. ¿Os lo podéis creer? Como si todo fuera culpa mía por haber querido robarle a su marido. Iba muy retrasada con mi trabajo y apenas daba una a derechas. Así que al final firmé el acuerdo.

—Cuánto lo siento, Gillian.

Miró a Sarah con los ojos enrojecidos.

—Deberías marcharte mientras todavía puedes. Antes de que sea demasiado tarde.

—No puedo, todavía no.

—Da igual lo que hagas. Ni él ni la universidad van a cambiar: es demasiado valioso. Es intocable. —Soltó un suspiro y se levantó—. Tengo que irme. Ya he hablado demasiado.

—Nos quedamos contigo hasta que llegue tu taxi —dijo Marie.

Gillian señaló hacia el final de la calle, donde había un taxi aparcado en la cuneta de hierba.

—Le he pedido que esperase diez minutos. Sabía que no tardarían en echarme.

Vieron alejarse las luces traseras del coche hasta que se perdieron de vista y luego regresaron por la avenida, de vuelta a la fiesta. Mientras se acercaban a la puerta, Sarah levantó la vista para contemplar de nuevo la espléndida mansión. En una de las ventanas de las habitaciones había una cara. Un rostro crispado por una ira tan feroz que Sarah tuvo que apartar la mirada.

Caroline Lovelock las miraba con los brazos cruzados y ojos rebosantes de furia.

10

Sarah estaba deseando que llegara el lunes por la noche y al mismo tiempo, sin embargo, no quería que llegase. De pequeña le pasaba lo mismo con las Navidades. Le encantaba todo lo que rodeaba el día de Navidad —los regalos, la comida, los juegos, que vinieran sus abuelos de Southend—, pero la expectación previa le gustaba casi tanto o más: ese saber lo que estaba por llegar.

El correo de la secretaria de Lovelock convocándola a una reunión para «notificarle el resultado» había llegado puntualmente a las dos de la tarde. Sarah se había quedado mirándolo en la bandeja de entrada un minuto largo, consciente de que otros seis colegas suyos acababan de recibir el mismo mensaje. Jocelyn Steer preparaba todos los borradores al mismo tiempo y después los mandaba en rápida sucesión, zas, zas, zas, para que todos los recibieran en menos de un minuto.

Abrió el correo. Su reunión con Lovelock estaba prevista para las cinco.

Había estado conteniendo la respiración sin darse cuenta. Dejó escapar el aire despacio y se permitió esbozar una sonrisa: la hora era un buen presagio. El hecho de que la reunión fuera a las cinco significaba que era una de las últimas, o incluso la última. Leyó el correo electrónico dos veces para asegurarse de que lo había entendido bien y pulsó *Aceptar invitación* para añadir la reunión a su agenda de Outlook.

Tenía el tiempo justo para acudir a la reunión y después ir a recoger a las niñas al club de después de clase sin que la multaran —otra vez— por llegar tarde. Normalmente le pedía a su padre que fuera a buscarlas, pero el lunes era su día de salir a andar, cuando su amigo Pete y él se daban una caminata de catorce o quince kilómetros por el campo, haciendo una paradita en un *pub* por el camino. Los dos eran viudos y sus paseos de los lunes se habían convertido en una costumbre fija desde hacía un par de años. Su padre se lo saltaría sin pensárselo dos veces si ella se lo pedía, pero no quería que renunciara a su paseo.

Vibró su móvil. Era un mensaje de Marie:

¿Qué tal? Yo estoy en la sesión del claustro más aburrida de la historia.

Sarah sabía qué era lo que le estaba preguntando su amiga en realidad y tecleó:

Bien. A las 5 tengo la reunión para saber si me han ascendido.

Marie contestó con emoticonos:

☺ ☺ ☺

Un momento después llegó otro mensaje:

¡Qué bien que sea tan tarde! ¡Buena suerte y a por todas! Avísame en cuanto sepas algo. Besos.

Sarah sonrió. Confiaba en que el curso siguiente, cuando llegara de nuevo la hora de los ascensos, le tocara a ella animar a Marie.

Claro. Gracias. Besos.

Era consciente de que iba a incumplir una de las reglas, la de nunca quedarse a solas con él. Pero no le quedaba otro remedio: las reuniones se celebraban en el despacho de Lovelock para que los candidatos dispusieran de intimidad al recibir la noticia. Anticipándose a la reunión, se había puesto pantalones, una blusa abotonada hasta el cuello y chaqueta. En el despacho de Lovelock hacía siempre un calor agobiante, pero no tenía intención de quitarse la chaqueta ni aunque la temperatura fuera de treinta grados.

Se quedó sentada ante su mesa unos instantes, tratando de

concentrarse en respirar. «Relájate. Es una formalidad, no va a pasar nada. Esto es lo que estabas esperando, por lo que has trabajado tanto».

Se levantó y se dirigió al despacho de Lovelock.

Lovelock sonrió de oreja a oreja al verla entrar y le indicó que se sentara en la silla vacía que había delante de su escritorio.

—¡Ah, Sarah! ¡Qué alegría verte! Perdona que te haya hecho esperar hasta tan tarde.

Ella se sentó, muy derecha.

—No pasa nada.

—¿Qué tal estás hoy?

—Bien. —Hacía tanto calor dentro del despacho que notó que empezaba a sudar—. Creo.

—¿Cómo van las clases? No tienes demasiadas, ¿verdad? Con todo el papeleo, además…

—No, no, a veces tengo que hacer malabares, pero, ya sabes… Los estudiantes son un encanto. Lo estoy disfrutando.

—Estupendo —dijo Lovelock alargando la palabra con delectación—. Me alegro. ¿Y qué tal ese nuevo artículo?

Sarah se removió en la silla, incómoda, preguntándose cuánto tiempo pensaba alargar la charla insustancial.

—Está a punto de publicarse —respondió.

—Fantástico. Por cierto, ¿te apetece un té? Puedo pedirle a Jocelyn que nos lo traiga.

—No, gracias. Estoy bien.

Siempre le chocaba que se comportase así —como una persona normal, razonable, eficiente—, porque sabía de lo que era capaz y de las bajezas que había cometido otras veces. Nunca había entendido cómo era posible que dos personajes tan distintos pudieran convivir en una misma cabeza. Ni lo rápidamente que podía pasar Lovelock de uno a otro.

Él agarró un portafolios que tenía delante y pasó las hojas hasta llegar a una marcada con un pósit verde.

—Bueno, hoy hemos tenido la reunión de la comisión de ascensos, como sin duda sabes.

—Sí, lo sé.

«Allá vamos», pensó. Quería acordarse con detalle de lo que dijera Lovelock porque sabía que Marie se lo preguntaría después. Y su padre también. Aquel era el día, la hora, el minuto en que su vida iba a cambiar a mejor, y quería acordarse de todo.

—Este año hemos tomado varias decisiones importantes —prosiguió Lovelock—. En este departamento, por suerte para nosotros, hay personas de enorme talento.

Se detuvo y dejó que el silencio se prolongara cinco segundos. Luego diez. Sarah pensó en decir algo, pero, como no quería interrumpirle, se refrenó.

Él volvió a sonreír, dejando a la vista unos dientes pequeños y amarillos.

—De hecho —continuó por fin—, me cuesta recordar cuándo fue la última vez que tuvimos tantos compañeros tan comprometidos con su trabajo y con tanto potencial. Es un equipo maravilloso, la verdad.

Otra pausa. Esta vez, Sarah no pudo soportar el silencio.

—Sí, es estupendo formar parte de un equipo tan bueno.

—Me alegra que estés de acuerdo, Sarah.

De pronto se dio cuenta de que Lovelock estaba disfrutando inmensamente de la situación. La alargaba, saboreaba el instante sabiendo que tenía su futuro en la palma de la mano. Era una cuestión de poder, supuso Sarah, y tomó nota de no incurrir nunca en ese error cuando fuera a darle una buena noticia a un compañero en el futuro.

No podía soportar el silencio ni un segundo más.

—Entonces, ¿habéis… llegado a un acuerdo?

—Sí, en efecto. —Lovelock hizo otra pausa y asintió con la cabeza, mirándola sin pestañear—. Me temo que tengo malas noticias.

11

Sarah pensó que había oído mal. Pestañeó rápidamente y tragó saliva con esfuerzo. Tenía la sensación de que el suelo estaba cediendo bajo sus pies. Aquello no podía estar pasando. Era una broma, seguro. Una broma pesada, pero una broma al fin y al cabo. Dentro de un segundo, él sonreiría y diría: «Solo estaba bromeando, mi niña, claro que te hemos ascendido, ¿es que crees que estoy loco? ¡Santo cielo! ¡La cara que has puesto no tiene precio!».

Lovelock, sin embargo, no sonrió. No se movió. No apartó la mirada de la suya.

—¿Malas noticias? —repitió Sarah, y se le quebró la voz.

Lovelock asintió despacio, con los labios fruncidos, como un médico que informara a una paciente de que tenía una enfermedad terminal.

Ella sintió que la emoción que llevaba tanto tiempo reprimiendo le bullía dentro del pecho.

—¿No vais a ascenderme? ¿A hacerme fija?

—Me temo que no.

—¿Estás… estás seguro? —preguntó.

Tenía que ser una broma.

Lovelock se inclinó hacia delante sobre su ancha mesa de roble y cruzó los brazos.

—No ha llegado tu momento, Sarah: aún no estás preparada. No del todo, aunque te falta poco.

—Claro que estoy preparada —replicó ella, y sintió que sus palabras eran torpes, inadecuadas—. Estoy más que preparada.

—Esto tampoco es fácil para mí, te lo aseguro, pero no creo que te convenga tener un contrato fijo en este momento. Sé que ahora mismo se te hace duro, pero a la larga sé que me lo agradecerás.

La ira comenzó a arderle en las mejillas.

—¿Agradecerte qué? ¿Que me niegues otra vez el ascenso que deberías haberme dado el año pasado? ¿Que me impidas avanzar en mi carrera? ¿Que me prives de reconocimiento por lo que he hecho?

—Sé que lo deseas muchísimo, pero primero tienes que demostrar que estás verdaderamente comprometida con tu campo de estudio. Ya tienes dos hijos pequeños. ¿Cómo sé que no vas a desaparecer para traer al mundo más niños en cuanto tengas el contrato fijo? ¿Que no vas a dejar a tus compañeros en la estacada para tomarte unas bonitas vacaciones por maternidad y que no volvamos a verte el pelo en un año? —Le lanzó una sonrisa lasciva—. Y, sobre todo, que yo no vuelva a verte en todo un año.

Sarah se irguió en la silla. La posibilidad de que «trajera al mundo más niños» era remota teniendo en cuenta que Nick estaba con su amiguita en Bristol, pero la había dejado anonadada que Lovelock hubiera dejado caer aquel asunto con tanto descaro.

—Espera, no puedes usar eso como…

—Solo tienes que esperar un año. Creo que en la próxima ronda de ascensos tendrás muchas más posibilidades. Mientras tanto, tienes que seguir avanzando en tu carrera. Aprovechar todas las oportunidades que te salgan al paso. Agarrarlas con las dos manos —añadió echándose hacia delante—. Todas las que surjan.

Sarah sintió que la ira la dominaba y tuvo que hacer un esfuerzo por no levantar la voz.

—Este año me he encargado de organizar el programa de nuevos másteres y prácticamente lo dirijo yo sola. Ha sido un curso muy bueno. Buenísimo. Todo indica que vamos por buen camino.

Lovelock se recostó en su silla de cuero, que rechinó bajo su peso.

—Me encanta verte enfadada, Sarah.

—¿Qué?

—Estás tan sexi cuando te enfadas.

—¿Qué te hace pensar que puedes decirme eso? ¿Por qué crees que está bien decirlo?

Él se encogió de hombros.

—Es la verdad. Lo estás.

—¿Por qué me dijiste el sábado en tu fiesta que iba a conseguir el ascenso? ¿Por qué dijiste eso si no ibas a apoyar mi candidatura?

—Yo no dije que fueras a conseguir el ascenso, solo te pregunté si lo querías. Hasta qué punto te interesaba. Tu conducta de los últimos meses demuestra a las claras que no lo deseas lo suficiente.

—¡Eso no es justo! Lo deseo más que nada y me lo merezco, tú lo sabes.

—No te amargues por esto, Sarah. Es impropio de ti.

Sarah sintió que estaba a punto de echarse a llorar y se mordió la lengua para que el dolor la distrajera momentáneamente. «No llores. No te atrevas a llorar delante de él. Que no te vea».

—No es justo —repitió alzando la voz.

—Puedo tolerar toda clase de comportamientos en mi despacho —repuso él con una sonrisa—, pero no pienso tolerar que una profesora subalterna con las hormonas revueltas me grite. Así que, ¿por qué no vuelves dentro de un rato, cuando te hayas calmado y estés un poco menos… histérica? Para que podamos hablar de esto como adultos.

«Debería haber grabado esto con el móvil», se dijo Sarah. «¿Podría sacarlo ahora y poner en marcha la grabadora? No, imposible sin que se note. Mierda».

Haciendo un ímprobo esfuerzo, logró dominar su voz.

—¿A quién has ascendido? ¿Quién ha sido el elegido?

—Sabes perfectamente que no puedo decírtelo, es confidencial. En cualquier caso, hay que esperar un tiempo para que mi recomendación llegue al decano, y luego hay que ratificarla por los medios habituales.

—Dímelo.

—No puedo. Es confidencial.

—Has escogido a Webber-Smythe, ¿verdad? Le has escogido a él, aunque es cinco años más joven que yo y llevo un año entero siendo su mentora. Yo, siendo su mentora.

Lovelock le dedicó una sonrisilla.

—Has hecho un trabajo estupendo. Eres una buena mentora.

—Entonces, ¿es él?

—Ya sabes que no puedo comentar nada al respecto.

—Todo eso es una gilipollez y tú lo sabes —replicó Sarah con voz ahogada.

—Soy el primero en admitir que es un procedimiento cruel. Pero me temo que no podemos complacer a todo el mundo cada año. Las cosas no funcionan así.

—¿Tengo derecho a apelar?

Él sonrió.

—¿Apelar? Esto no es un juicio, Sarah.

—Entonces hablaré con el decano.

—Desde luego, coméntalo con Jonathan. —Se levantó de la silla giratoria desplegando su figura caballuna y rodeó la mesa—. Pero no suele dejarse influir por jovencitas histéricas a las que les da una pataleta cuando no consiguen lo que quieren.

—Esto es un error. No debería ser así.

Sarah se levantó y dio media vuelta para marcharse. Quería salir de allí antes de decir algo aún peor, pero Lovelock le impedía el paso, apoyado contra la puerta con los brazos cruzados. Medía un metro noventa y tres: era casi treinta centímetros más alto que ella.

—Déjame salir.

—Las cosas no tienen por qué ser así, Sarah. Todavía puedes

entrar en la lista de ascensos. Solo tienes que demostrarme lo comprometida que estás con este departamento.

—Lo estoy.

—Pues demuéstramelo —dijo él con un brillo en los ojos—. Demuéstrame lo comprometida que estás con tu trabajo.

12

—No —dijo Sarah en voz baja.

Lovelock se acercó a ella, bajando las manos.

—Demuéstramelo.

Sarah sacó su teléfono del bolso sin apartar los ojos de él.

—Voy a llamar a seguridad y luego pienso gritar hasta que me dejes salir.

Buscó el número de seguridad del campus, que tenía guardado en favoritos, marcó y se acercó el teléfono a la oreja. Oyó el pitido de la línea.

Lovelock sonrió y se apartó de la puerta.

—Cuando cambies de idea, aquí estaré —añadió con las manos abiertas.

Sarah colgó y abrió la puerta de un tirón. Jocelyn, la secretaria de Lovelock estaba justo al otro lado, con cara de pasmo. Era la primera vez que Sarah la veía inmutarse por algo, y se sorprendió un instante. Jocelyn pareció a punto de decir algo, pero al ver su expresión de cólera retrocedió hacia su mesa.

Sarah regresó a toda prisa a su despacho. Rezó por no cruzarse con nadie por el camino, pero a esa hora los pasillos estaban desiertos. Al llegar, cerró de un portazo y metió atropelladamente en el bolso su portátil y varias carpetas llenas de papeles. Odiaba a Lovelock. Odiaba todo lo relacionado con él. Y se odiaba a sí misma por haber creído, contra toda evidencia, que haría lo correcto cuando llegara el momento de la verdad.

Sonó su teléfono. Otro mensaje de Marie. Sin palabras, solo un emoticono de una botella de champán descorchada y tres signos de interrogación.

Sarah no pudo contener las lágrimas. Apoyó las manos en el respaldo de la silla y bajó la cabeza, sacudida por los sollozos. «Esto no puede ser verdad». Pero no podía permitirse el lujo de llorar: no tenía tiempo. Sacó un pañuelo de papel, abrió la puerta del despacho y bajó por la escalera enjugándose los ojos. Hizo caso omiso de las miradas de preocupación que le lanzaron dos alumnos en el vestíbulo y, al salir al aparcamiento, estuvo a punto de chocar con Marie.

—¡Sarah! —exclamó su amiga dando un paso atrás—. ¿Estás bien? ¿Qué pasa?

Ella meneó la cabeza, pero siguió andando.

—Estoy bien. Tengo que irme.

—No tienes buen aspecto.

—Tengo que ir a recoger a los niños.

—¿Qué te ha dicho? ¿Qué ha pasado? Te he escrito.

Se detuvo y se volvió hacia Marie, todavía temblando de rabia.

—Creo que por fin me he hartado. Dios, cuánto le odio.

Marie le dio otro pañuelo.

—¿No te ha dado el ascenso?

—¡No, no me lo ha dado! —contestó con voz entrecortada, haciendo un esfuerzo por hablar.

—Lo siento, Sarah.

—Perdona. No es contigo con quien estoy enfadada —dijo mientras se secaba las lágrimas con furia.

Marie le puso una mano en el hombro para intentar calmarla.

—Ya lo sé. Pero esto es increíble. ¿Qué vas a hacer?

—Ni idea. No tengo ni idea, literalmente.

—¿Crees que va a ascender a Webber-Smythe?

—No lo sé. Creo que sí. Mira, tengo que ir a recoger a los niños al colegio.

—Te escribo luego.

Sarah asintió en silencio y se volvió. Subió a su coche, puso el teléfono en el soporte del salpicadero y encendió el motor. Salió marcha atrás, aceleró y enfiló la cuesta abajo sorteando a grupos de estudiantes.

Notaba un ahogo doloroso en la garganta, le estallaba la cabeza y sabía que debía frenar, pararse en la cuneta y esperar un rato para calmarse y dominar sus emociones. Debía hacer lo que había hecho siempre: parar, contar hasta diez, respirar hondo y aguardar a que se le pasase. En eso era una experta. Llevaba años haciéndolo. Era su mecanismo para capear el temporal, su válvula de seguridad cuando la vida se le hacía insoportable.

Ese día, sin embargo, no lo hizo.

Siguió conduciendo, aceleró, pasó como una exhalación la caseta de seguridad a la entrada del campus, atravesó el cruce en el instante en que el semáforo cambiaba de ámbar a rojo y salió a la carretera. Metió cuarta y pisó a fondo el acelerador.

Luego puso la música a todo volumen, agarró con fuerza el volante y se puso a gritar. Gritó de vergüenza y de frustración. Gritó por lo injusto que era todo aquello. Gritó de amargura, de impotencia y de enfado.

Aquello, sin embargo, no era un simple enfado. Era mucho más.

Era pura rabia.

13

Pasados unos minutos, el tráfico en la autovía A10 fue haciéndose más lento, hasta que casi se detuvo. Otro atasco: demasiados coches para tan poca carretera, como de costumbre.

—¡Vamos! —gritó Sarah golpeando el volante.

Se quedó parada unos minutos, furiosa. Luego aceleró de nuevo y, colándose por un hueco entre dos coches, tomó un desvío, buscando otra ruta. Intentaba concentrarse en la carretera y en el tráfico, pero le costaba trabajo hacerlo. Los pensamientos se le arremolinaban en la cabeza formando un torbellino. «¿Debería denunciarle por lo que ha pasado? ¿Por qué me invitó a su fiesta? ¿Por qué se tomó esa molestia si pensaba volver a dejarme sin mi ascenso?».

En el fondo, sin embargo, conocía la respuesta a esa pregunta: era una cuestión de poder. Todo aquello formaba parte de los juegos de poder de Lovelock. Y era otra manera de humillarla. Otra ocasión de quedarse a solas con ella. Para demostrarle que era él quien estaba al mando.

Su teléfono emitió un sonido anunciando la llegada de un mensaje. Era de Marie.

¿Estás bien? Quiero ayudarte. Llámame. Besos.

Salió del desvío, pasó por un cruce y se encontró en un polígono industrial que discurría en paralelo a la autovía de circunvalación. Torció a la izquierda y luego a la derecha y entonces vio una señal más adelante. Era una vía cortada. Un callejón sin salida.

66

«Y no es lo único que es un callejón sin salida», pensó con amargura.

Cambió de sentido rápidamente, volvió sobre sus pasos y regresó al cruce, dispuesta a sumarse de nuevo al atasco. El semáforo estaba en rojo.

El reloj del salpicadero marcaba las 17:16. Catorce minutos más y el club extraescolar la penalizaría con otra multa de veinticinco libras. «Mierda». Hizo amago de marcar el número de Nick, pero se detuvo al acordarse de que su marido ya no estaba allí para echarle una mano. Pensó en llamar a su padre.

No. Ya había hecho suficiente esas últimas semanas.

Abrió Google Maps y marcó el código postal del colegio, en Wood Green. Le dio tres posibles rutas, dos de las cuales la obligaban a internarse más aún en el atasco. Si iba por la tercera, en cambio, tendría alguna posibilidad de llegar al colegio a las cinco y media, aunque fuera callejeando. La distancia era mayor, pero se ahorraría el atasco de hora punta y al final llegaría antes.

Torció a la izquierda tan pronto el semáforo se puso en verde y pisó a fondo el acelerador por pura frustración. Salió a otra avenida y, siguiendo las instrucciones del navegador, que la alejaba en diagonal de la carretera de circunvalación, giró primero a la izquierda y luego a la derecha. Siguió la línea azul de la ruta de Google cruzando a toda velocidad semáforos en ámbar y aprovechando los huecos que se abrían entre el tráfico y, mientras manejaba el volante, volvió a pensar en su funesta reunión con Lovelock.

«¿Qué voy a hacer ahora? ¿Qué voy a decir?».

Observó la calle mientras circulaba. No conocía aquella zona de Muswell Hill. Calles anchas y arboladas, bonitas casas de tres plantas que costaban, como mínimo, un millón de libras más de lo que podría permitirse nunca. Todo aquello estaba tan lejos de su alcance que para el caso lo mismo daría que estuviese en la luna.

«¿Aguanto un año más o presento una queja?».

Un coche arrancó bruscamente delante de ella, incorporándose al tráfico. Era un Mercedes negro, ancho y largo, con las lunas tintadas. Sarah dio un frenazo y pulsó bruscamente el claxon dos veces, gritando de rabia. El conductor del Mercedes no mostró indicios de haberla oído, ni aceleró la marcha. Sarah cambió a tercera y luego a segunda. Pero el Mercedes siguió sin acelerar. Avanzaba delante de ella a treinta kilómetros por hora.

—¡Vamos! —gritó—. ¡Venga!

Pensó que quizá el Mercedes iba a recoger a alguien y buscaba un sitio donde parar. Se fijó en dos personas que había en la acera, un hombre y una niña, de espaldas a ella. ¿Iría a recogerlos?

La niña era pequeña, todavía estaría en primaria. Llevaba chaqueta azul, coletas y una mochila rosa con alitas de hada a ambos lados. Grace tenía la misma mochila. El hombre vestía traje oscuro y caminaba junto a la niña, del lado de la calzada, como cualquier adulto responsable. «Pero no la lleva de la mano», pensó Sarah. Eso era un poco raro.

Se imaginó por un segundo que era Nick, que había vuelto con ellas y que por fin iba a afrontar sus responsabilidades. Volvería a casa, le pediría perdón y todo volvería a ser como antes. Pero aquella niña no era su hija. Ni aquel hombre su marido. La niña equivocada, el hombre equivocado, la hora y el lugar erróneos. Ese día todo salía mal. Aquel hombre era más alto que su marido, más ancho y fornido. Caminaba despacio, al paso de la niña, con los brazos junto a los costados.

No eran Nick y Grace.

En los segundos siguientes sucedieron dos cosas. Primero, la niña miró hacia la derecha y Sarah vio con seguridad que no era su hija. Luego, el Mercedes negro dio un acelerón y, subiéndose a la acera, arrolló al hombre del traje oscuro.

14

El hombre se desplomó cuando el gran sedán negro se subió al bordillo y le embistió. Pareció tropezar y caer bajo las ruedas, y el Mercedes se zarandeó sobre su suspensión al pasar por encima de él. La niña dio un salto hacia atrás, asustada, pero el ruido del motor sofocó su grito.

Sarah también dejó escapar un grito involuntario de alarma al ver chocar la carne y el metal.

—¡Dios mío!

De pronto lo vio todo nítidamente, a cámara lenta: la niña que se había salvado por unos centímetros del atropello, gritando con la boca abierta; el hombre tirado en la acera, moviéndose lentamente; el Mercedes dando marcha atrás, pasando de nuevo sobre él y sacudiéndose al bajar del bordillo para volver a la calzada; la oscura mancha de sangre sobre la acera gris. La puerta del copiloto se abrió y un hombre calvo con chaqueta de cuero negra se apeó de un salto y se acercó rápidamente a la niña. Ella sacudió la cabeza, con la espalda pegada a la alta barandilla de hierro del otro lado de la acera. Se le saltaron las lágrimas, las puntas de las alas rosas de su mochila asomaban por encima de sus hombros.

Sarah asió con fuerza el volante y vio desarrollarse la escena ante sus ojos, llena de impotencia. Las dudas se agolpaban dentro de su cabeza. «¿Conoce ese hombre a la niña? ¿Quién es el del traje oscuro? ¿Llamo a una ambulancia?».

El hombre del traje oscuro se incorporó trabajosamente, con la cara llena de sangre, y trató de levantarse. El otro hombre apartó la mirada de la niña, le agarró de la solapa de la chaqueta y le asestó varios puñetazos en la cara. Sarah miró a su alrededor, frenética, confiando en que apareciera un coche de la policía y pudiera pararlo. «La policía... ¡Claro!». Cogió a toda prisa el móvil, tocó la pantalla con dedos temblorosos y marcó el número de emergencias. La línea sonó tres veces mientras ella miraba a uno y otro lado de la calle estirando el cuello ansiosamente, deseosa de que un agente uniformado interviniera para poner fin a aquello. Cuando respondieron a su llamada, informó de que había habido un accidente de tráfico y pidió que mandaran enseguida a la policía y una ambulancia, y buscó con la mirada el letrero con el nombre de la calle para darle la dirección al operador. Wellington Avenue.

«Ya está». Un hombre se acercaba, caminaba hacia la escena que tenía lugar sobre la acera. Un joven de unos veinticinco años, vestido con chándal como si acabara de salir del gimnasio. Era alto y musculoso. Tenía todavía el pelo mojado por la ducha y llevaba una bolsa de deporte colgada del hombro y auriculares en las orejas.

«Gracias, Dios mío», pensó Sarah. «Gracias. Ahora ayúdales. Intervén».

El joven pareció advertir por fin lo que estaba sucediendo delante de él. Aflojó un poco el paso al ver al hombre calvo que se cernía sobre su víctima empapada de sangre.

«Ayúdale», pensó Sarah de nuevo.

El joven miró hacia atrás y luego cruzó la calle, con los ojos fijos en el suelo, ignorando deliberadamente la pelea y al hombre herido al que su adversario estaba moliendo a puñetazos.

—¡Eh! —le gritó Sarah por la ventanilla cerrada del coche, pero él no dio señales de oírla—. ¡Eh, tú! —gritó otra vez, más fuerte, y golpeó el cristal con tanta saña que el dolor le recorrió todo el brazo.

El joven siguió andando sin mirar atrás, cada vez más lejos de la niña y el hombre.

Sarah golpeó otra vez el cristal, muda de desesperación. «Cobarde. Cobarde de mierda». Miró de nuevo a los dos hombres, al que estaba de pie y al que le daba la espalda. Mientras miraba, el calvo soltó a su oponente y este se desplomó, inconsciente. Al ver que ya no suponía ningún peligro, el calvo fijó su atención en la niña, que intentaba esconderse, agazapada entre dos coches aparcados, a escasos metros de distancia. Su cara tenía tal expresión de terror que Sarah sintió que algo se agitaba dentro de ella.

«Ven aquí», pensó. «Ven conmigo. Yo te protegeré».

El calvo avanzó hacia ella, pero la niña le esquivó en el último momento. Con el corazón en un puño, Sarah pensó por un instante que la niña iba a lanzarse entre el tráfico, pero se detuvo, pasó junto al Mercedes y cruzó corriendo delante del coche de Sarah, con las coletas bamboleándose y la mochila rebotando a su espalda. Se paró al llegar a la acera y levantó las manos como si de esa forma pudiera mantener a raya a aquel hombre. Tenía lágrimas en la cara.

El hombre siguió acercándose. Un par de segundos después cruzaría el hueco entre los dos coches y la alcanzaría. Una niña inocente se hallaría a merced de un individuo violento. A expensas de un hombre que se creía en el derecho de imponer su voluntad por la fuerza a los más débiles. Iba a llevársela, a hacer con ella Dios sabía qué, por la misma razón por la que los hombres como él habían hecho siempre esas cosas: porque no había nadie que se lo impidiera. Nadie que se enfrentara a ellos.

El hombre se disponía a cruzar el hueco entre la parte delantera del coche de Sarah y la trasera del Mercedes.

El tiempo pareció detenerse.

De pronto, todas las emociones de la semana anterior, toda la rabia, la frustración y la impotencia, bulleron dentro de ella.

La ira que brotaba de su cerebro se le agolpó en las manos y los pies.

«A la mierda».

No medió un pensamiento consciente, una decisión. Solo un impulso: apartó el pie del freno y pisó a tope el acelerador.

El Ford Fiesta saltó hacia delante y le atrapó de costado, aplastándole las rodillas contra la parte de atrás del Mercedes. Se oyó un horrible crujido al chocar el metal contra el hueso, la carne y el cartílago, y el hombre calvo cayó hacia atrás, con las piernas atrapadas entre los dos vehículos. El impacto lanzó a Sarah hacia delante, pero el cinturón de seguridad la retuvo. Vio horrorizada que el hombre caía al suelo hecho un guiñapo, con el rostro contraído de dolor, agarrándose las rodillas rotas. Sorprendida durante un instante por lo que había hecho, sintió una punzada de mala conciencia por el daño que acababa de infligirle a aquel desconocido.

Pero al menos la niña estaba a salvo. Sarah la vio correr por la acera y vio, asombrada, que el hombre del traje oscuro se había levantado y avanzaba cojeando penosamente tras ella, con el brazo derecho colgando, inerte.

Se abrió la puerta del lado del conductor del Mercedes y salió otro hombre cuya camisa se tensaba sobre una barriga abultada.

«Mierda».

Sarah giró la llave de contacto. El Fiesta tosió y se negó a arrancar.

«No, por favor».

Notó un aguijonazo de pánico.

Giró la llave otra vez. El motor del coche volvió a toser.

El hombre casi estaba en su puerta. Llevaba las manos cerradas en un puño.

En el último momento, justo cuando Sarah pensaba que iba a abrir la puerta y agredirla, el desconocido se volvió y se agachó junto a su amigo herido. Le levantó agarrándolo por las axilas, le llevó casi a rastras hasta la puerta trasera del Mercedes, la abrió como pudo y le metió dentro.

A continuación, cerró de un portazo, se sacó algo del bolsillo y lo apuntó hacia ella. Sarah pensó por un momento que era una pistola, pero no: era un teléfono móvil. Inclinando el teléfono hacia abajo, el hombre tomó una fotografía.

Sarah comprendió al instante por qué.

«No me ha fotografiado a mí. Ha fotografiado mi matrícula».

El conductor volvió a sentarse al volante y arrancó con un rechinar de ruedas.

15

El joven detective de la policía dio a Sarah un té en un vasito de poliestireno blanco. Tomó asiento frente a ella, a la mesa de la sala de interrogatorios, se sacó un bolígrafo del bolsillo de la chaqueta y pasó una página de su cuaderno. No podía tener ni treinta años, pero la palidez de su piel y las canas que lucía en las sienes le hacían parecer mayor.

—Sin azúcar, ¿verdad?

—Sí, gracias.

Era la primera vez que Sarah entraba en una comisaría de policía. Se había presentado a declarar voluntariamente tras el suceso de Wellington Avenue y, ahora que la ira y la emoción habían pasado, sentía el peso aplastante de la culpa por haber atropellado a propósito al hombre calvo.

Había resuelto lo de los niños llamando a su padre, todavía temblorosa, para pedirle que la sacara del apuro. Roger había accedido de inmediato y había llevado a casa a Harry y a Grace para que cenaran. Ella había prometido volver en cuanto saliera de la comisaría.

El té, oscuro y fuerte, abrasaba. Sarah bebió un sorbito y lo dejó con cuidado sobre la mesa, delante de ella.

—Esto me parece absolutamente irreal —dijo—. Todo este asunto. Hace un par de horas estaba sentada en mi despacho y ahora... esto. ¿Han encontrado ya a la niña?

—Todavía no. —El detective Hansworth pulsó el botón de su bolígrafo mientras la observaba—. Seguimos en ello.

—No podía tener más de ocho o nueve años.

—Sí, ya me lo ha dicho. Volvamos al incidente propiamente dicho, ¿de acuerdo? Dice usted que su vehículo chocó con un peatón que se puso delante de su coche. Un varón blanco.

—Sí. ¿Le han encontrado?

—Primero vamos a centrarnos en su declaración, ¿de acuerdo?

—Sí, claro. Por supuesto.

—Le preocupaba a usted que el hombre fuera a llevarse a la niña. A secuestrarla.

—Sí. Eso me pareció.

—¿Y lo hizo?

—No. Cuando le di con el coche, cayó al suelo. La niña huyó corriendo.

—¿Y qué pasó luego?

—Que su amigo le levantó y le metió en la parte de atrás del Mercedes. Luego arrancaron. Yo salí del coche e intenté encontrar a la niña, pero no la vi por ningún lado.

—¿Qué hay del otro hombre, el que acompañaba a la niña cuando usted la vio por primera vez?

—Parecía estar malherido, pero aun así fue detrás de la niña. Enseguida pasó un todoterreno, muy deprisa. Creo que es posible que los recogieran calle abajo. ¿Han encontrado al hombre?

El detective dejó el bolígrafo y juntó las manos sobre la mesa.

—El problema, doctora Haywood, es que no hay ni rastro de ese guardaespaldas, o lo que fuese. Ni tampoco de la niña. Ni de los dos hombres del Mercedes.

Sarah sintió una punzada de preocupación.

—¿No hay ni rastro de la niña? ¿No saben dónde está? ¿Nadie ha denunciado su desaparición?

El detective Hansworth negó con la cabeza.

—No se ha denunciado la desaparición de ninguna menor que

responda a esas señas. Ni se ha denunciado ningún intento de secuestro de una persona adulta. Tampoco, que sepamos, ha ingresado ningún varón blanco de mediana edad con heridas en la pierna causadas por un atropello en ninguno de los dos hospitales cercanos. Lo único que tenemos hasta el momento es la abolladura del parachoques de su coche.

—No entiendo —dijo Sarah.

—No hemos dado con ninguna de esas personas. En realidad, solo tengo su declaración.

—¿Y los testigos presenciales? Está ese joven que pasó por delante de nosotros, justo al lado. Y la furgoneta que iba detrás de mí en el momento del atropello. ¿Ha hablado con el conductor?

El agente volvió a hacer un gesto negativo.

—No se ha presentado ningún transeúnte a declarar. Tenemos la declaración de un par de conductores que iban detrás de usted, pero no vieron gran cosa porque la furgoneta estaba en medio. A uno de ellos le pareció ver un Mercedes negro que se subía a la acera, pero luego le tapó la vista un coche aparcado. El otro cree haber oído gritos en un momento dado, pero llevaba la radio puesta y las ventanillas subidas y no está del todo seguro. Ninguno de los dos vio a la niña.

—No me lo he inventado, si es lo que está pensando. No estoy loca, ni intento llamar la atención.

—Claro que no —contestó Hansworth, y añadió en tono hastiado—: El problema con este tipo de incidentes, doctora Haywood, es que la gente suele dar por sentado que se presentará alguien más a declarar. Que alguna otra persona se tomará esa molestia. Puede que graben el suceso con sus móviles y que lo cuelguen en YouTube, pero en lo que respecta a ayudar a la policía… te salen con eso de «lo siento, agente, tengo mucho lío».

—¿Y las cámaras de seguridad?

—Hemos revisado las grabaciones y aparece un Mercedes en esa calle, un poco más abajo, a una hora que se corresponde con la de su declaración. Pero la matrícula es falsa. Corresponde a un Audi robado hace un par de días.

—Algo tiene que haber.

Él se encogió de hombros.

—Si es lo que usted dice, un intento de secuestro, es lógico que cambiaran las matrículas del coche.

—Tienen que encontrar a esa niña. Es lo que más me preocupa. Solo quiero saber que llegó bien a casa.

—Si no se denuncia su desaparición y no aparece en ninguna otra parte… Sin un nombre ni una fotografía en la que apoyarnos no tenemos nada en lo que basar una investigación.

—Tienen mi declaración.

—Lo sé, y ha hecho usted lo correcto al presentarse a declarar. Pero, si le soy sincero, sin una denuncia y sin otros testigos, me va a ser difícil llevar adelante este asunto.

El teléfono de Sarah vibró sobre la mesa, delante de ellos. Era su padre.

—Tengo que contestar.

—Claro.

—Sarah —dijo su padre con voz crispada por la tensión—, ¿vienes ya para acá? ¿Dónde estás?

—Estoy bien, papá. ¿Los niños están bien?

—Están perfectamente —dijo, más aliviado—. Les he dado la cena y Grace va a meterse en el baño. ¿Seguro que estás bien?

—Sí, estoy bien. Ya te contaré cuando llegue a casa.

—¿Qué tal en el trabajo? ¿Te han dicho algo del contrato?

Sarah respiró hondo y cerró los ojos. Su padre siempre había querido lo mejor para ella, siempre la había animado sin presionarla. Fue él quien, cuando Sarah tenía dieciséis años y la expulsaron del colegio por segunda vez en el plazo de un mes, le dijo con calma que había llegado a una encrucijada en el curso de su vida. Su madre puso el grito en el cielo, habló de castigarla un mes, de dejar de darle la paga durante un año, de prohibirle ir con sus amigos y de quitar la puerta de su habitación. Él, en cambio, se la llevó a un aparte y le dijo tranquilamente, en voz baja: «Estás en una bifurcación del camino y tienes que elegir por qué lado vas a tirar. Puedes seguir arremetiendo contra todo y contra todos, metiéndote en líos y haciendo las cosas a tu manera. O puedes sacar el máximo partido a tus capacidades, respetar las normas del juego durante un tiempo y ver hasta dónde puedes llegar. Podrías ser la primera en nuestra familia que llegue a la universidad. Sé que tienes capacidad para llegar hasta donde quieras. Pero tienes que decidir, ahora mismo, qué camino vas a seguir».

Ella dio entonces un vuelco a su vida, sacó las notas que necesitaba para acceder a la Universidad de Durham y respetaba las normas de juego desde entonces. Quince años después, había llegado a otra encrucijada, solo que ahora los caminos que se abrían ante ella no parecían llevar a ninguna parte.

Deseaba más que cualquier otra cosa, más que nunca, contarle a Nick lo que le estaba ocurriendo. Compartir una botella de vino con él, sentirle cerca, que la abrazara y saber que no afrontaba aquello sola.

Pero no podía hacerlo. Porque Nick se había ido.

La voz de su padre la devolvió al presente.

—¿Sarah? ¿Sigues ahí?

—Sí, aquí estoy.

—¿Has sabido algo? ¿Has tenido la reunión?

A Sarah se le hacía insoportable oír aquel tono de esperanza en su voz.

—Luego te llamo, papá. Dales un beso a los niños de mi parte.

Colgó y volvió a mirar al detective.

—Perdone. ¿Quería hacerme alguna pregunta más?

—Creo que hemos acabado de momento.

—Una cosa más —dijo ella, y trató de encontrar la mejor manera de expresar lo que iba a decir—. El conductor del Mercedes hizo una foto de mi coche mientras yo estaba dentro. Y de mi número de matrícula.

—De acuerdo. —El agente volvió a abrir su cuaderno—. ¿Está segura?

—Sí. Estaba pensando que…, en fin, ¿y si me buscan, después de lo que le hice a ese hombre?

—¿Qué quiere decir?

—Tienen mi número de matrícula. Quizá puedan utilizarlo para encontrarme.

Hansworth negó con la cabeza, esbozando una sonrisa.

—No podrían encontrarla, de todos modos. Esa información está alojada en los servidores de Tráfico, muy bien protegida.

—Pero ¿y si consiguen mi dirección de alguna manera?

—No creo que tenga nada de lo que preocuparse, pero llámeme si ve algo que la inquiete —dijo Hansworth deslizando una tarjeta sobre la mesa—. Cualquier cosa.

16

Le vio por primera vez dos días después.

Acababa de impartir un seminario a su grupo favorito de alumnos de último curso y, como de costumbre, la clase se había alargado media hora más de la cuenta mientras debatían los entresijos de *Doctor Fausto*, la obra más famosa de Marlowe, cuyo protagonista vende su alma al Diablo a cambio de veinticuatro años de vida regalada. Los estudiantes que formaban el grupo tenían poco más de veinte años y no entendían que alguien estuviera dispuesto a renunciar a su alma inmortal. Solo parecían comprender la decisión de Fausto de un modo abstracto, y ella había conducido el debate hacia los motivos por los que el protagonista escogía ese camino. Hablando de ese tema, habían perdido la noción del tiempo y ahora Sarah iba subiendo a toda prisa la cuesta, con la bolsa del portátil en una mano y el bolso colgado del hombro. Echó un vistazo a su reloj y calculó mentalmente si le daba tiempo a comerse un sándwich en la cafetería de la biblioteca antes de su siguiente clase. No le molestaba estar ocupada: así tenía menos tiempo para pensar en Alan Lovelock y en si debía o no presentar una queja formal contra él.

Fue entonces cuando vio al hombre de la cicatriz. Al principio fue solo una silueta, una forma, una desviación del contorno de la pared junto a la que se erguía. Estaba de pie en la esquina del edificio principal de la biblioteca, entre las sombras que arrojaba la fachada de cemento. Destacaba entre los estudiantes que pululaban por allí charlando, fumando, riendo y mirando sus teléfonos, y que o bien bajaban por la cuesta hacia los colegios mayores o subían hacia el bar del sindicato de estudiantes.

En medio de aquel trasiego, el hombre permanecía inmóvil, solo, en silencio.

Y la miraba fijamente.

Sarah aminoró el paso sin apartar los ojos de él, confiando en que se moviera, se alejara o dejase de observarla. Pero permaneció donde estaba, completamente quieto, con los ojos fijos en ella, como una estatua esculpida en piedra. Era corpulento, ancho de hombros y pecho, y de brazos tan gruesos que las mangas de su chaqueta parecían a punto de reventar. Ropa oscura, cabello oscuro. Los brazos relajados junto a los costados. Incluso a quince metros de distancia, Sarah distinguió la extraña línea blanca que le llegaba desde el nacimiento del pelo a la mandíbula, atravesando la mejilla en la que empezaba a asomar una barba morena. Parecía una cicatriz.

Sarah miró a la derecha antes de cruzar la calle y se detuvo para que pasara renqueando un autobús del campus envuelto en una nube de vapores de gasóleo, con las ventanillas cerradas para dejar fuera el frío de la tarde otoñal. Quizá aquel hombre estuviera esperando a alguien, o buscando a alguien, había mil motivos por los que podía…

Cuando acabó de pasar el autobús y miró de nuevo hacia la biblioteca, él ya no estaba. Le buscó con la mirada entre los grupos de estudiantes, pero no le vio por ninguna parte. Se había esfumado. Pero ¿había estado allí de verdad o se lo había imaginado?

En fin, ya no estaba. Se dijo que aquello era producto de su imaginación hiperactiva y se encaminó a la cafetería sin perder un instante.

«Bastantes cosas tienes ya de las que preocuparte, Sarah Haywood», se dijo. «Olvídate de ese hombre».

Esa tarde se encontró con Marie en la cola para usar la fotocopiadora del departamento. Todavía no habían tenido ocasión de hablar tranquilamente de lo ocurrido el lunes.

—¿Cómo te encuentras? —preguntó su amiga, poniéndole una mano en el brazo—. ¿Estás bien?

Sarah asintió despacio.

—Sí, estoy bien. Ya sabes, tirando, como siempre.

—Todavía no me has contado qué pasó el lunes, después de que se reuniera la comisión.

Se lo contaría pronto, pero no todavía. Prefería dejarlo para otro día. Aún no se sentía capaz de hablar de ello sin que le entraran ganas de llorar.

—Ya sabes, las gilipolleces típicas de Alan Lovelock. Escucha —añadió en voz baja—, ¿has visto a alguien raro en el campus estos últimos días?

Marie la miró extrañada.

—¿Raro?

—Alguien rondando por aquí que parezca fuera de lugar. Un hombre demasiado mayor para ser un estudiante y con una pinta un poco rara.

—Por esas señas, podría ser cualquier miembro del personal de la facultad.

—Me refiero a alguien que tenga pinta de ser… potencialmente peligroso.

Marie arrugó el entrecejo y negó con la cabeza.

—Creo que no.

—¿No has visto a un hombre con el pelo corto y negro, corpulento y con una cicatriz blanca que le cruza un lado de la cara?

—No. ¿Quién es?

—No lo sé. Un tipo al que he visto merodeando por aquí esta mañana.

—¿Crees que te está siguiendo?

—No. Bueno, no lo sé. Puede ser.

—Me estás preocupando, Sarah. ¿Qué ocurre? ¿Has hablado con seguridad?

Ella negó con la cabeza.

—No quiero… sacar las cosas de quicio.

—¿Conoces a ese hombre?

—No le había visto nunca.

—Pues, si le vuelves a ver, creo que deberías llamar a la policía.

—Seguramente no será nada. No quiero darle más importancia de la que tiene. Pero ¿me avisarás si le ves?

—Claro. Aunque sigo pensando que deberías llamar a alguien.

Sarah asintió, pensando en el joven agente de policía cuya tarjeta guardaba en el bolso.

—Sí, lo haré.

17

Sintió un inmenso alivio cuando llegó el sábado. Lejos al fin del trabajo y de Alan Lovelock, se dedicó a sus hijos, a llevarlos a sus actividades y a sus citas, a ayudarlos con sus tareas, a hacer la compra y a preparar la comida. Estuvo todo el día atareada y le alegró poder distraerse. Esa noche, cuando Grace y Harry estuvieran en la cama, pasaría dos o tres horas corrigiendo trabajos de sus alumnos, pero de momento se alegraba de estar lejos de la universidad y de todo aquello que le recordaba a diario el poco control que tenía sobre su destino.

Lejos del desconocido que la había estado observando junto a la biblioteca.

Habían pasado dos días desde entonces. No había vuelto a verle, y en ese plazo se había convencido de que seguramente estaba de paso en el campus. Quizá fuera un ojeador del equipo de *rugby*, o estuviera pasando un par de días con un hermano pequeño que estudiaba en el campus, o quizá estuviera borracho o drogado, o trastornado por algún otro motivo que explicara su extraño comportamiento. En realidad ¿tan extraña podía considerarse su conducta en un campus universitario, teniendo en cuenta que el club de remo había recibido numerosas amonestaciones por sus ceremonias de iniciación, que incluían beber una pinta de licor de alta graduación o correr desnudo de un extremo a otro del recinto de la universidad?

Sin ir más lejos, la seguridad del campus había tenido que vérselas hacía poco con veinticinco jugadores de *rugby* vestidos de pollitos que habían subido a pulso una mesa de billar a la azotea del edificio del sindicato.

No, aquel era un tipo corriente. Nada de importancia, seguramente.

Mientras esperaba en la banda de un campo de fútbol, en el parque de Lordship Rec, procuró olvidarse de la semana y trató de distinguir a Harry entre la bandada de niños que corrían tras la pelota por el campo lleno de barro. Los Caballeros, el equipo de alevines de Harry, jugaba contra los Tifones, sus rivales del barrio. Llevar a su hijo a los partidos de fútbol del sábado por la tarde era otra de las cosas que había empezado haciendo Nick y de las que luego se había aburrido. Pretextaba alguna tarea de bricolaje que no podía posponer y que permanecía misteriosamente incompleta cuando Sarah y Harry volvían a casa después del partido.

Ella había jugado al *hockey*, al *netball* y al béisbol en el colegio sin destacar en ninguno, pero conocía las reglas y sabía cómo se jugaba. Nunca había probado con el fútbol, aparte de dar unas pocas patadas a la pelota con Harry en su jardincito de atrás, pero estaba convencida de que no era así como se jugaba. Aparte de los porteros y de otro niño que se había quedado junto a la banda hurgándose la nariz, los demás jugadores perseguían la pelota como un enjambre de abejas detrás de un intruso que hubiera entrado en su colmena. Defensas, delanteros, los del medio —o como se llamasen—, todos corrían en tromba detrás del balón, pese a los gritos de sus entrenadores desde la banda. Los familiares —una veintena de padres, abuelos, hermanos y hermanas— ocupaban lados contrarios del campo, según el equipo, envueltos en abrigos, anoraks, guantes y gorros.

Sarah se cambió de mano el paraguas. Lloviznaba con lenta pero tenaz monotonía y ya tenía empapados los vaqueros y los zapatos. Había dejado de mala gana que Grace volviera al aparcamiento y esperara dentro del coche en vez de quedarse bajo la lluvia, con órdenes estrictas de mantener las puertas cerradas y no encender la radio por si se gastaba la batería.

Uno de los jugadores consiguió alejar la pelota de un chute y la bandada de chavalines de cinco años embadurnados de barro se lanzó hacia la portería del otro equipo. Por la razón que fuese, la portería estaba vacía. Sarah vio enseguida por qué: el portero del otro equipo, vestido con camiseta verde, se dirigía en esos momentos a la mesa de la merienda, llena de barritas de chocolate y bebidas, situada al borde del campo.

El entrenador de los Tifones, un hombre rubio y con barba, vestido con chándal, empezó a hacer aspavientos.

—¡Will! —gritó—. ¡Will! ¿Se puede saber qué haces? —Señaló frenéticamente la portería vacía—. ¡Vete a la portería!

El portero ausente se volvió y le miró con la boca abierta, sin comprender. El niño más corpulento de la bandada de jugadores enfiló la portería, pero falló al chutar y cayó de bruces en el barro. Otro jugador cayó encima de él. El balón avanzó lentamente, muy lejos de la portería, y salió del campo.

El entrenador se tapó la cara con las manos. Se oyeron aplausos dispersos y más gritos de aliento para ambos equipos.

—¡Mala suerte! —gritó un papá cerca de Sarah.

—¿Cómo van? —preguntó ella.

—No estoy seguro. ¿Doce a ocho? ¿Doce a siete? Aunque la verdad es que podrían ir once a ocho. He perdido la cuenta.

—¿Cuando empaten a doce podemos irnos a casa?

Él sonrió y meneó la cabeza. No llevaba capucha y la lluvia le había pegado al cráneo el cabello entrecano.

—Qué va, Sarah. Ni siquiera hemos llegado aún al descanso.

Ella señaló al portero de los Tifones, que estaba llorando en la banda.

—Creo que su entrenador ya tiene tema para la charla del descanso. Y parece que el papá del guardameta tampoco está muy contento.

El padre del niño estaba hablando con el entrenador, con los brazos en jarras. Sarah estaba demasiado lejos para oír lo que decían, pero comprendió por sus gestos que no era una conversación cordial. El niño seguía llorando, solo, mientras los dos hombres discutían acalorados y se apuntaban mutuamente con el dedo. Fueron levantando la voz.

Sarah sintió pena del niño y deseó que su padre le consolara, que al menos le...

De pronto se abrió un hueco entre la gente y sintió que se le crispaba todo el cuerpo.

Estaba allí. El hombre de la cicatriz.

De pie detrás de los padres del equipo contrario, vestido con un plumas negro y vaqueros azul oscuro. Llevaba el pelo muy corto, casi rapado, y su profunda cicatriz blanca se distinguía claramente: le llegaba desde la coronilla a la mandíbula, cruzando un poco por encima de la oreja.

Era él. Estaba segura.

18

Mientras le observaba, el desconocido giró un poco la cabeza para mirar hacia el aparcamiento que había junto al club de fútbol, donde Sarah había dejado su Ford Fiesta. Asintió con la cabeza una vez y luego volvió a mirar a Sarah. Fue un gesto muy leve, pero su significado estaba claro.

Sarah se quedó sin respiración.

Grace estaba en el coche. Sola.

Se volvió hacia donde había aparcado, a cuarenta o cincuenta metros de distancia, tan aterrada que casi no le respondieron las piernas. El pequeño Ford Fiesta azul seguía allí. Pero ¿estaba Grace dentro?

Soltó el paraguas y echó a andar a toda prisa hacia el aparcamiento al tiempo que buscaba el teléfono dentro del bolsillo del abrigo. Entonces se paró en seco.

«Harry». Volvió corriendo al campo. Harry seguía allí, trotando alegremente detrás de la pelota con sus compañeros de equipo.

El hombre de la cicatriz también seguía allí. Su rostro de mandíbula cuadrada tenía una expresión impasible. Había metido las manos en los bolsillos y su chaqueta negra relucía, empapada.

Sarah no sabía qué hacer. ¿Debía irse o quedarse? ¿Seguía Grace en el coche? ¿Se llevaría el hombre a Harry si se daba la vuelta? No, seguro que no, allí había demasiada gente.

Agarró del brazo al papá con el que acababa de hablar.

—Tengo que ir a ver cómo está mi hija —dijo casi gritando—. ¿Puedes vigilar a Harry? ¿Echarle un ojo?

El hombre de cabello canoso la miró con preocupación.

—Claro. ¿Estás bien?

—No lo sé —contestó ella, y se dirigió a toda prisa hacia el aparcamiento atravesando un campo de fútbol vacío.

Echó a correr, tambaleándose y resbalando en la hierba embarrada mientras agarraba el móvil dentro del bolsillo. Sabía que tenía que estar preparada para llamar a la policía si Grace no estaba en el coche. Sin perder un segundo.

«Por favor, que esté allí. Por favor, que no se la haya llevado».

—¡Grace! —gritó, cada vez más angustiada—. ¡Grace!

Llegó al aparcamiento y se cruzó delante de un coche que salía. El conductor pitó, enfadado, y se detuvo con un frenazo a escasa distancia de ella. Sarah se disculpó con un gesto y siguió corriendo mientras intentaba ver el interior de su coche por si distinguía la cabeza de Grace en el asiento delantero.

Las ventanillas estaban empañadas.

Se paró junto a la puerta del copiloto y tiró con fuerza de la manilla de la puerta. Estaba cerrada. Claro. Le había dado las llaves a Grace.

—¡Grace! —gritó dando una palmada en la ventanilla empañada.

Dio otra palmada y acercó los ojos al cristal en un vano intento por ver el interior del coche. ¿Estaba su hija dentro? Parecía haber algo allí, una forma, o quizá un…

La puerta del copiloto se abrió con un chasquido metálico y Grace asomó la cabeza.

—¿Ya ha acabado el partido? —preguntó.

Sarah casi se echó a reír de alegría, pero la risa se le cortó en la garganta.

«No le ha pasado nada. No le ha pasado nada».

—Todavía no, Grace. ¿Estás bien?

—Me he acabado el libro. ¿Dónde está Harry?

De pronto la asaltó otra idea, como un puñetazo en el estómago: «Esto ha podido ser una maniobra de distracción para llevarse a Harry».

—Todavía está jugando. Tienes que venir conmigo.

—¿Por qué?

—Tú ven. Vamos, date prisa.

Grace empezó a salir del coche.

—Pero es que es un aburrimiento…

Sarah estiró el cuello para mirar el campo de fútbol y en ese instante sonó un silbato y los jugadores se fueron parando poco a poco. Cerró la puerta del coche de golpe y pulsó el mando a distancia para echar el seguro.

—Queda poco para el descanso. Vamos. —Agarró a su hija de la mano—. ¡A ver quién llega antes!

Echó a correr hacia su hijo, de vuelta al partido. Solo pensaba en que tenía que volver con él, estar allí para protegerle. El barro espeso tiraba de sus zapatos y amenazaba con arrancárselos. Grace corría a su lado diciéndole que fuera más despacio. Llegaron las dos al borde del campo sin aliento y salpicadas de barro. El papá de pelo canoso no estaba por allí y los jugadores se habían agrupado en torno al entrenador para la charla del descanso.

Sarah intentó distinguir a Harry mientras se acercaba, buscando su pelo rubio entre el cúmulo de niños con camiseta azul.

Sintió que el miedo invadía su cabeza y dispersaba su razón.

«No está no está no está…».

Miró a su alrededor, frenética, buscando al hombre de la cicatriz en el parque, entre los árboles, en la carretera.

Harry apareció de pronto delante de ella, muy satisfecho de sí mismo.

—Casi meto un gol, mamá. ¿Me has visto?

Se arrodilló y le abrazó con fuerza, sin importarle que estuviera empapado y lleno de barro. Aspiró su olor, sintió sus bracitos alrededor del cuello y su aliento caliente junto a la oreja mientras le contaba cómo había estado a punto de marcar un gol.

Ella le apartó el pelo de la frente.

—¡Muy bien hecho, Harry!

Sus hijos estaban a salvo, eso era lo único que importaba. Volvió a recorrer con la mirada el extremo opuesto del campo.

El hombre había desaparecido.

Buscó en su bolso la tarjeta del detective de policía y marcó el número. No sabía si contestaría a esas horas y en fin de semana, pero Hansworth contestó al segundo pitido y Sarah le contó atropelladamente que temía que un hombre la estuviera siguiendo.

—Parece… peligroso —dijo.

—¿Le conoce? ¿Le vio en el accidente de tráfico que denunció?

—No, pero ya le dije que uno de esos hombres hizo una foto de mi coche, con la matrícula incluida.

—¿Se le ha acercado ese individuo? ¿Le ha hablado?

—Nunca se queda el tiempo suficiente.

—¿Ha recibido últimamente alguna carta amenazadora, algún correo electrónico o alguna llamada extraña?

—No, nada de eso.

—¿Tiene algún compañero de trabajo o algún conocido que pueda tener especial interés por usted?

«Ninguno del que pueda hablarte», pensó ella.

—No, pero he visto a ese hombre dos veces en tres días: una vez en la universidad y otra ahora mismo mientras mi hijo jugaba al fútbol. Estaba ahí, al otro lado del campo.

El detective parecía poco convencido.

—¿Y está segura de que es la misma persona?

—Segurísima. Es inconfundible, tiene una cicatriz blanca, muy larga, a un lado de la cabeza. ¿No puede hacer algo?

—El problema, doctora Haywood, es que de momento no ha cometido ninguna falta. Todavía cabe la posibilidad de que sea una coincidencia, y…

—¡No es una coincidencia! ¡Por Dios, se ha presentado en el partido de fútbol de mi hijo de cinco años! —Se apartó del resto de los padres y bajó la voz, consciente de que la estaban mirando con curiosidad—. ¿Qué debo hacer? Estoy sola y, francamente, me asusta que pueda pasar algo.

El joven detective le recomendó varias medidas de precaución elementales: que llevara siempre el móvil encima y una alarma anti-agresión, que variara su rutina diaria si podía, que evitara quedarse sola, que empezara a anotar los incidentes que la alarmaran y evitara hablar con aquel individuo o tener cualquier contacto con él. Le dio el nombre y el número de una compañera, la sargento Jane Irons, que llevaba muchos años trabajando en casos de acoso. Sarah tomó nota mentalmente de que debía llamarla.

Solo cuando estuvo de vuelta en el coche, mientras abrochaba el cinturón de la silla de seguridad de Harry, comenzó a darle vueltas a un interrogante. Aquel hombre había dado con ella, la había seguido en el trabajo y fuera de él, y no había hecho nada aún.

Pero ¿quién era?

19

Hacía justo una semana que Lovelock le había dicho que no iban a ofrecerle el contrato fijo. Sarah tenía la sensación de haber penetrado en una realidad paralela, en la que todo estaba del revés y ya nada tenía sentido. Llevaba meses esperando una buena noticia, esforzándose por conseguir el contrato fijo como un marinero caído al agua que luchase por alcanzar la última lancha salvavidas, lo único que podía mantenerlo a flote, ignorando el temor a que la lancha se alejara, lo dejase atrás y se ahogara sin remedio.

Sin embargo, aquella lancha salvavidas había resultado ser un espejismo. Nunca había estado ahí.

Desde aquel batacazo, había aumentado su dosis de somníferos para intentar dormir más de dos o tres horas cada noche, pero no servía de nada. Se quedaba allí, despierta, de madrugada, sola en su cama de matrimonio, escuchando el leve tictac de su reloj de pulsera en la mesilla de noche, con la sábana estirada hasta la barbilla. A ratos, pero cada vez con más frecuencia, se sorprendía pensando «¿Podría hacerlo? ¿Sería capaz de acostarme con él para salvar mi trabajo? ¿Por mis hijos? ¿Para poder pagar la hipoteca?». Descartaba la idea de inmediato, pero volvía a asaltarla subrepticiamente cuando menos se lo esperaba: sentada a su mesa corrigiendo trabajos, o esperando en el coche a que el semáforo se pusiera en verde. Incluso dando vueltas a la comida en el plato, sin ningún apetito.

Volvió a pensar en ello ahora, al apagar la luz del salón de actos de la facultad sumiéndolo en la oscuridad, mientras los últimos alumnos se alejaban por el pasillo camino del edificio del sindicato. En su época de estudiante y después de graduarse, se había acostado con un total de seis chicos antes de conocer a Nick y desde entonces le había sido fiel, a pesar de sus traiciones. Pero ¿entre esos seis hombres había alguno que le desagradase? ¿Alguno con el que no hubiera disfrutado?

Sí, desde luego. Dos o tres, seguramente. Se había acostado con ellos por motivos equivocados, o estúpidos, y después se había arrepentido. En el caso de Marco, se había dejado convencer por su colosal jactancia de sus habilidades en la cama, que resultaron ser muy escasas. Con Adam se acostó porque temía que él cortara si no lo hacía, y cortó de todos modos. Y con aquel chico del último curso —no se acordaba de su nombre—, se enrolló porque estaba enfadada con Adam y creía, de una manera abstracta, que acostarse con otro borraría la tristeza y la sensación de humillación que le había dejado su historia con Adam.

«¿Tan distinto es eso de lo que quiere Lovelock? Te acostaste con él y no disfrutaste, así que ¿qué diferencia habría? Y lo que es más importante, ¿podrías hacerlo? ¿Y si fuera cuestión de supervivencia?».

No. No, qué va. Las cosas ya no funcionaban así.

O al menos no debían funcionar así. Había una diferencia abismal entre un par de decisiones equivocadas y la perspectiva degradante y horrenda de acostarse con el profesor Alan Lovelock, de la Orden del Imperio Británico.

Se reprendió otra vez por haberlo pensado. No podía caer tan bajo.

No. Eso no. Nunca.

Buscó las llaves del coche en el bolso, entre el móvil, las llaves de casa, el monedero, un bote pequeño de aerosol que le había traído su prima de Estados Unidos y el revoltijo de bolígrafos, pañuelos de papel, chicles y pintalabios. Por fin las encontró y levantó la vista tratando de recordar en qué lado había aparcado. Ya había oscurecido. A veces los días se fundían unos con otros y olvidaba dónde había encontrado sitio. Además, como de costumbre, había llegado tarde a la facultad después de llevar a los niños al colegio, y los huecos más cercanos a su despacho estaban ya ocupados. Había tenido que dar una vuelta, hasta una filita situada detrás del edificio de Ingeniería. Siempre dejaba el coche allí cuando el aparcamiento principal estaba lleno, porque había poca gente que conociera ese sitio y…

Se detuvo de golpe.

El hombre de la cicatriz estaba esperándola.

Esta vez, sin embargo, no la acechaba al fondo del salón de actos, ni la vigilaba desde lejos. Estaba apoyado en el capó de su Ford Fiesta, con los brazos cruzados, e iba acompañado de otro hombre más joven, con el cabello oscuro recogido en una coleta y la misma mirada inexpresiva. La contemplaban, impasibles.

Sarah les sostuvo la mirada sintiendo una punzada gélida en la nuca. «Piensa. Mantén la calma».

Delante de ella, el edificio de Ingeniería estaba a oscuras. Formaba un callejón sin salida con la larga valla del recinto. Para salir de allí, tendría que volver sobre sus pasos, no había otra opción. Miró hacia atrás, hacia la calle principal que atravesaba el campus. A unos treinta o cuarenta metros de distancia, un par de estudiantes iban en sentido contrario. Nadie se acercaba. ¿Podría gritarles, pedir socorro, llamar su atención? No. Tenía que conservar la calma. Nada de gritos aún. «No te dejes intimidar por estos matones».

Seguía con la mano dentro del bolso, sujetando las llaves. Las soltó y agarró el teléfono. «¿El servicio de seguridad del campus o la policía?». Los guardas de seguridad conocían la universidad palmo a palmo y llegarían antes. Y necesitaba que alguien interviniese. Enseguida. La oficina de seguridad estaba a tres minutos a pie, calle abajo, y tenía el número del servicio de emergencia grabado en el teléfono. Echaría a andar hacia allí, los llamaría y les diría que salieran a su encuentro. Luego, por si acaso, llamaría también a la policía.

Se acercó el teléfono a la oreja y se volvió, dispuesta a alejarse de allí a toda prisa.

Pero se dio de bruces con otro hombre. Un tipo gordo, con el pecho muy ancho, que se había acercado a ella por detrás sin hacer ruido y le puso una mano en el hombro, dejándola paralizada. Su loción de afeitar apestaba. Con la otra mano, le arrancó el teléfono y, meneando la cabeza, cortó la llamada. Asustada y enfadada en igual medida, Sarah metió la mano en el bolso y agarró la latita de aerosol. Sacó el espray y le roció la cara con tinta roja.

El hombre se echó bruscamente hacia atrás, maldiciendo en un idioma que Sarah no entendía, pero no la soltó. Ella le roció la cara de nuevo y esta vez el hombre retrocedió tambaleándose. Sarah se volvió y echó a correr.

Pero ya era tarde. Oyó pasos a su espalda.

El hombre de la cicatriz la agarró del brazo y tiró de ella sin contemplaciones. Le arrancó de la mano el aerosol y se lo guardó en el bolsillo.

Aún no le habían dicho ni una palabra, lo que en cierto modo hacía que la situación fuera más aterradora.

—No vuelva a hacer eso —dijo ahora el de la cicatriz con fuerte acento extranjero.

Ella abrió la boca para gritar, pero el de la coleta se la tapó con la mano antes de que pudiera emitir sonido alguno. Una oleada de pánico recorrió a Sarah como una corriente eléctrica.

El de la cicatriz sacudió la cabeza.

—Y nada de gritos —dijo. Se abrió la chaqueta y le enseñó la pistola negra que llevaba al cinto—. ¿Entendido?

Ella asintió rápidamente, con los ojos desorbitados. Pensó a toda prisa. «Una pistola. Tiene una pistola. ¿Qué es esto? ¿Qué está pasando?».

En el fondo, sin embargo, ya lo sabía: el hombre al que había atropellado una semana antes. Sus amigos la habían encontrado. Notó que le fallaban las piernas, sintió que cederían en cualquier momento.

El de la coleta la empujó hacia un todoterreno BMW negro con las lunas tintadas y abrió la puerta de atrás. Ella intentó desasirse. No permitiría que la metieran en el coche. Su instinto le decía que era mejor seguir allí, al aire libre, tanto tiempo como fuera posible. Pero el forcejeo era tan desigual que acabó casi antes de empezar y en cuestión de segundos se encontró en el interior del coche y la puerta se cerró tras ella. El hombre de la coleta se sentó al volante y encendió el motor.

—¡Por favor! —suplicó Sarah—. Por favor, tengo que ir a buscar a mis hijos. Tengo que recogerlos. Estarán esperando a que llegue. Por favor, me están esperando.

Estaba en el asiento de atrás, al lado del hombre de la cicatriz. Él sacó tranquilamente su teléfono del bolso y se lo tendió.

—Desbloquéelo —dijo.

Ella acercó la mano, temblorosa, y desbloqueó el teléfono con la huella del pulgar. El hombre de la cicatriz abrió rápidamente la aplicación de mensajería instantánea, seleccionó *Papá móvil* y fue bajando hasta encontrar un mensaje de la semana anterior. «Sabe lo que está buscando», pensó Sarah. El hombre copió el texto y lo pegó en un mensaje nuevo.

Llego tarde, ¿puedes recoger a los niños en el cole y llevarlos a casa? Nos vemos dentro de un rato. Gracias. S. Besos.

—Ya no la esperan —dijo, y pulsó *Enviar*.

Un momento después llegó la respuesta.

Claro, luego te veo. Papá. Besos.

El hombre de la cicatriz apagó el teléfono, abrió la carcasa, sacó la batería y se guardó las dos cosas en el bolsillo de la chaqueta. Luego se sacó una capucha de seda negra del otro bolsillo y le cubrió la cabeza rápidamente.

Todo quedó a oscuras. El interior de la capucha tenía un olor agrio y mohoso, como a sudor. Sarah intentó respirar hondo, pero no había aire suficiente para llenarse los pulmones. De pronto se sintió mareada y pensó con horror que iba a desmayarse o a morir asfixiada. La inercia la empujó hacia atrás al arrancar el coche.

—Túmbese de lado —dijo junto a su oído una voz, tan cerca que podía haber sido el susurro de un amante.

Obedeció, notando el peso de la mano de él sobre su hombro, y trató de aquietar su respiración. «Despacio. Con calma». Inspirar por la nariz, expirar por la boca. Se preguntó qué habría sido de la última persona que había llevado aquella capucha puesta.

Comprendió, por los cambios de dirección del BMW, que estaban saliendo del campus e intentó imaginar hacia dónde se dirigían. Notaba el calor de su aliento dentro de la capucha. Seguía sin haber suficiente oxígeno, pero en aquella postura podía mover la cabeza sobre el asiento, dejando un hueco a la altura del cuello por el que entraba algo de aire. Se estremeció involuntariamente, un espasmo violento que la recorrió por completo. El hombre le apretó el brazo, sujetándola contra el asiento del BMW.

«Piensa». Si aquello era por el hombre al que había golpeado con su coche, ¿qué le harían a cambio? ¿Y su padre? ¿Cuánto tiempo tardaría en dar la voz de alarma al ver que no aparecía? Otra idea la atravesó como un cuchillo: ¿y si aquellos hombres se llevaban también a Grace y Harry? «Por favor», imploró para sus adentros, «que solo sea yo, que no vayan a por mis hijos. Por favor, que estén a salvo con mi padre». Al imaginar a Grace, a Harry y a su padre sentados en torno a la mesa de la cocina se le llenaron los ojos de lágrimas. Tragó saliva y procuró refrenarlas.

«No es momento de llorar. Ahora no. No puedes permitirte ese lujo. Piensa».

Intentó llevar la cuenta mentalmente y adivinar a qué velocidad iba el coche. ¿Iban por la carretera, por una autovía? No. Había mucho tráfico y paraban a menudo. Por los semáforos y los cambios de dirección daba la impresión de que se estaban adentrando en la ciudad, en lugar de alejarse de ella. Pero el trayecto duraba una eternidad. Comenzó a contar lo mejor que podía, hasta sesenta y vuelta a empezar. No muy deprisa. Contando los minutos. Contar le impedía pensar en otras cosas, la ayudaba a conservar la calma. Hasta sesenta y vuelta a empezar.

Contó catorce minutos, o eso le pareció. Algo así.

Luego, el coche se detuvo.

Volvió a sentir la mano del hombre en su brazo, tirando de ella hacia un lado. Se desplazó por el asiento y pisó con cuidado un suelo duro. El ruido del tráfico sonaba lejano. Se quedó un momento allí parada, sintiendo el olor a gasóleo, a lluvia y a aire frío. Voces de hombre amortiguadas por la capucha, puertas de coche que se cerraban de golpe. La mano que la tenía sujeta por el antebrazo se aflojó ligeramente. Seguía encapuchada, pero tenía las manos libres y sintió el impulso repentino de quitarse la capucha e intentar huir, buscar un hueco entre los hombres, escurrirse por él y echar a correr con todas sus fuerzas. Dio gracias a su instinto, que esa mañana la había llevado a ponerse zapatos planos. Con aquel calzado podía correr. Cuando iba al colegio, practicaba atletismo y se le daba bastante bien. Cien metros, doscientos, relevos de 4 por 400. Podía hacerlo. Podía ser su última oportunidad, su única oportunidad. Sabía instintivamente que, si surgía la ocasión de huir, solo dispondría de un segundo o dos y tendría que estar lista para reaccionar sin vacilar.

Oyó más voces, pero no alcanzó a distinguir qué decían. Olor a tabaco. El chasquido metálico de las puertas del BMW al accionarse el cierre por control remoto.

La mano se apartó de su brazo.

«¡Ahora!».

Echó a correr.

20

Se quitó la capucha y la arrojó al suelo al tiempo que se apartaba de un hombre que se lanzó hacia ella y le rozó la chaqueta con la punta de los dedos. Sarah logró esquivarle y, sin dejar de correr, entornó los ojos, deslumbrada por el resplandor de dos altos focos situados a ambos lados del patio. Una valla metálica delante, una explanada de cemento, almacenes y, más allá, edificios a oscuras. Gritos de sorpresa a su espalda. Pasos. «¡Por allí!». Un hueco entre dos edificios. Viró en esa dirección, corriendo con todas sus fuerzas y acompañando el movimiento con los brazos mientras se llenaba los pulmones dando grandes bocanadas de aire frío.

—¡Auxilio! —gritó—. ¡Que alguien me ayude!

Se lanzó hacia el pasadizo a oscuras que se abría entre dos almacenes y trató de distinguir qué había al otro extremo. Más edificios y el destello difuso de una farola. Empezaban a arderle los pulmones. Saldría a la calle y pararía un coche, o buscaría una cafetería o un *pub*, haría que alguien llamase a la policía, solo tenía que doblar aquella esquina y…

Una mano recia la agarró férreamente del brazo. Otro hombre, uno al que no reconoció. El pánico se apoderó de ella. Le lanzó una bofetada con la mano libre y sintió un escozor en la palma al asestar el golpe. Le dio una patada en la espinilla y, acto seguido, un rodillazo en la entrepierna con todas sus fuerzas. Oyó un gemido de dolor, la mano que la agarraba se aflojó momentáneamente y un instante después el hombre la hizo darse la vuelta, la sujetó con el brazo por la cintura desde atrás y, levantándola en vilo, se encaminó hacia el BMW.

—¡Socorro! —gritó Sarah.

El hombre le tapó la boca con la mano.

La llevó así hasta el coche. El de la cicatriz y sus dos compañeros seguían allí. El de la coleta parecía alterado y se adelantó como si fuera a golpearla. Sarah se echó hacia atrás cuando le levantó la mano, pero él se limitó a ponerle la capucha. Se la pasó por la cabeza y todo volvió a ennegrecerse. La tela de seda estaba mojada porque había caído al suelo y el olor a humedad saturó las fosas nasales de Sarah.

Oyó hablar a los dos hombres y se dio cuenta de que se comunicaban en ruso. Luego, se echaron a reír. Volvieron a hablar. Se oyó el ruido de un puñetazo al golpear músculo, una exhalación y un cuerpo al caer sobre el cemento mojado. Gruñidos y toses, y un sonido como de arañazos cuando el hombre caído volvió a ponerse en pie. Un escupitajo y una sarta de improperios en ruso.

Luego, más risas que sonaron crueles. De pronto, la embargó el terror a lo que iba a pasar a continuación.

—¿Qué? —preguntó, intentando dominar su voz—. ¿Qué pasa?

La respuesta sonó junto a su oído y ella se apartó horrorizada al escuchar aquella voz de fuerte acento ruso, lenta y profunda. El hombre de la cicatriz, el que le había hablado en el campus.

—He dicho que Mijail tiene que pasar más tiempo en el gimnasio y menos delante del teclado.

Más risas. El de la coleta, al que habían golpeado y que parecía llamarse Mijail, volvió a hablar atropelladamente. Hablaba y trataba de recuperar el aliento al mismo tiempo.

Luego, la mano que la sujetaba del brazo tiró de ella, a medias guiándola, a medias llevándola a rastras. Sarah tropezó en un bordillo y estuvo a punto de caer de bruces, estiró los brazos instintivamente para amortiguar la caída, pero la mano que la sujetaba impidió que cayera. Se oyó el golpe de una puerta al cerrarse. Un eco de pasos. Estaban dentro. Por la rendija del borde de la capucha, vio un suelo de cemento basto y un par de pies a cada lado de los suyos. Otra puerta: el chirrido metálico de un cerrojo grande al encajarse y, a continuación, una gruesa alfombra bajo sus pies.

La obligaron a sentarse en una silla de madera de respaldo recto. «Dios mío. Ya está».

Le quitaron la capucha y se quedó quieta, parpadeando. No quería moverse, ni darse la vuelta, para no provocar su ira.

Se oyó un suave chasquido al cerrarse la puerta a su espalda.

Poco a poco, se le acostumbraron los ojos al nuevo entorno y vio que estaba en un despacho espacioso, sin ventanas. Delante de ella había un escritorio enorme con una silla de piel vacía. El otro extremo de la habitación estaba a oscuras, sumido en sombras, pero la luz de dos focos que apuntaban hacia ella desde sendas esquinas la hizo comprender que estaban a punto de interrogarla. Detrás del escritorio había una puerta grande, cerrada.

Respiró hondo varias veces, aliviada por verse libre de la capucha. La habitación olía a tabaco, a loción de afeitar y cuero viejo. Esperó. Un minuto. Le sudaban las palmas de las manos, pero procuró mantener la calma. «Por favor, que mis hijos estén a salvo». Dos minutos. «Si fueran a hacerte daño, ya te lo habrían hecho. ¿No?».

Estaba pensando en levantarse para buscar al hombre que la había llevado hasta allí cuando se abrió la puerta que tenía delante.

Entró un hombre alto, vestido con traje oscuro y camisa blanca con el cuello abierto. Entornando los ojos para protegerse de la luz, Sarah trató de distinguir sus facciones. Aparentaba unos cincuenta y cinco años, tenía el cabello corto y negro y la barba también negra, recortada con esmero. Se sentó detrás del escritorio, recostándose en la silla de piel, y entrecruzó las manos sobre el regazo. La miró un momento, observándola con sus ojos oscuros.

Sarah pestañeó deprisa. El corazón le martilleaba en el pecho.

Rezó porque lo que estuviera a punto de ocurrir no fuera muy doloroso.

«Que esto acabe de una vez».

Por fin, el hombre habló.

—¿Sabe quién soy, Sarah? —Tenía una voz grave y aterciopelada, con un ligero acento.

Ella sacudió la cabeza rápidamente.

—No.

—Puede llamarme Volkov. Hay gente que me llama así. ¿Sabe por qué está aquí?

—No.

—Permítame enseñárselo.

Se levantó y se acercó a la puerta por la que había entrado segundos antes. La abrió, le hizo una seña a alguien y dijo unas palabras en ruso. Hizo otra seña y apareció una niña. Indecisa al principio, miró desde el marco de la puerta con los ojos abiertos de par en par. Era pequeña, más o menos de la edad de Grace, tenía el cabello oscuro y llevaba coletas.

Sarah la reconoció inmediatamente. Era la niña de Wellington Avenue.

21

Volkov hizo otra seña a la niña, invitándola a entrar, y le dijo algo en ruso. Luego se volvió hacia Sarah. Su expresión se había suavizado.

—¿Reconoce a esta niña?

Sarah asintió y se inclinó hacia la pequeña.

—Hola. ¿Estás bien?

La niña sonrió con timidez y contestó afirmativamente, asintiendo con la cabeza sin decir nada.

—Menos mal —dijo Sarah—. Estaba muy preocupada por ti.

—La ha visto antes, ¿verdad?

—La vi la semana pasada. Unos hombres estaban... —Se interrumpió y los miró a ambos—. ¿Es su hija?

—Muy bien. —Volkov le puso la manaza en el hombro—. Aleksandra, ¿quieres decirle algo a la doctora Haywood?

—Gracias —dijo la niña en un inglés vacilante, con los ojos fijos en el escritorio que las separaba—. Por detener a ese hombre malo.

—De nada, Aleksandra. Me alegro mucho de que estés bien.

Volkov volvió a dirigirse a la niña en ruso y ella entró en la habitación contigua. Se cerró la puerta y Sarah se quedó de nuevo a solas con Volkov. La embargó una arrolladora oleada de alivio al darse cuenta de que tal vez aquellos hombres no pretendían hacerle daño.

El hombre le hizo una seña y Sarah se fijó en su reloj de pulsera: un reloj pesado, de esfera ancha, incrustado de joyas que centelleaban a la luz de los focos.

—Lamento todas estas incomodidades.

—No pasa nada.

—La llevaremos enseguida a su universidad, pero primero permítame explicarle por qué la he hecho traer aquí. ¿Tendrá la amabilidad de escucharme?

Ella asintió en silencio.

—Bien. —Él sacó una botella y dos vasos pequeños de un cajón de la mesa, llenó los vasos y puso uno sobre el escritorio, delante de Sarah—. Beba —dijo.

Sarah dio un sorbito. El vodka le quemó la garganta.

Volkov brindó por ella, se bebió la mitad de su vaso y se acomodó en su silla.

—Antes tenía un hijo. El hermano de Aleksandra —dijo, y se le ensombreció el semblante—. Se lo llevaron hace cuatro años, en Moscú. Secuestrado. Por eso, entre otras razones, estoy ahora aquí, en el Reino Unido.

Advirtiendo que hablaba en pasado, Sarah esperó a que continuara, pero él se quedó callado.

—Lo lamento —dijo cuando no pudo soportar más el silencio—. ¿Qué le ocurrió a su hijo?

—Los hombres que le secuestraron pensaban que podían hacerme cambiar de parecer intimidándome, que me plegaría a su voluntad si amenazaban a mi hijo, a mi hijo mayor. Le busqué, día y noche. Registré media ciudad, apretándoles las tuercas a mis enemigos. Pero era demasiado orgulloso para negociar. Demasiado orgulloso para hacer un trato a cambio de su vida. —Hizo una pausa—. Así que un día me enviaron un dedo. Yo seguí buscando. Al día siguiente, otro dedo. Aun así, no me doblegué ante esos hombres. Al día siguiente, me mandaron una mano. Fue lo único que pudimos poner en el ataúd cuando le enterramos. No volví a verle.

—Lo siento muchísimo…

Él tocó una fotografía que tenía sobre la mesa.

—Mi mujer, Katerina, murió poco después. No pudo… No fue capaz de soportar la muerte de nuestro niño. Se arrojó delante de un tren en la estación de Kazansky. —Señaló a Sarah—. Usted me recuerda a ella. Muchísimo.

Ella no supo qué responder a aquella confesión íntima de un extraño y optó por callar.

—Pero llevo la sangre de los dos en mis manos —añadió Volkov—. Y la llevaré siempre, hasta el día que me muera.

—¿Cómo se llamaba su hijo?

—Konstantin. Tenía ocho años.

Sarah trató de imaginar el trauma de perder a su hijo en circunstancias tan espantosas. Esa nube negra en el horizonte de cualquier madre.

—Mi niña cumple ocho el mes que viene —dijo en voz baja.

—De modo que debe usted comprender, Sarah, que al salvar a mi hija salvó también mi futuro. Salvó lo poco que queda de mi familia.

—Me sacó de mis casillas, eso es todo.

—Podrían haberla matado así —dijo él chasqueando los dedos—. No sabe usted lo cerca que estuvo de morir. Actuó con valor. Otros, en cambio, eligieron la cobardía. Y al hacerlo me hizo usted un regalo inapreciable. —Levantó la tapa de una caja que había sobre la mesa y sacó un puro muy largo—. Sarah, he tenido la fortuna de triunfar en los negocios. Tengo mucho patrimonio, aviones privados, más dinero del que podría gastar si viviera cien veces. Pero todo eso carece de importancia, de valor, si no hay nadie a quien pueda dejárselo cuando muera.

—Su hija.

Usó un cortapuros para cortar el extremo del cigarro con un chasquido seco.

—Exacto. Por eso, quien amenaza con quitarme a mi hija

amenaza mi vida entera. —Encendió el puro y le dio una fuerte calada. La nube de humo se elevó hacia el techo—. Al salvar a Aleksandra, me hizo usted un regalo tan… enorme que es imposible medirlo. Y yo nunca he estado en deuda con nadie, en toda mi vida. Nunca le he debido nada a nadie. Hasta ahora. En Rusia decimos que una deuda es hermosa, pero solo cuando se zanja.

—No me debe nada —repuso ella.

Él contempló la punta del puro, que ardía roja como una cereza.

—¿Sabe usted lo que es una buena obra de verdad, Sarah?

—Cuando haces algo bueno —contestó ella con un encogimiento de hombros—. Cuando ayudas a alguien. Ya sabe.

Él negó enfáticamente con la cabeza.

—No. Una buena obra de verdad es aquella que se lleva a cabo de manera totalmente desinteresada, sin ninguna expectativa ni ninguna esperanza de recompensa. Por su naturaleza intrínseca, una verdadera buena obra no puede retribuirse. —Dio vueltas al puro entre el índice y el pulgar antes de apuntarle con él—. Pero yo voy a intentarlo. Porque la experiencia me ha enseñado que, para ser un gran hombre, para ser un líder, no puede uno limitarse a devolver el daño que se le ha infligido. También hay que recompensar la lealtad, la valentía y la inteligencia, para elevarse verdaderamente por encima de las masas. Mi colega Mijail, por ejemplo. Le ha conocido usted esta noche, según creo. A los quince años, hackeó la red informática de mi empresa y la infectó con un virus; en definitiva, que armó un buen lío. No para robar, solo por divertirse. Le cogimos, claro, y fue castigado. Pero me di cuenta de que era un genio de la informática y le pedí que trabajara para mí, para impedir que volviéramos a ser víctimas de ataques como el suyo. Y desde entonces me ha prestado leales servicios.

—Yo no quiero nada de usted. Solo me alegro de que su hija esté a salvo.

—No parece usted entenderlo, Sarah. Escúcheme: estoy en

deuda con usted. Toda buena acción ha de ser recompensada. Y la recompensa debe estar a la altura, de modo que voy a darle algo muy especial. Un regalo como ningún otro. —Dio una profunda calada al puro y el humo salió en volutas de su nariz—. En Rusia, uno de mis motes es *volshebnik*. ¿Sabe usted lo que significa?

—Me temo que mi ruso es muy elemental.

—Significa «el mago». Porque puedo hacer que las cosas desaparezcan. Dinero, pruebas, problemas. —Hizo una pausa, clavándole la mirada—. Gente también, a veces.

—Es-está bien —titubeó ella.

—Los hombres que se llevaron a mi hijo en Moscú… Los hice desaparecer. A todos. Los que intentaron llevarse a Aleksandra la semana pasada eran miembros de una banda albanesa que quiere hacerse un hueco. Pronto desaparecerán también. De modo que esto es lo que le ofrezco. —Dejó el puro en un cenicero y se inclinó hacia delante, juntando las manos sobre la mesa—. Dígame un nombre. Una persona. Y la haré desaparecer. Para usted.

22

Sarah miró fijamente a Volkov. ¿Era un truco? ¿Una broma? Tragó saliva.

—¿Desaparecer?

—Sí. Sin ningún inconveniente para usted, sin vínculo alguno. Nadie lo sabrá nunca. —Hizo un gesto tajante con la mano—. Sucede y ya está.

—¿Desaparecer en el sentido de…? En fin…

Él le sostuvo la mirada sin pestañear.

—Desvanecerse, volatilizarse. Se esfuman de la faz de la tierra como si nunca hubieran existido. Así, usted y yo estaremos en paz. Su buena obra quedará retribuida y yo habré zanjado mi deuda.

Había tres condiciones, le dijo. Tenía setenta y dos horas para darle un nombre. Si decía que no, la oferta desaparecería para siempre. Y si decía que sí, no habría vuelta atrás. No podría cambiar de idea.

Sarah se quedó petrificada un momento, tratando de entender sus palabras.

—Está hablando de… En fin, eso sería… sería ilegal.

—Legal, ilegal… ¿Quién decide esas cosas? ¿Quién las juzga? No estoy hablando de leyes, hablo de justicia. Justicia para usted, justicia para su familia, para las personas a las que quiere. Quiero saldar mi deuda. Si un hombre no tiene honor, no tiene nada.

—Pero no puede hacer desaparecer a alguien así, arbitrariamente. No es… no es… No puede ser…

—Puede que no, en su mundo. Pero en el mío… —Volkov se encogió de hombros—. Desaparece gente constantemente. La mayoría ni siquiera merece unos pocos párrafos, a no ser que sea una joven bonita, o un niño, o una celebridad. ¿Pretende decirme que no hay nadie en su vida que no se lo merezca? ¿Nadie que le haya hecho mal? Su marido infiel, por ejemplo.

—¡No! Claro que no.

—O la amiguita de su marido en Bristol, quizá.

Sarah vaciló. Volkov esbozó una sonrisa.

—¡Ajá! ¿Lo ve? Se lo está pensando. Eso es bueno. Entonces, ¿la amiguita de su marido?

—No. Ella no.

—Pero ha dudado.

—¿Cómo sabe esas cosas?

—Lo sabemos todo sobre usted. Quería estar bien informado sobre esa mujer tan valiente que salvó a mi familia.

—Es que… me cuesta creer lo que está diciendo. No me hago a la idea.

La sonrisa de Volkov se desvaneció.

—Deme un nombre —dijo echándose hacia delante—. Y yo haré que se lo crea.

Un recuerdo afloró de pronto en su memoria.

—Los hombres que intentaron llevarse a su hija… Uno de ellos le hizo una foto a la matrícula de mi coche. Me preocupa que me encuentren, que vengan a por mí o a por mi familia.

Volkov hizo un ademán desdeñoso y el humo de su puro ondeó en el aire.

—No se preocupe por ellos. Aficionados… Ya nos estamos encargando. Le estoy pidiendo un nombre que sea importante en su vida.

Sarah se debatió contra su instinto. Aquello no estaba bien. No podía estarlo.

Pero ¿por qué no? ¿Por qué no dejar que el martillo cayera sobre quien más lo merecía?

Fijó de nuevo la mirada en Volkov.

—Yo no… no puedo darle ningún nombre. No hay nadie.

—Tonterías. Todo el mundo tiene a alguien a quien le gustaría castigar. Para que el mundo sea un poquitín más justo.

—Puede que yo sea la excepción.

Volkov se quedó mirándola un momento.

—¿Está segura?

Sarah se sintió como una viajera que, después de recorrer mil kilómetros en línea recta confiando en recorrer otros mil, llegara de pronto a una encrucijada. Nunca había imaginado que tuviera que tomar esa decisión. Y ¿de veras hablaba en serio Volkov?

—Sí, estoy segura.

—Todo el mundo puede dar un nombre. Todo el mundo. Lo reconozca o no.

—No hay nadie.

—Le aconsejo que se lo piense detenidamente.

Pulsó un botón debajo del borde del escritorio y un instante después entró el hombre de la cicatriz. Entregó a Sarah dos teléfonos móviles: el suyo y un Alcatel con un diseño plegable que hacía años que Sarah no veía.

Volkov señaló el Alcatel.

—Es un teléfono de un solo uso. Desechable. Hay un número grabado en la memoria. A través de él puede contactar con mi personal. Si cambia de idea, dispone de setenta y dos horas para darme un nombre.

Sarah se guardó los dos teléfonos.

—Gracias.

—Solo le pido una cosa. —Volkov se inclinó hasta que su cara quedó a escasos centímetros de la de Sarah. El aliento le apestaba a humo de tabaco rancio—. Respete la confianza que he depositado en usted. No le hable a nadie de este encuentro, ni de la oferta que le he hecho. ¿Entendido?

—Por supuesto —respondió ella.

—¿Puedo confiar en usted?

—Sí.

—Bien. Permítame demostrarle que hablo muy en serio.

El hombre de la cicatriz puso sobre la mesa, delante de ella, cuatro fotografías satinadas de veinte por veinticinco.

Una de su casa. Otra de la casa de su padre. Dos del patio de un colegio, lleno de alumnos de primaria. Niños pequeños con jersey rojo, corriendo, jugando, charlando. El colegio de Harry. Otra fotografía de otro patio, con niños mayores, y Grace allí, en el centro de la imagen.

Sarah sintió que se le contraía el estómago al mirar las fotografías.

—¿Cómo ha…?

—Investigando.

—¿Ha estado espiándome?

—Ya se lo he dicho: quería conocer a la mujer que salvó a mi hija.

El nudo de miedo que notaba en el estómago se tensó más aún.

—Podría haberme preguntado.

—¿Y qué me habría dicho?

—Puedo decírselo ahora, si quiere. No hay mucho que contar. —Hizo una pausa, tragó saliva—. Pero luego tiene que darme esas fotografías.

Volkov sonrió y negó con la cabeza.

—Me parece que no. Necesito asegurarme de que nuestra conversación no se hace pública. Si le dice a la policía o a cualquier otra persona que nos hemos reunido, me obligará a actuar, y entonces ¿quién sabe quién será el próximo en desaparecer? No se lo diga a Nick, ni a sus amigas Laura Billingsley y Marie Redfern, ni a su padre, Roger. A nadie.

«Sabe los nombres de todos», pensó Sarah.

Como si le leyera el pensamiento, Volkov añadió:

—Sí, sé quiénes son y dónde viven. Sé dónde vive usted y a qué colegio van sus preciosos hijos. Pero, por favor, créame cuando le digo que solo se trata de una garantía. Un hombre como yo ha de tener cuidado. Ha de tener alternativas. Nada me haría más feliz que quemar todas estas fotografías, olvidar todos esos nombres. Y lo haré, después de haber saldado mi deuda con usted. Pero no aún. De momento, las guardo en mi caja fuerte. ¿Entendido?

Sarah reflexionó un momento, sopesando el peligro de mentirle a aquel hombre.

—Sí. Entendido.

—Bien. Ahora, la llevaremos de vuelta a su coche, se irá a casa, dará un beso a sus hijos y los acostará. Usted y yo no volveremos a vernos, ni hablaremos nunca más. —Se levantó y le tendió la mano—. Adiós, doctora Haywood.

Sarah se puso en pie y le estrechó la mano, fuerte y rasposa.

SEGUNDA PARTE

23

Sentada en el coche, frente a su casa, Sarah daba vueltas a los sucesos de la hora anterior. Las palabras rebotaban incansablemente dentro de su cabeza sofocando cualquier otra idea.

«Dígame un nombre. Una persona. Y la haré desaparecer».

Se sentía agotada, como si acabara de regresar de un largo viaje a un país extranjero. Podría haber dormido un mes entero, o esa era su sensación. Por fin salió del coche, lo cerró y entró con paso cansino en casa.

Su padre estaba apoyado en la fregona, en el rincón de la cocina. Alto y recto de espaldas, dueño de una abundante cabellera blanca y rizada, era una presencia casi constante en la casa desde que había enviudado, hacía ya ocho años. Seguía estando delgado y en forma pese a rondar los sesenta y cinco años y, al ver a su hija, una sonrisa llenó de arrugas su rostro. Sarah le dio un beso en la mejilla, abrazó a Grace y alabó el cuento que había escrito en el colegio. Luego se sentó con Harry sobre el regazo para poder acurrucarle tranquilamente mientras su hijo, charlando por los codos, le enseñaba los cromos de fútbol que el abuelo le había comprado en la tienda de chuches.

El hogar. La familiaridad de lo conocido, de lo seguro.

Era todo como siempre y, sin embargo, se había producido un cambio sutil, una modificación de la perspectiva, como si de pronto estuviera viendo su vida a través de una lámina de cristal tallado.

Había vislumbrado a esas gentes que vivían en las sombras y ahora sabía que estaban allí.

A las siete, llevaron a los niños arriba para que se lavaran los dientes y se pusieran el pijama. Después, les leyeron un cuento. Con Harry la lectura apenas duraba —era siempre el primero en dormirse y el primero en levantarse—, de modo que al poco rato Sarah estaba otra vez sentada a la mesa de la pequeña cocina. Buscó en su bolso la tarjeta del agente Hansworth y se quedó mirándola largo rato. Dos números: un móvil y un fijo. Debería llamarle. Denunciar lo sucedido.

Descolgó el teléfono fijo y lo sostuvo en alto.

«No se lo diga a nadie».

La orden no dejaba lugar a dudas, pero se sentía como si estuviera cruzando algún tipo de línea prohibida al no contarle a nadie lo que le había sucedido esa tarde. Lo sentía ya como un peso abrumador del que quería deshacerse. Pero no podía hacerlo. Aún no, al menos. Quizá no pudiera nunca.

Oyó pasos en la escalera y volvió a guardar la tarjeta del policía.

Su padre apareció en la puerta de la cocina. Se apoyó en el marco, con las manos en los bolsillos.

—Ya es oficial: la princesa Grace se ha dormido.

—¿No quería un beso de mamá?

—Se le han cerrado los ojos tan rápido que no le ha dado tiempo a pensarlo.

—Harry solo ha aguantado unos minutos y se ha quedado como un tronco. ¿Por qué estabas fregando antes? No tienes por qué hacerlo.

—Jonesy ha traído una ardilla.

—¿Viva o muerta?

—Viva al principio, creo. Luego ha arrastrado a la pobrecilla por todo el suelo de la cocina.

—Uf. ¿Lo han visto los niños?

Él asintió apretando los dientes.

—Grace estaba un poco disgustada. Quería hacerle un funeral como Dios manda, con flores y una lápida.

Sarah sonrió.

—Gracias por limpiarlo. —Miró a su gato de color rojizo, echado en su cajón, cerca del radiador—. Muy mal, Jonesy. Pobre ardilla.

El gato parpadeó lentamente sin dejar de mirarla y comenzó a ronronear.

Su padre apartó una silla y se sentó junto a ella a la mesa.

—¿Vas a decirme qué está pasando, Sarah?

—¿Qué quieres decir?

—¿Qué te ha pasado hoy? Tienes cara de haber pasado un infierno.

Ella pensó apresuradamente.

—Me metí en un atasco horroroso y estaba a punto de apagárseme el teléfono, así que se me ocurrió mandarte un mensaje, por si me quedaba sin batería. Muchísimas gracias por echarme un cable.

Su padre levantó una ceja y Sarah pensó por un instante que iba a acusarla de estar mintiendo, pero él pareció pensárselo mejor.

—Cualquiera diría que llevas el peso del mundo sobre tus hombros.

—Es que tengo mucho lío en el trabajo, eso es todo. Tengo que ponerme al día con muchas cosas.

Él se quedó mirándola unos segundos más. Luego se acercó a la tetera, que estaba junto a la placa.

—¿Una taza de té?

—Si me tomo un té ahora, no pegaré ojo en toda la noche.

—¿Y qué tal una copa antes de que me vaya? Te he comprado una botella de *whisky* de malta, se te estaban agotando las provisiones. —Abrió el armario y sacó del fondo la botella de Glenmorangie y dos vasos.

Sarah estuvo a punto de decir que no: no solía beber *whisky* entre semana. Pero aquel no había sido un día corriente.

—Por mí bien.

Su padre sirvió una cantidad generosa de *whisky*, añadió la misma medida de agua y puso los vasos sobre la mesa.

—Bueno, ¿vas a contármelo o no?

—¿Contarte qué?

—Solo quiero saber qué le pasa a mi hija pequeña, nada más.

Aquellas conversaciones con su padre seguían siendo hasta cierto punto una novedad. Cuando sus hermanas y ella eran pequeñas, era casi siempre con su madre con quien se sinceraban. Los largos debates acerca de las amigas y las examigas, las clases, los novios, las rupturas, el estrés y los exámenes siempre habían sido dominio materno. Era su madre quien les daba pañuelos y abrazos, además de consejos juiciosos: no siempre los que ella quería oír, pero sí los necesarios. Su padre solía quedarse en la habitación contigua, con un pie fuera de aquel tumulto emocional que suponía vivir en una casa con tres hijas adolescentes. Después, su esposa le ponía al tanto de lo que pasaba y él solo se inmiscuía cuando juzgaba que era necesaria su intervención, como sucedió cuando Sarah tenía dieciséis años y le dio por rebelarse. Así que se había pasado los ocho años anteriores tratando de salvar esa brecha, de llenar el vacío dejado por la muerte de su mujer. Y había demostrado que sabía escuchar.

Sarah cogió su vaso y bebió un sorbo mientras trataba de ordenar sus ideas y desenmarañar lo que podía decirle de lo que no.

—Se me han complicado las cosas en el trabajo, papá. No van como yo esperaba.

—Ojalá pudiera ayudarte de alguna manera, Sarah —dijo él apoyando la barbilla en la palma de la mano—. ¿Te ha llamado Nick? ¿Te ha… dicho algo?

—No. Sigue sin llamar.

—¿Hay algo más que te preocupe?

«No se lo diga a nadie».

—No.

—¿Estás segura?

—Sí.

Más tarde, mientras recogía la cocina a solas, Sarah cayó en la cuenta de que ni siquiera sabía el verdadero nombre de Volkov. Ni el nombre completo de su hija. Ni el apellido de ninguno de sus hombres. Ni dónde la habían llevado. ¿Qué podía decirle con exactitud a su padre o a la policía? La amenaza velada contra su familia era muy evidente: las fotografías de los colegios de sus hijos, de su casa y la de su padre... Pero ¿qué datos concretos podía darle a la policía? ¿Qué podía contarles para proteger a su familia, en lugar de ponerla en mayor peligro? Que aquel tipo decía que era rico, una especie de empresario, y que tenía una hija de ocho o nueve años. Nada más.

Esa noche, mientras yacía en la cama escuchando el tictac del reloj en la mesilla de noche, siguió dándole vueltas a la situación. El sueño no llegaba.

Deseaba con todas sus fuerzas que Nick estuviera allí para poder hablar con él, tener a alguien con quien compartir aquella carga para no sentirse tan completamente sola con aquel secreto. ¿Se lo habría contado todo a su marido? Seguramente. Pero ¿de veras podía confiar en que guardara silencio? No estaba segura. Los compromisos que había contraído al casarse no los había cumplido, eso estaba claro.

Se le saltaron las lágrimas y se las enjugó bruscamente con la funda del edredón.

Lo más sensato sería hacer como que nada de aquello había pasado. Olvidarse del asunto y no contárselo a nadie. El riesgo para su familia, para sus hijos, era demasiado grande. No sabía casi nada de Volkov, pero parecía evidente que era extremadamente peligroso. Lo mejor sería seguir con su vida sin más.

Olvidar la oferta que le había hecho.

«Deme un nombre».

Sin embargo, no podía olvidarla. Le era imposible.

Porque tan pronto como Volkov había formulado su oferta, en el instante mismo en que aquellas palabras habían salido de su boca, Sarah solo había pensado en una cosa, en una idea arrolladora que había arrastrado como una marea a todas las demás. Ese pensamiento no había tardado unos minutos, ni siquiera unos segundos, en manifestarse. Un nombre y un apellido. Dos palabras, cuatro sílabas.

Claro que podía darle un nombre.

¿Acaso no podía todo el mundo?

24

Harry se había vestido, o lo había intentado, pero solo se había puesto los calzoncillos, unos calcetines desparejados y el jersey rojo del colegio, del revés. Ni camisa, ni pantalones. Estaba tumbado en el suelo de su cuarto, rodeado de Legos y juguetes de *Star Wars*, sin darse cuenta de que la hora de entrar al colegio estaba al caer.

Sarah se apoyó en la puerta de la habitación, con el corazón rebosante de amor.

—Hay que prepararse para ir al cole, jovencito.

—Ya he ido al cole —les dijo el niño a sus juguetes.

Llevaba dos meses yendo a la escuela infantil.

—Desde ayer no, mi niño.

—Ahora quiero jugar. —Aparcó el Halcón Milenario en su garaje Lego y cerró con cuidado las puertas—. Hoy quiero quedarme jugando.

«Y quién no», pensó Sarah.

—Puedes quedarte jugando el sábado y el domingo. —Mientras lo decía, se dio cuenta de lo absurdo e incomprensible que aquello debía de sonarle a un niño de cinco años.

—¿Hoy es sábado, mami?

—No, cariño, es martes. Venga, vamos a acabar de vestirte, ¿vale?

En las películas y en la tele —pensó mientras servía los cuencos de cereales—, los niños, siempre de mejillas sonrosadas, salían al trote de casa y subían al coche cogidos de la mano, sonreían a su madre y no armaban escándalo durante el trayecto hasta el cole. La mayor incluso ayudaba al pequeño a abrocharse el cinturón de seguridad. Y el pequeño le daba a su hermana un abrazo y luego se quedaba quietecito y sonreía angelicalmente cada vez que su madre se volvía para echarles un vistazo.

Sus hijos nunca se habían portado así.

Acabó de prepararlos a ambos, revisó la mochila de Harry y, entre bocado y bocado a una tostada, se aseguró de que se habían lavado los dientes y llevaban todo lo necesario. Se agachó para cerrar el velcro de los zapatitos negros de Harry, limpió con el pulgar una mancha de pasta de dientes del labio superior de Grace y la niña protestó dando un respingo. Se quedaron de pie delante de ella un momento, su hija morena y su hijo rubio, de primaria e infantil, y Sarah sintió un arrebato de orgullo. Aquellos dos pequeños lo eran todo, eran lo único que de verdad importaba. Daba igual lo que pasara entre Nick y ella, o lo que ocurriera en el trabajo. Lo que tuviera que hacer, lo haría… por ellos. Eran la roca sobre la que estaba edificada su vida. «Tengo que recordar cómo es esto», se dijo. «Cómo son ahora que son pequeños. Dentro de nada se harán mayores y se marcharán, y echaré de menos que sean así».

—Bueno —dijo—. ¿Listos para irnos?

Sin esperar a su hermana, Harry salió de la cocina y corrió por el pasillo haciendo ondear su abrigo desabrochado. Grace le alcanzó en cinco zancadas, le agarró de la capucha y tiró de él. Harry perdió el equilibrio y cayó de espaldas como fulminado por un hachazo. Tendido todo lo largo que era en el suelo de la entrada, empezó a llorar. Su llanto, una sirena antiaérea estruendosa y penetrante, atravesó a Sarah como una esquirla de cristal.

—¡He llegado yo primero! —exclamó Grace, triunfante, apoyando la mano en el pomo de la puerta.

—¡Grace! —la reprendió Sarah al llegar a su lado—. ¡Vale ya! Pídele perdón a tu hermano.

—Estaba en medio.

Sarah ayudó a Harry a levantarse antes de que sus alaridos alcanzasen su apogeo. Como madre, sabía por experiencia que el llanto no era siempre motivo de alarma. Era cuando se hacían daño y se quedaban callados cuando de verdad había que preocuparse.

—Hay sitio suficiente para todos. Pídele perdón.

Grace miró a su hermano con enfado.

—Llorica —dijo.

—Pídele perdón —repitió Sarah.

—Pero es un llorica.

—¡Grace!

—Perdón —masculló su hija sin dirigirse a nadie en concreto.

Sarah le arregló el abrigo a Harry y le apartó el pelo de la frente. Miró el reloj; eran las 8:46. Todavía llegaban a tiempo, más o menos.

—Vamos a intentarlo otra vez, ¿de acuerdo?

Harry le dio la mano y salieron juntos. Al pasar junto a Grace, el niño se giró de tal modo que golpeó con la mochila a su hermana en la espalda. Luego, se aferró a la mano de Sarah mientras Grace intentaba tomarse la revancha dándole a su vez un golpe con la mochila.

Sarah pulsó el mando del coche para abrirlo y se volvió para cerrar la puerta con llave.

Harry se soltó de su mano y cruzó brincando el corto camino de entrada a la casa, abrió la puerta de atrás y trepó a su silla de seguridad.

—¡Primero en llegar al coche! —exclamó exultante.

Sarah le abrochó las correas de la sillita y se miró un segundo en el espejo retrovisor. Había tenido un minuto para maquillarse mientras los niños se preparaban y el poco maquillaje que se había puesto no conseguía ocultar el cansancio que sentía.

Grace entró por el otro lado y miró a su hermano con furia.

—He llegado primero al coche —repitió él dando brincos en el asiento—. He llegado primero.

Grace se inclinó y le dio un buen pellizco en el brazo.

—¡Ahhhhhhh! ¡Mami, Gracie me ha pellizcado!

Sarah lanzó una mirada a su hija. Quería a sus hijos más que a nada en el mundo, pero también anhelaba un poco de armonía, que algo fuera sencillo de vez en cuando, no sentirse continuamente como si estuviera negociando una tregua precaria entre bandas callejeras rivales.

—¡No es verdad! —respondió Grace con una mirada de dulzura angelical.

—¡Me duele! —sollozó Harry.

—¡Ya vale, los dos! —dijo Sarah.

Los niños —suponía— habían sacado de ella su vena competitiva. Nick no era nada competitivo, más bien al contrario. O sea que seguramente era culpa suya, por ese afán de medirse. Aparte de aquel año salvaje en la adolescencia, siempre había sido la mejor de su clase, la que destacaba, siempre ansiosa por complacer; la menor de tres hijas que intentaba granjearse por cualquier medio la aprobación de sus padres. Siempre había abrigado la sospecha de que ella había sido el último intento de sus padres de tener un varón y de que, al nacer, había quedado relegada, se había difuminado en el fondo, detrás de sus dos hermanas: Lucy, que ahora vivía en Glasgow, y Helen, que vivía en Nottingham. Ella andaba por allí, en algún sitio, sin ocupar nunca el primer plano.

Caminaron tranquilamente hasta la verja del colegio de Grace, y dio un beso y un abrazo a su hija antes de que se escabullera y fuera a reunirse con sus amigos en el patio. Se quedó en la puerta y observó a los adultos que había en el patio, fijándose en los que entraban y salían por si veía algo fuera de lo corriente. Todo parecía en orden. Pasado un minuto, siguió caminando calle arriba, hasta la escuela infantil contigua. Entró en el patio con Harry cogido de la mano, sin dejar de mirar los coches aparcados en la calle, en busca del BMW negro del día anterior o de cualquier otro vehículo que pareciera fuera de lugar allí. Conocía a muchos padres del colegio, conocía sus coches, aunque no supiera cómo se llamaban.

Llevaba cuatro años yendo allí a diario de lunes a viernes. Sabía que el ritmo de llegadas seguía un patrón fijo: los que llegaban siempre temprano, los que llegaban tarde, los que aparcaban sus todoterrenos en el bordillo, los que se arriesgaban a suscitar la ira del director aparcando en el vado, los niños que entraban a todo correr y a los que había que llevar casi a rastras o en brazos hasta la puerta. Había padres que iban vestidos como si estuvieran a punto de meterse en la sala de reuniones y otros que parecían haberse vestido a oscuras y en medio minuto.

Si había algo fuera de lo corriente, alguna persona que no tenía que estar allí, lo notaría enseguida, estaba segura. Solo debía mantener los ojos bien abiertos.

Allí. Un hombre de traje negro y abrigo largo, de pie junto al extremo de la valla, mirando el patio a través de unas gafas de sol oscuras. Daba la impresión de intentar pasar desapercibido, de confundirse con el entorno. Barría la zona con la mirada, muy serio. Era la primera vez que Sarah le veía. Aflojó el paso a pesar de que Harry le tiraba de la mano llevándola hacia el colegio. Aquel hombre buscaba a alguien concreto, movía la cabeza de un lado a otro sin dejar de observar el patio abarrotado de gente.

Ocultaba algo. Llevaba algo escondido bajo el abrigo.

«Ay, no».

Sarah se detuvo con la respiración entrecortada. El teléfono le vibró en el bolsillo, pero hizo caso omiso. Agarró con fuerza a Harry de la mano y se acordó de lo que le había dicho Volkov la tarde anterior:

«Para demostrarle que hablo muy en serio, voy a enseñarle unas fotografías».

Fotografías de su casa. De la casa de su padre. De los colegios de sus hijos.

Pero ella no se lo había dicho a nadie, así que ¿por qué estaba allí aquel hombre? Era absurdo.

A menos que fuera una advertencia. «Te estamos vigilando. Sabemos dónde vas a estar, dónde van a estar tus hijos. Conocemos tus puntos flacos».

—Vamos, mami —dijo Harry tirándole otra vez de la mano.

El desconocido aún no los había visto. Aún podía escabullirse.

Estaba a punto de dar media vuelta y regresar al coche cuando el hombre dejó de barrer el patio con la mirada. Sonrió y saludó con la mano a un niño pequeño que se acercó corriendo y metió el brazo entre los barrotes de la verja. El hombre se sacó una pequeña fiambrera verde de debajo del abrigo y se la entregó al niño.

Así pues, no había nada sospechoso, a fin de cuentas. No era más que otro papá que había olvidado darle el almuerzo a su hijo.

Muy bien. Sarah exhaló un profundo suspiro y sintió que la embargaba el alivio. «No pasa nada. No hay de qué preocuparse». Entró con Harry en el patio, se quedó a su lado hasta que sonó el timbre para que los niños se pusieran en fila y entró con él en el aula como hacía siempre. Cuando llegó el momento de despedirse, le dio un abrazo algo más largo que de costumbre. Le encantaba aspirar, al abrazarle, el olor de su hijo, ese olor delicioso de los niños, dulce, limpio, no mancillado por el mundo. Iba a decirle algo cuando Harry se apartó de ella y cruzó la clase correteando para reunirse con sus amigas Esther y Leigh. Sarah se quedó un momento más. Se resistía a perderle de vista. Sus temores de un rato antes quizá fueran infundados, pero no por ello dejaba de ser real el peligro que corrían.

Y Harry era tan pequeño, tan confiado. Tan vulnerable.

La señorita Cass, la maestra, interceptó su mirada, sonrió y levantó las cejas. Sarah comprendió lo que quería decirle la joven: «Tranquila. Yo me encargo a partir de ahora». Harry la adoraba, igual que la adoraban todos sus compañeros de clase. Sarah captó la indirecta, se retiró hasta la puerta y ocupó su lugar entre el resto de los padres que observaban ansiosos cómo sus bebés se convertían en escolares de primero de infantil.

La maestra dio unas palmadas y los niños se volvieron para mirarla, expectantes, con los ojos abiertos de par en par.

Tras lanzar una última mirada a su hijo, Sarah dio media vuelta y salió al patio.

25

Mientras regresaba a toda prisa al coche, miró la hora en el móvil —las 8:59— y vio que tenía un mensaje de Marie.

¿Dónde estás? M. Bss.

Escribió una respuesta rápida.

Voy para allá. ¿Estás bien? Bss.

Acababa de arrancar cuando llegó el mensaje siguiente. Esperó hasta parar en un semáforo para leerlo. Siempre había atasco en el trayecto hasta la universidad y sabía que iba con el tiempo justo para llegar a la reunión del martes por la mañana.

¿Has recibido el correo de esta mañana? M. Bss.

No le gustó cómo sonaba aquello. Contestó a toda prisa mientras esperaba a que el semáforo se pusiera en verde.

¿Qué correo? Bss.

Cambió el semáforo y arrancó. El motor del viejo Ford Fiesta estuvo a punto de calarse, pero, tras un estertor, fue acelerando poco a poco. El coche tenía ya quince años y cada semana parecía hacer un ruido nuevo, pero Sarah no tenía dinero para llevarlo al taller. Estaba temiendo que llegara la inspección anual.

Había tráfico denso hasta llegar al campus, pero no volvió a recibir ningún mensaje de Marie. Cada vez más inquieta, condujo cuesta arriba hacia el edificio principal de la Facultad de Artes buscando un sitio donde aparcar. Nunca era fácil encontrar un hueco si tenía que llevar primero a los niños al colegio y, por razones que se le escapaban, los martes eran siempre el peor día. Rodeó el aparcamiento delantero de la facultad —una enorme mansión georgiana reconvertida en despachos y aulas— buscando en vano un último hueco libre. No encontró ninguno. Dándose por vencida, condujo cuesta abajo y buscó junto a la librería y el club de profesores. Nada, ni un sitio libre.

Finalmente dejó el coche en el aparcamiento principal de personal y subió la calle a pie, apretando el paso, hacia el edificio de la Facultad de Artes. El cielo estaba nublado y la lluvia inminente espesaba el aire. Los estudiantes pasaban por su lado a toda prisa, camino de sus clases. Algunos alumnos suyos le sonrieron y la saludaron al pasar. Delante del edificio había una rotonda con una fuente en el centro y, en ella, una estatua victoriana del dios romano Neptuno. Alguien —un alumno, probablemente— se había subido a la estatua y le había puesto a Neptuno un cono de tráfico en la cabeza. El conserje del edificio, el señor Jennings, estaba contemplando el nuevo tocado del dios del mar al pie de una escalera de mano apoyada en el pretil de la fuente.

—Buenos días —le dijo con una inclinación de cabeza.

—Buenos días, Michael —contestó ella, un poco jadeante por la caminata.

Cruzó la puerta del edificio, subió corriendo a la segunda planta, dejó el portátil en su despacho y se dirigió al de Lovelock. El despacho de este se componía, en realidad, de tres estancias: el despacho de entrada, que ocupaba su secretaria; el despacho principal, situado a la derecha y forrado de libros de arriba abajo, y una espaciosa sala de reuniones.

Jocelyn Steer rondaba los cuarenta y cinco años y era desde hacía tiempo la secretaria personal del profesor Lovelock. Sarah nunca había pasado de tener una relación estrictamente cordial con ella: había intentado que entablaran amistad, pero pronto se había dado cuenta de que Jocelyn nunca sonreía, ni a ella, ni a nadie. Se

131

consideraba la guardiana y custodia de la agenda de Lovelock, de su despacho y su actividad docente, y desempeñaba esa labor con el celo y la diligencia de un miembro de las Waffen SS. Despachaba con implacable eficiencia las consultas irrelevantes, a los miembros del personal administrativo y a todo aquel que pretendiera hacerle perder el tiempo. Sarah no había vuelto a verla desde la semana anterior, cuando salió hecha una furia del despacho de Lovelock.

Echó otro vistazo al reloj. Eran las 9:27. Llegaba con tres minutos de antelación.

—Hola, Jocelyn —dijo al entrar en el despacho.

—Buenos días —contestó la secretaria con aspereza.

Sarah se paró en seco: la frialdad del saludo era inusitada incluso viniendo de Jocelyn.

—¿Pasa algo?

La mujer frunció los labios.

—No soy yo quien tiene que decirlo.

—¿Decir el qué?

Jocelyn se irguió en su asiento, pero no la miró a los ojos.

—Lo que ocurre a puerta cerrada no es asunto mío, pero quizá convenga...

—¿Cómo que «a puerta cerrada»? ¿Qué quieres decir?

—En el despacho de Alan. Es un hombre muy importante, ¿sabes?

—Sí. —Sarah arrugó el ceño—. Lo sé.

—Quizá te convendría recordarlo la próxima vez que te quedes a solas con él ahí dentro.

26

Sarah sintió que un escalofrío le recorría la espalda. *¿Qué había visto Jocelyn? ¿A qué conclusiones había llegado?*

—¿Qué?

Jocelyn se ciñó la rebeca gris.

—Perdona —dijo Sarah—, pero ¿qué has querido decir?

—Creo que sabes perfectamente lo que quiero decir.

—Pues no, la verdad, pero sea lo que sea lo que hayas oído o lo que él te haya dicho…

—Es igual —la atajó Jocelyn—. No quiero entretenerte más. Bastante tarde llegas ya.

Sarah miró de nuevo su reloj. Aún faltaba un minuto para la hora.

—¿A qué viene eso?

—Hoy han empezado a las nueve en punto.

Sarah sintió que una oleada de pánico la embargaba. De pronto reparó en que la puerta de la sala de reuniones estaba cerrada.

—¿Y eso por qué?

—Mandé un correo esta mañana avisando del cambio.

—Yo no he visto ningún correo.

Miró su teléfono. Normalmente echaba un vistazo al correo electrónico tan pronto se levantaba, sobre las siete, pero, entre arreglarse y preparar a los niños para ir al colegio, no tenía tiempo de estar consultándolo constantemente antes de irse a trabajar. Al revisar la bandeja de entrada, encontró el mensaje de Jocelyn. Había llegado a las 8:52.

—Me ha llegado con ocho minutos de antelación —dijo—. Todavía estaba dejando a los niños en el colegio.

—Pues eres la única que ha tenido problemas para llegar a tiempo.

—¿Los demás también lo han recibido con ocho minutos de antelación?

—La circular con la hora de la reunión se envió la semana pasada, como de costumbre. Al profesor Lovelock le ha parecido conveniente adelantar un poco la hora porque al decano le venía mejor. Cuestiones de agenda.

El decano. «Mierda». El jefazo de la facultad. Una de las personas más importantes del campus. Sarah había olvidado que iba a asistir a la reunión.

—Las reuniones de departamento son a las nueve y media, el segundo martes de cada mes —dijo angustiada—. Siempre son a las nueve y media, y la circular de la semana pasada no incluía ningún cambio. ¿Por qué han cambiado la hora hoy? Tengo que dejar a mis hijos en el colegio a las nueve.

—No todo puede organizarse como más te convenga a ti de acuerdo a tus asuntos familiares, Sarah.

—Yo no espero que… —comenzó a replicar Sarah, pero luego se lo pensó mejor.

Sus «asuntos familiares» parecían ser un palo que los demás usaban para atacarla. Se preguntó vagamente si alguien se molestaría en mencionarlos de ser ella un hombre. «Ya sabes la respuesta a esa pregunta».

Su vida había transcurrido en orden inverso a la de la mayoría de sus compañeras de trabajo. Se había quedado embarazada a los veinticuatro años —Nick y ella intentaban tener cuidado, pero en realidad no creían que aquello pudiera pasarle a ellos—, se había casado precipitadamente en el registro civil y había acabado su doctorado apenas tres días antes de dar a luz a Grace. Había vuelto a trabajar después de seis meses de baja, y tres años después, al nacer Harry —no quería que sus hijos se llevaran mucho tiempo—, había seguido tal cual, haciendo malabarismos para conciliar el trabajo y la crianza de los niños mientras sus compañeras ni siquiera pensaban aún en casarse, y mucho menos en tener hijos. La mayoría, como Marie, retrasaba la maternidad hasta tener un puesto fijo y cierta estabilidad laboral.

Dio la espalda a la secretaria de Lovelock y llamó a la puerta de la sala de reuniones.

Se volvieron todos a mirarla cuando entró y la conversación se interrumpió un instante. Marie le lanzó una sonrisa nerviosa desde el otro lado de la mesa.

—Siento llegar tarde —dijo Sarah—. No he visto el correo electrónico. Disculpen.

El decano de la facultad —el profesor Jonathan Clifton, un hombre bajito y de cara redonda— ocupaba la cabecera de la mesa junto a Lovelock. Sarah sabía que habían sido compañeros de estudios en Cambridge.

—Ah, doctora Haywood —dijo Clifton con evidente sarcasmo—, me alegro de que haya tenido a bien acompañarnos.

—Lo siento —repitió ella mientras sacaba un cuaderno y un boli del bolso.

Se sentó en la silla que quedaba libre y Marie le pasó el orden del día con expresión consternada.

—¿Continuamos? —añadió Clifton enérgicamente.

—Claro —contestó Sarah mientras trataba de recobrar la compostura.

Peter Moran, el gerente de la facultad, le lanzó una mirada severa e hizo un gesto señalando a Lovelock.

—Para ponerte al día de lo que te has perdido, Sarah, hemos hablado de las cuestiones de personal y presupuestarias, y de los asuntos relacionados con los exámenes de enero. Estábamos empezando a tratar el tema de las nuevas fuentes de financiación para los proyectos de investigación de la facultad. Parece que Alan ha descubierto otra oportunidad fabulosa.

—Estupendo —dijo Sarah echando un vistazo al orden del día.

—Podría suponer una fuente de ingresos importantísima para el departamento. Y está en Boston, nada menos.

27

Sarah levantó la vista. En su cabeza había empezado a sonar una campana de alarma.

—¿En Boston? —repitió.

—En efecto. Una organización filantrópica con particular interés en la vida y la obra de Marlowe. Se fundó el año pasado, pero ya han donado casi dos millones de dólares a Harvard para ese campo de estudio, de modo que es un hallazgo muy significativo para nosotros. Podría ser estupendo para el departamento.

Sarah se disponía a hablar cuando Clifton añadió:

—Alan ya se ha puesto en contacto con el director de donaciones.

Ella sintió que le ardía la cara.

—O sea, con Atholl Sanders, ¿no?

—Exacto. Imagino que Alan ya te había puesto al corriente.

—Pero si fui yo...

—No sabía si te acordarías, Sarah —la interrumpió Lovelock como acostumbraba, superponiendo su voz estruendosa a la de ella—. No hemos vuelto a hablar del tema desde el congreso. Por cierto, te felicito por sacarle tanto partido al cóctel de la recepción. Como jefe de departamento, estoy muy a favor de que los miembros de mi equipo saquen el máximo rendimiento al dinero. Creo que entre Marie y tú debisteis agotar las existencias del bar.

Webber-Smythe soltó una carcajada aduladora y Moran, Clifton y algunos otros se rieron por lo bajo. Sarah miró a Marie, confusa, y su amiga arrugó el entrecejo y meneó ligeramente la cabeza.

—Alan se ha puesto en contacto con la fundación —añadió Moran— y le han invitado a pasar cuatro días en Boston en enero para dar una conferencia y tratar un posible acuerdo de colaboración.

Sarah se sintió ofuscada por la ira. Sabía que debía conservar la calma y dominarse, pero ardía por dentro. La injusticia de todo aquello era como una arcada que amenazaba con ahogarla. Respiró hondo y miró fijamente a Lovelock.

—Te hablé de la fundación aquel miércoles por la noche en el congreso, Alan. En el taxi, ¿te acuerdas?

—Me sorprende que recuerde usted algo de aquella noche, doctora Haywood —repuso Clifton con una sonrisa desprovista de humor—. Por lo que cuenta Alan, imagino que debe de tenerlo todo borroso.

Sarah notó que el aliento le quemaba la garganta. Aquella injusticia era apabullante. Pensó por un instante, horrorizada, que iba a romper a llorar allí, delante de todos. «No. No. No lo hagas. No llores». Se mordió la lengua con fuerza, hasta que el dolor hizo retroceder las lágrimas. «No llores. No te atrevas a llorar, Sarah. No les des esa satisfacción». Pero tampoco podía contradecir a Lovelock, al menos no empecinadamente, si quería conseguir en algún momento su contrato fijo.

—No fue así como sucedió —contestó con voz desprovista de emoción.

Lovelock se inclinó hacia delante, juntó las manos sobre la mesa y esbozó una sonrisa compasiva.

—La verdad es, Sarah, que llevo varios meses en contacto con ellos.

«Embustero», pensó ella, pero no lo dijo. «Eres un puto cabrón embustero».

Clifton también se inclinó hacia delante y levantó las manos como si se dispusiera a decir una obviedad.

138

—Con el debido respeto, doctora Haywood, querrán tratar con el jefe del departamento, no con… —La señaló, titubeando—. Con una profesora asociada.

—Puedes acompañarme en el viaje si quieres, Sarah —añadió Lovelock en tono indiferente—. Conozco un hotelito precioso en Beacon Hill. Fue la casa de Benjamin Franklin a finales del siglo XVIII.

Sarah tuvo la impresión de que todos los presentes clavaban sus ojos en ella. Se sintió enferma. «Me robas la idea y luego mientes al respecto. Con ese descaro, como si no fuera nada. ¿Eso es lo que hay que hacer para llegar arriba? ¿Engañar, robar y mentir, solo para trepar?».

Luego se dijo: «Cálmate. Ándate con pies de plomo».

—Gracias —contestó, haciendo un enorme esfuerzo por reprimirse—. Me lo pensaré.

Sabía, no obstante, que no había nada que pensar. La perspectiva de pasar cuatro días en un viaje al extranjero con Lovelock le parecía absolutamente intolerable. Aunque fuera ventajoso para su carrera, aunque fuera una oportunidad única de hacer contactos y quedara bien en su currículum, aunque fuese ella quien había dado con aquella mina, no pensaba ponerse en esa situación. Era demasiado arriesgado. No soportaba la idea de intentar mantenerlo a raya cuatro días seguidos: las reglas no servirían de nada si estaban ellos dos solos. No tendría dónde esconderse.

—Muy bien —dijo Clifton echando un vistazo al orden del día—. Pasemos el punto siguiente, ¿de acuerdo?

28

—Profesor Clifton —dijo Sarah quedamente mientras los demás salían de la sala de reuniones de Lovelock—. Imagino que no tendrá cinco minutos, ¿verdad?

El decano de la facultad consultó su reloj ostensiblemente. Era tan bajo que el voluminoso reloj de pulsera le daba un aspecto ridículo, como si se lo hubiera robado a su padre de la mesilla de noche.

—A las once menos cuarto tengo reunión del comité presupuestario. Puedo dedicarle tres minutos.

—Estupendo, gracias —repuso Sarah.

Su cólera se había reducido hasta formar un nudo caliente y duro que le había ardido en el pecho durante la última media hora de la reunión. No había dicho casi nada desde que Lovelock la había cortado en seco sobre el tema de Atholl Sanders, y sabía que no podía desafiarle a las claras en una reunión, delante de medio claustro. Pero al menos podía explicarle la situación al decano para que juzgara por sí mismo.

—¿Qué le preocupa, doctora Haywood?

Sarah miró a los pocos colegas que quedaban en la sala.

—¿Podríamos hablar en privado?

—Como le decía, dispongo de poco tiempo, pero podemos hablar por el camino, si quiere. —Clifton señaló las escaleras del otro lado del pasillo.

—Claro —contestó ella mientras echaban a andar. Esperó a alejarse un poco de los otros miembros del claustro y entonces dijo—: Quería explicarle el asunto de Atholl Sanders.

—Ah, sí, el nuevo hallazgo de Alan.

—No exactamente.

Clifton aminoró un poco el paso y la miró de soslayo con sus ojillos vidriosos.

—¿Qué quiere decir, doctora Haywood?

—Eso es lo que quería explicarle. Fui yo quien se puso en contacto con la fundación Atholl Sanders. Fui yo quien descubrió esa posibilidad y tengo interés en llevar adelante ese proyecto.

—Entiendo.

—Alan parece haberlo expuesto en la reunión como si fuera idea suya, pero fui yo quien lo descubrió. Y querría seguir encargándome de ello. No me parece justo lo que ha sucedido.

Clifton se detuvo cuando llegaron al final de las escaleras. Su semblante se había ensombrecido.

—Doctora Haywood, conozco a Alan desde hace más de treinta y cinco años y puedo asegurarle que jamás haría nada tan poco ético e impropio como lo que usted sugiere.

—Lo único que digo es que…

—Y estoy seguro de que jamás haría nada que pudiera dañar su excelente reputación personal y la de esta universidad. —Miró a Sarah a los ojos sin pestañear—. Estoy absolutamente seguro. ¿Entiende, doctora Haywood?

Por un instante, Sarah no supo qué pensar. ¿Clifton estaba negándolo sin más, o de veras ignoraba cómo era Lovelock después de tantos años? ¿Era posible que no lo viera, o es que le cegaba la lealtad? ¿O acaso era el valor económico que Lovelock tenía para la universidad lo que le ponía una venda sobre los ojos? Su rostro inescrutable hacía imposible saberlo.

En todo caso, saltaba a la vista que hablar en privado con él había sido mala idea.

—Sí, entiendo.

—¿Alguna otra cosa, doctora Haywood?

—Solo quería que supiera cómo… cómo habían sucedido las cosas. Nada más.

—Ya.

—Estoy dispuesta a asumir más responsabilidades en cuanto a buscar financiación se refiere. Para ayudar al departamento.

Clifton bajó la voz y se inclinó hacia ella.

—Permítame darle un consejo, querida: intentar desprestigiar a su jefe no es el mejor modo de ayudar al departamento. —Volvió a mirar su reloj—. Ahora tengo que irme a esa reunión. Que pase un buen día.

Clifton giró sobre sus talones y salió a la lluviosa mañana de noviembre. Sarah se quedó mirándole. El corazón le martilleaba violentamente dentro del pecho.

Marie apareció a su lado.

—¿Estás bien?

—No —contestó Sarah con un resoplido—. No, no estoy bien. Estoy rabiosa. Acabo de intentar explicarle al decano que Alan me ha robado la idea y me ha tratado como si fuera una mentirosa.

—Son miembros fundadores del Club de Amigos de la universidad, esos dos.

Sarah sacudió la cabeza incrédula, sin dejar de mirar la figura cada vez más lejana de Clifton.

—La verdad, me rindo, estoy harta de este puñetero sitio.

—¿Te apetece un café?

—No puedo. Tengo clases de once a cuatro y media. Y de todos modos no sería muy buena compañía.

La rabia la acompañó todo el día. La sentía hincharse e inflamarse dentro del pecho cada vez que pensaba en lo ocurrido, pero solo al llegar a casa, con los niños, permitió que aflorasen sus emociones.

Dio a Grace y Harry una galleta digestiva a cada uno, metió en el horno unos palitos de pescado y unas patatas para la cena y subió a su habitación. Era en momentos como aquel cuando más echaba en falta a Nick, cuando quería sentarse a compartir una botella de vino con él y a hablar de las cosas que les pasaban en el día a día: de los problemas en el trabajo, las frustraciones, los momentos divertidos con los niños, los pequeños triunfos y las dificultades que les aguardaban en el camino. O del porvenir. Nick había sido siempre su aliviadero, su espita de seguridad.

No se acostumbraba a que su lado del armario estuviera vacío.

Sentada en el borde de la cama, dio rienda suelta a las lágrimas. Hacía poco más de un mes que Nick se había marchado, y aún seguía sintiendo una descarnada mezcla de furia y amor cuando pensaba en él. Y quizá también empezaba a instalarse en ella la resignación, poco a poco y a hurtadillas.

Sacó el móvil del bolso. Marcó el número de Nick y oyó sonar seis veces el pitido de la línea antes de que saltara el buzón de voz. Colgó y marcó de nuevo. Esta vez, solo se oyó un pitido y, enseguida, la voz grabada de Nick.

—¡Hola! Estás llamando a Nick. Me encantaría charlar contigo, pero seguramente estoy en escena o en un *casting*, o liado con otra cosa. Déjame un mensaje al oír la señal y prometo que te llamaré. ¡Gracias!

Colgó de nuevo y le mandó un mensaje con manos temblorosas.

¿Cuándo vas a volver a casa?

Se quedó mirando la pantalla del teléfono, ansiosa por que contestara. Por que dijera la verdad por una vez.

Pero el teléfono permaneció tercamente callado. Jonesy, su gato de pelo rojizo, entró sin hacer ruido en la habitación y se subió a su regazo, profiriendo un ronco ronroneo. Sarah soltó un momento el móvil para acariciarle detrás de las orejas. El gato pestañeó de placer y estiró la cabeza hacia su mano al tiempo que lanzaba zarpazos a su jersey. Ella volvió a coger el teléfono y escribió otro mensaje.

¿Estás con Arabella?

Se despreciaba a sí misma por pedirle cualquier cosa, aunque solo fuera que contestara a una sencilla pregunta. Pero necesitaba saberlo, por el bien de los niños y también por razones prácticas, como el cuidado de sus hijos, las facturas, las cuotas de la hipoteca y todo lo demás que solían compartir. ¿Pensaba pasar fuera otra semana, quince días, un mes? ¿Más tiempo?

Seleccionó otro nombre de la lista de contactos y mandó un tercer mensaje.

Se oyó un chillido y, casi al mismo tiempo, un llanto procedente del salón. Jonesy se levantó de su regazo, se metió bajo la cama y reapareció un momento después con un ratón muerto en la boca.

—¡Jonesy! ¿De dónde has sacado eso?

Intentó agarrarlo, pero el gato se escabulló hacia las escaleras llevándose consigo su presa.

Sarah suspiró y se secó los ojos con un poco de papel higiénico.

Volvieron a oírse gritos y llantos mientras bajaba. Sus hijos se estaban peleando en el sofá del salón.

—¡Me ha dado una patada! —dijo Grace entre lágrimas.

—¡Ha empezado ella! —replicó Harry sorbiéndose los mocos y señalándose el brazo—. Mira, me ha dejado marca.

Sarah se inclinó y le miró el brazo, pero no vio nada.

—Me duele —dijo Harry con una vocecilla—. Un montón.

—No para de cambiar de canal —protestó Grace—. Me tocaba a mí ver *Tracy Beaker*, pero no para de poner cosas de bebé.

Sarah apagó la tele y puso el mando a distancia en una de las baldas más altas de la estantería.

—Bueno, ¿quién quiere ayudarme a poner la mesa para la cena?

La miraron los dos como si les hubiera pedido que cruzaran a nado el Canal de la Mancha.

—¿Quién me ayuda? —repitió—. ¿Grace?

Su hija soltó un suspiro de fastidio y Sarah tomó nota mentalmente —de nuevo— de que debía limitarle el tiempo de tele. Grace parecía estar entrando en la adolescencia con cinco años de antelación.

—Venga, Grace. Ya casi está lista la cena.

—¿Por qué siempre me toca a mí? —repuso su hija al levantarse del sofá y seguirla a la cocina.

—Porque eres una niña estupenda, por eso. Eres mi ayudante. Sabes dónde está todo en la cocina y Harry todavía es un poco pequeño, no llega a los armarios.

Grace no pareció muy convencida.

—¿Cuándo va a volver papá? —preguntó.

Sarah se paró en seco al oír la pregunta. Tomó aire y desvió la mirada. «Que no te vean disgustada».

—Está haciendo otra función y tiene actuaciones en un montón de sitios distintos.

—Genial, pero ¿cuándo va a volver?

—Pronto, Grace, pronto. ¿Puedes sacar el kétchup y ponerlo en la mesa, por favor?

Dio de cenar a los niños y fue recogiendo la cocina mientras ellos comían. La casa parecía estar en perpetuo estado de guerra: mientras ella recogía por un lado, los niños iban dejando tirados por cualquier parte legos, libros de colorear, dinosaurios de plástico, muñecos, bloques de construcción, ropa y todo lo que contenían sus cajas de juguetes.

Cuando sonó el timbre, se enderezaron los dos como suricatas.

—¡Papá! —gritaron al unísono.

Se levantaron los dos a la vez y echaron a correr por el pasillo. Sarah no fue tras ellos. Sabía que no era Nick. Oyó sus voces agudas al dar la bienvenida al recién llegado, y la voz grave de su abuelo diciéndole al uno lo guapo que estaba y a la otra que había crecido, a pesar de que los había visto el día anterior. Los niños volvieron al trote un segundo después, se sentaron y siguieron comiéndose sus palitos de pescado.

—Ha venido el abuelo —le informó Grace.

Sarah esperó a que estuvieran otra vez enfrascados en la cena. Luego salió al pasillo, donde no podían verla.

Su padre se quitó el abrigo y le tendió las manos.

—Recibí tu mensaje. ¿Cómo está mi chiquitina?

Se le notaba en la cara que ya sabía la respuesta a esa pregunta, pero la formuló de todos modos. Siempre lo hacía. Era la única persona con la que Sarah podía sincerarse, aunque no se atreviera a hablarle del extraño vuelco que había dado su vida en las últimas veinticuatro horas.

—No muy bien, papá —dijo Sarah con voz queda—. No muy bien.

Dormir en casa de Laura a mitad de semana fue una buena oportunidad para desahogarse. Chris estaba de viaje y a su amiga no le apetecía estar sola. Después de cenar y acostar a los niños, se tumbaron cada una en un sofá, en el salón, con el fuego de la chimenea bajo y unas velas encendidas en el hogar. Sarah bebió un sorbo de vino tinto mientras intentaba encontrar la manera de plantear el asunto que la obsesionaba desde su encuentro con Volkov.

—¿Puedo hacerte una pregunta?

—No, claro que no.

Sarah hizo una mueca.

—¿Qué harías si pudieras hacer algo y nadie fuera a enterarse nunca? Solo lo sabrías tú.

—¿Como qué?

—Cualquier cosa.

—¿Y no se enteraría nadie, nunca?

—No, nadie.

—¿Tirarme a Channing Tatum, por ejemplo, sin que se enterase su mujer?

—No, no cosas así. Algo… malo.

Laura sonrió.

—Te aseguro que sería malísima. Antes de que acabara con él, me suplicaría piedad.

Sarah meneó la cabeza y sonrió a su amiga. Pensó por un momento, sin saber cómo formular la siguiente pregunta. Era un poco arriesgado, suponía, aunque no tanto si lo mantenía en un plano hipotético, si no dejaba entrever la realidad de la situación.

—¿Y si fuera algo, en fin, no del todo legal?

Laura bebió un sorbo de vino, dejó la copa en la mesa, a su lado, y volvió a llenarla. Ya casi habían vaciado la botella.

—¿Algo que no involucre a Channing Tatum?

—Olvídate de Channing un segundo.

—Vale. Algo que no sea del todo legal. ¿Como pegarle un puñetazo al gilipollas del vecino cuando se emborracha y se pone a hablar por teléfono a las tres de la mañana y oímos todo lo que dice a través del tabique?

—Algo así.

—Pues eso, entonces; si pudiera, le daría una buena hostia. La verdad es que llevo meses intentando convencer a mi querido esposo para que lo haga. O para que por lo menos llame a su puerta y le pida que deje de comportarse como un cretino y de hacer tanto ruido. Pero Chris duerme como un tronco, no se entera de nada.

—Entonces, ¿lo harías? ¿Le darías una hostia a tu vecino?

—¿Si pudiera irme de rositas? Pues claro. Ya he perdido la cuenta de las veces que nos ha despertado. —Sonrió al pensarlo—. Pero ¿cómo podría salirme con la mía? ¿Siendo invisible o algo así?

—Invisible exactamente, no. Más bien… ilocalizable.

—Qué interesante. ¿Y nadie se enteraría?

—Eso es.

—¿Como si fuera el crimen perfecto?

—Sí. Y a lo mejor podría ser algo más grave que darle un bofetón a tu vecino.

—Estás empezando a preocuparme un poco, Sarah. —Laura ladeó la cabeza—. ¿Estás bien?

Sarah se acordó de la advertencia de Volkov.

«No se lo diga a nadie».

—Sí, estoy bien. Aunque puede que me haya pasado un pelín con el vino.

—¿Seguro?

Apoyó la cabeza en el cojín y se quedó mirando las sombras que bailoteaban en el techo, a la luz de las velas.

—Es que estas últimas semanas han sido una mierda, nada más. Se ha ido Nick y otra vez me he quedado sin mi ascenso... Estoy muy agobiada. Todos los días rezo por que haya una buena noticia, por que algo salga bien, en vez de jorobarse como se joroba todo continuamente. Joder, ojalá la gente dejara de aprovecharse continuamente de los demás.

—¿Como el profesor Lovelock, que se ha apropiado de tu idea sobre esa fundación de Boston y la ha presentado como suya?

—Le ha contado a todo el mundo que esa noche en Edimburgo yo iba tan pedo que no podía acordarme de lo que dije. —Se le quebró la voz al ahogar un sollozo—. Perdona, Loz. Ya me conoces: no soporto que la gente sea amable conmigo cuando estoy hecha polvo. Solo me dan ganas de echarme a llorar.

—Puedo insultarte, si quieres —repuso su amiga exagerando su acento de Leeds—. Zorra de mierda, verdulera apestosa, pedazo de guarra...

Sarah se rio.

—Cobardica piojosa —añadió Laura, y le lanzó una mirada inquisitiva—. ¿Qué tal así? ¿Mejor?

—Sí, mejor, gracias —contestó—. Por lo menos tengo menos ganas de llorar.

Se hizo el silencio. Laura dejó su copa en el suelo y se incorporó en el sofá.

—Sarah...

—¿Sí?

—Mírame.

Giró la cabeza para mirar a su amiga.

—¿Qué pasa? —preguntó—. Sabes que a mí puedes contármelo

todo, ¿verdad? Lo que sea. Que no se lo contaré a nadie, ni a Chris, ni a mi madre, ni a nadie. Que lo que me cuentas es entre tú y yo, y así se queda. Lo sabes, ¿no?

—Lo sé, cielo. Gracias.

—Bueno —añadió Laura—, ¿y vas a contarme qué está pasando?

30

—No pasa nada, Loz —contestó Sarah.

—¿Es por lo de Nick? ¿Porque se ha estado tirando a esa Arabella o como se llame? ¿No irás a... hacerle algo a esa tía?

Sarah esbozó una sonrisa triste y meneó la cabeza.

—No.

—Pues es una lástima, porque si alguien se merece un buen sopapo es ella. ¿A Nick, entonces?

—No, qué va. En primer lugar, los niños nunca me lo perdonarían. Da igual, Loz, solo estaba fantaseando un poco. He bebido demasiado. Vamos a hablar de otra cosa.

Pero Laura no quería cambiar de tema.

—¡Ya sé! —Chasqueó los dedos y señaló a su amiga—. Es a tu jefe, ¿verdad? A Lovelock.

Sarah se sentó con las piernas recogidas sobre el sofá para mirarla de frente. Laura era una de las pocas personas que estaban al tanto de todo lo que le había pasado con Alan Lovelock. De todo lo que había hecho él o intentado hacer. Conocía todos los detalles. A su padre nunca se lo había contado: se preocuparía demasiado.

—¿Qué harías tú si fuera tu jefe? —preguntó.

—Ya sabes lo que haría, amor. Te lo he dicho cien veces: me iría derecha a Recursos Humanos y haría que le despidieran en un periquete.

—¿Y si no sirviera de nada ir a Recursos Humanos? ¿Y si fuera intocable?

—¿El «profesor blindado»?

—Sí.

Laura se encogió de hombros.

—Supongo... supongo que intentaría reunir pruebas, pillarle con las manos en la masa. No sé, grabarle diciendo cosas. Buscar a otras mujeres que hubieran tenido el mismo problema. Montar una denuncia que no pudieran ignorar.

—¿Y si todo eso se hubiera intentado antes y no hubiera funcionado? De hecho, no solo no ha funcionado, sino que se ha «purgado» a sus víctimas de la universidad.

—No sé. Entonces quizá le pediría a Chris que fuera a su casa a decirle cuatro cosas. —Hizo una pausa para volver a llenarse la copa—. Y si eso fallara, Chris podría darle una buena paliza, a ver si así captaba el mensaje.

Sarah sonrió. Chris, el marido de Laura, había sido un prometedor jugador de *rugby* en su juventud y aún jugaba en el equipo del barrio. Con su metro noventa y tres de altura y sus cerca de cien kilos de peso, tenía una figura imponente. A Nick le sacaba una cabeza. Era un hombre encantador, muy simpático y volcado en su familia, pero su presencia física impresionaba cuando entraba en una habitación.

—¿En serio?

—Sí. Bueno, no.

—¿No le pedirías a Chris que lo solucionara él?

—Uy, sí, claro que se lo pediría. Pero no en casa de Lovelock, sino en algún callejón oscuro.

—Entonces... ¿qué? ¿La violencia es la solución?

—El que diga que la violencia nunca resuelve nada se olvida de la esclavitud, de Hitler y de la Segunda Guerra Mundial.

—Eso es muy profundo para un miércoles a las diez por la noche.

—¿Sabes?, Hillary Clinton solía decir una cosa sobre todos esos ataques que recibió cuando se presentó a las elecciones. Decía: «Cuando ellos se rebajan, tú te elevas».

—Y mira lo que le pasó.

—Exactamente. Llevar la razón moralmente no garantiza que al final vayas a ganar. Si tu oponente juega sucio, a veces tienes que rebajarte a su nivel para darle un golpe y dejarle fuera de combate. ¿Sabe Nick cuántas veces ha intentado propasarse contigo el Profesor Abusón?

—Lo sabe casi todo. Los detalles más sórdidos no, pero casi todo.

—¿Y nunca se ha puesto furioso? ¿Nunca ha querido encararse con Lovelock y hacerle una visita anónima?

Sarah se encogió de hombros.

—Ya sabes cómo es Nick. No le gusta pelearse, es un pacifista. El *hippy* más joven del mundo, nacido en la década equivocada. Y de todas formas siempre le he dicho que se mantuviera al margen, por si estropeaba mis posibilidades de conseguir el contrato fijo. Siempre he pensado que todo se resolvería cuando tuviera cierta seguridad en el trabajo y por fin pudiera mandar a paseo a Lovelock. Además, Nick no está. Esta vez no estoy segura de que vaya a volver. Y tampoco sé si le dejaría volver.

—Oye, ¿y si hablo con Chris? Podría ir él a hacerle una visita a don Profesor Pervertido, para bajarle un poco los humos.

Sarah meneó la cabeza.

—Eres muy amable, Loz, pero no quiero que Chris se meta en un lío.

—Sería la última vez que el profesor blindado te diera problemas. Y Chris lo haría, ¿sabes? No le importaría.

—Ya lo sé. Es un sol.

—Es que odio verte así, Sarah. Me siento muy impotente.

Se quedaron calladas un momento. Sarah apuró su vino y dejó la copa en el suelo. Era la tercera que se tomaba, y el suave mareo del alcohol la reconfortaba y la apaciguaba, pese a sus muchos problemas.

—¿Y si hubiera otra solución? —preguntó contemplando el

contoneo de las llamas en la chimenea—. ¿Una forma de hacerlo sin que nadie se metiera en líos? ¿Sin que ni tú, ni Chris, ni nadie que conozcas tuviera que mancharse las manos?

—¿En plan encantamiento o hechizo mágico?

«En Rusia me llaman *volshebnik*. El mago. Porque hago desaparecer cosas».

—Algo así. Pero nadie sabría nunca que habías sido tú.

—¿Y no habría forma de que lo relacionaran conmigo? ¿Ninguna consecuencia?

—Ninguna.

—¿Nadie sabría nunca que yo había tenido algo que ver?

—Eso es. La coartada perfecta. Estarías muy lejos cuando sucediera lo que fuera y nadie podría vincularte con ello.

—Mmm. Bien. —Laura asintió lentamente—. Me gusta cómo suena eso.

—Entonces, ¿lo harías?

Su amiga se quedó pensando un momento antes de contestar.

—¿Una oportunidad única de hacer algo sin tener que afrontar las consecuencias? —Se bebió el poco vino que le quedaba—. ¿Sabes qué? Que sí, joder: creo que lo haría.

31

Acostada en la cama de invitados de Laura, se sentía exhausta y amodorrada por el vino, pero era incapaz de dormir. Miraba fijamente los números rojos del radiodespertador de la mesilla de noche, que avanzaban minuto a minuto.

Las 3:09.

Todo aquello seguía pareciéndole un sueño: la pequeña Aleksandra, el hombre de la cicatriz, Volkov y su increíble oferta. Tenía la sensación de que pertenecía a otra vida, de que le había pasado a otra persona, no a ella. Deseaba que fuera otro quien tuviera que tomar esa decisión, hallar la solución a ese problema. Flotando entre el sueño y la vigilia un instante, se agarró a la esperanza de que fuera todo producto de su imaginación.

«Deme un nombre. Una persona. Y la haré desaparecer».

Sin embargo, no era un sueño. Era real. Era su vida.

Su decisión.

Tenía que escoger entre la razón y la pasión. Entre la lógica y el sentimiento. ¿Y cuándo había sido esa una pelea justa?

No había pedido más datos, y ahora se daba cuenta de que había sido un error. ¿Qué significaba «desaparecer»? Podía querer decir toda clase de cosas. ¿Mandar a una persona muy, muy lejos y que no volviera jamás? ¿Amenazarla, obligarla a huir abandonando la vida que conocía o afrontar las consecuencias? ¿Ofrecerle dinero para que se estableciera en otra parte, muy lejos?

Nada de eso parecía muy probable. Al menos, no tanto como la respuesta más obvia, es decir, que esa persona se esfumara definitivamente.

Cogió el móvil y echó un vistazo a sus correos para distraerse. Allí estaba otra vez: tres mensajes de Lovelock, dos de ellos marcados como urgentes. Guardó de nuevo el teléfono en el bolso. Recibir un Correo de Medianoche de Lovelock era garantía segura de que no pegaría ojo durante horas.

Rozó con la mano el otro teléfono que guardaba en el bolso, el pequeño Alcatel que le había dado Volkov. ¿Tenía carga la batería? Debería encenderlo y echarle un vistazo, por si acaso. «Mala idea». Porque, si lo encendía, estaría un paso más cerca de ver el número grabado en la memoria. Y entonces solo tendría que marcarlo y pronunciar dos palabras: Alan Lovelock.

Y sus problemas se evaporarían… si la oferta iba en serio.

Laura casi la había convencido, casi la había persuadido con sus argumentos de que debía aceptar la propuesta de Volkov, sin darse cuenta en realidad de lo que estaba diciendo. Casi, pero no del todo.

Apartó el edredón y encendió la lámpara de la mesilla de noche, volvió a coger el bolso y hurgó dentro hasta dar con la suave carcasa del teléfono. ¿Cómo lo había llamado él? Un teléfono desechable. Lo sacó del bolso y lo sostuvo en la palma de la mano. La carcasa le pareció fresca al tacto. Era lo único que tenía, la única prueba material de que no había imaginado su encuentro con Volkov y su séquito: aquel pequeño rectángulo de plástico negro demostraba que había sucedido de verdad, que Volkov existía, que su oferta era real. Le dio la vuelta, notando su peso. Pesaría unos cien gramos. No más.

Pasó el pulgar por la lisa superficie del teléfono y lo abrió. Parecía el modelo más básico que podía comprarse: pantalla minúscula, teclado antiguo y botón de encendido. Ningún extra, nada de virguerías. Le recordó a uno de los primeros móviles que tuvo a finales de los años noventa, heredado de su hermana Helen.

«Enciéndelo, nada más. De todos modos, seguramente se habrá

quedado sin batería. Enciéndelo y échale un vistazo. ¿Qué hay de malo en ello?».

Rozó con el pulgar el botón de encendido.

No. Era preferible no arriesgarse, dejar el teléfono apagado en el fondo del bolso. Si marcaba ese número estaría cruzando una línea sin retorno posible. Porque, francamente, ¿qué quería decir de verdad la palabra «desaparecer»? Equivalía a apartarse de la sociedad y de la ley, de su familia y de todo lo que amaba. No podía hacerlo. Haría, por el contrario, lo que había hecho siempre: aguantar el tirón y esperar a que las cosas mejorasen. Porque siempre mejoraban, lo sabía por experiencia. O casi siempre. Si aguantabas lo suficiente. Era solo cuestión de perseverancia. Nada más. De terquedad pura y dura.

Cerró el teléfono y volvió a guardarlo en el bolso, apagó la luz de la mesilla y se dijo que bastaba con perseverar. Se libraría del teléfono desechable. Lo tiraría a la basura. Lo enterraría en el jardín o lo tiraría al río. Se olvidaría de todo ese asunto, lo clasificaría como un extraño episodio de su vida y lo sepultaría en algún rincón de su memoria para no volver a hablar de ello nunca más.

Se desharía del teléfono a primera hora de la mañana. Y después haría lo que debería haber hecho hacía tiempo: iría a Recursos Humanos para presentar una queja formal, siguiendo los cauces previstos y el procedimiento estipulado. El haber sopesado siquiera la propuesta de Volkov la había convencido de que tenía que resolver su problema con Lovelock. Ya estaba bien.

32

Sentada en la recepción del departamento de Recursos Humanos, con los dedos entrelazados con fuerza sobre el regazo, repasó mentalmente lo que iba a decirle a Robert Webster, el subdirector de Personal encargado de cuestiones disciplinarias, quejas y denuncias de malas prácticas. El despacho acristalado de Webster estaba al fondo de la planta diáfana, en un rincón, más allá de las filas de escritorios que la hora del almuerzo había dejado vacíos. La puerta estaba cerrada.

Sarah miró su reloj. Faltaban cinco minutos para la hora de su cita.

«Todavía tienes tiempo de dar marcha atrás. Podrías irte, inventar una excusa. Así de fácil».

Le vibró el teléfono en el bolso. Un mensaje de Marie.

¿Estás libre para comer? Creo que deberíamos volver a hablar.

Tecleó rápidamente una respuesta.

No puedo, lo siento. He conseguido que me den cita en RR. HH. hoy mismo, vuelvo a las 2.

Esa mañana le había confesado a su amiga que no podía más, que iba a acudir a Recursos Humanos. No esperaba, sin embargo, que le dieran cita tan pronto.

Marie la había mirado con cara de pasmo.

—¿Qué vas a hacer exactamente?

—Contárselo. Contárselo todo.

—¿Lo de Alan?

—Sí. Voy a grabar la conversación con el móvil, y todas las reuniones que tenga a partir de ahora con Alan.

—¿Estás segura?

—Estoy harta, Marie. No puedo seguir así, ya no aguanto más. He estado posponiéndolo una y otra vez, llevo tanto tiempo así que casi he olvidado quién soy y de dónde vengo. Yo no soy así, no me quedo de brazos cruzados y aguanto toda la mierda que me echen semana tras semana solo por alcanzar la meta que me he propuesto. Yo antes no era así, pero me estoy convirtiendo en eso. Y ya no puedo más.

—Estoy totalmente de acuerdo, ya lo sabes. Las dos hemos tenido que aguantar cosas por las que deberían haberle despedido hace mucho tiempo. Sabemos lo que es trabajar en esas condiciones día tras día, echando tierra sobre el asunto. Pero, si vas a hacerlo, ¿seguro que estás lista para lo que vendrá después?

—No lo sé. Ya no sé nada, solo que hay que hacer algo para pararle los pies.

—Pero ¿estás dispuesta a batallar con él? Porque él convertirá esto en una guerra en cuanto se entere.

Sarah había sentido que se le cerraba la garganta y que las lágrimas se le agolpaban en los ojos. Siempre resultaba difícil llevarle la contraria a su amiga, que era tan comedida, juiciosa y analítica. Marie tenía la exasperante costumbre de verlo todo desde una perspectiva absolutamente lógica y pragmática.

—Solo quiero hacer mi trabajo —había contestado Sarah—. No quiero batallar con nadie.

—Pues, si sigues adelante, vas a tener que hacerlo quieras o no. Acuérdate de lo que le pasó a Gillian Arnold, de lo que le hizo Lovelock. Si te enfrentas a él, al final solo uno de los dos quedará en pie. Si agitas las aguas, todas saldremos perdiendo.

Sarah se había acordado del rostro demacrado de su

predecesora, de su amarga confrontación con Lovelock en el jardín, durante la fiesta. Gillian había tratado de pararle los pies y había acabado viendo cómo su carrera se estrellaba, envuelta en llamas. «Pero tengo que intentarlo», se dijo. «Quizá esto marque el punto de inflexión, quizá consiga que la universidad nos haga caso por fin y tome cartas en el asunto».

—¿De qué lado estás? —se oyó preguntar.

—Del tuyo, claro —había contestado Marie—. Pero no estoy segura de que esta sea la mejor manera de hacerlo.

—No hay otra.

—Tiene que haberla, Sarah.

—No —había dicho ella, inflexible—. No la hay.

Ahora volvió a mirar el reloj. Era casi la hora de la cita.

Tenía la boca seca. Se levantó y fue a beber a la fuente que había al otro lado de la oficina. Llenó de agua un vasito de plástico y bebió un largo trago. Desde allí veía un rincón del despacho de Webster a través de la cristalera. Las persianas estaban solo medio echadas y distinguía a Webster arrellanado detrás de su mesa, riéndose con las manos entrelazadas detrás de la cabeza.

Volvió a llenar el vasito en la fuente sin dejar de mirar. Solo había coincidido con Webster una vez, en un acto oficial al empezar a trabajar en la universidad, y le recordaba como un burócrata amargado y carente de sentido del humor, un tipo alto y cadavérico de traje y corbata grises. Pero quizá le hubiera juzgado mal, porque ahora se reía echando la cabeza hacia atrás, con unas carcajadas que resonaban en toda la oficina. Se había quitado la americana y llevaba la camisa remangada.

Sarah regresó a la sala de espera y se sentó. Volvió a mirar el reloj. Era la hora de su cita. «Última oportunidad para arrepentirse».

Desbloqueó su móvil y seleccionó la aplicación de grabadora, la encendió unos segundos y luego escuchó lo que se había grabado para asegurarse de que funcionaba. Estaba pensando otra vez en lo que iba a decir y por dónde empezaría cuando se abrió bruscamente la puerta de Webster y oyó voces. El subdirector de Recursos Humanos salió del despacho, sonriendo aún con una mueca que en él parecía poco natural. Tendió la mano a su interlocutor, que hizo lo propio, y se estrecharon vigorosamente las manos. Cambiaron unas palabras más y Webster volvió a reírse. Su visitante salió del despacho y le dio una palmada en el hombro.

Sarah sintió un súbito arrebato de temor.

Era Lovelock.

33

Sarah vio, paralizada, cómo su jefe cruzaba la oficina hacia ella. Lovelock no pareció sorprenderse de verla allí.

—Buenas tardes, doctora Haywood —dijo en tono ligero, pero clavando los ojos en ella—. Va todo bien, espero.

—Sí. Bien.

—No esperaba verla aquí.

—Tengo una reunión a la una.

—¿De veras? —Una sonrisa turbia asomó a sus labios—. Yo he venido a charlar un rato con Bob, para ponernos al día, como solemos hacer. Siempre le digo que deberíamos hacerlo en el club de tenis, entre set y set, pero es demasiado competitivo para eso.

—¿Juegan juntos al tenis?

—Todas las semanas. —Dio medio paso hacia ella y añadió con voz tonante—: Soy el capitán del primer equipo, para mi desgracia, y él es el vicecapitán.

—Tendrán muchas cosas de las que hablar, supongo.

Lovelock sonrió.

—Bueno, hablamos de toda clase de cosas. De asuntos de personal, de colegas malintencionados, de cosas que hay que cortar de raíz para que no afecten a la reputación de la universidad... —Se inclinó hacia ella—. Bob las llama las «conversaciones de las tres pes».

—¿Y eso qué quiere decir?

—«Personas potencialmente problemáticas». Las tres pes, ¿comprende?

Le sostuvo la mirada sin pestañear. Sarah no dijo nada, pero sintió que la sangre le abandonaba el rostro.

Ir allí había sido mala idea.

—La gente es fascinante, ¿verdad?, nunca deja de sorprenderme —comentó Lovelock.

—Supongo que sí.

—Como jefe de departamento, ¿hay algo que deba saber sobre su reunión de la una?

—No, nada. —Sarah intentó dar con una mentira convincente—. De hecho, tengo que hacer una llamada urgente, así que no sé si podré mantener la cita.

—Si va a dejar plantado a Bob, la acompaño a la salida. ¿De acuerdo?

La agarró del codo como si se dispusiera a conducirla hacia la puerta. Sarah se desasió y dio un paso atrás.

—No me toque.

Lovelock se inclinó cerniéndose sobre ella y dijo en voz muy baja, para que solo Sarah le oyera:

—Piensa con mucho cuidado lo que vas a hacer, Sarah. Piénsalo detenidamente. —Se lio la bufanda al cuello y estaba a punto de marcharse cuando se detuvo y se volvió hacia ella—. Por cierto, ¿te ha avisado Jocelyn de lo de la reunión?

—¿Qué reunión?

—La de hoy a las dos y media.

—Tengo cita con un alumno de doctorado a esa hora.

—Pues cancélala o cambia la hora.

—¿Para qué es la reunión?

—Es un asunto importante. Muy importante.

—Está bien, pero…

—Nos vemos a las dos y media. En mi despacho.

Sin más, dio media vuelta y se encaminó hacia las escaleras.

163

Sarah se quedó mirándole. Las palabras de Lovelock resonaban aún en su cabeza.

«Piensa con mucho cuidado lo que vas a hacer, Sarah».

Miró hacia el despacho de Webster, cuya puerta seguía entornada. El subdirector de Personal aguardaba su llegada. Pero ¿podía confiar en él? ¿Podía abrigar esperanzas de que se hiciera justicia? ¿O seguiría el mismo camino hacia el desastre que sus predecesoras?

Volvió a oír las palabras de Marie. «Si te enfrentas a él, al final solo uno de los dos quedará en pie».

Dudó un momento más, sin saber qué alternativa escoger.

«Dar el salto o retroceder».

«Apretar el gatillo o largarse».

Agarró su bolso y se dirigió a las escaleras.

34

El correo citándola para la reunión la estaba esperando cuando llegó a su despacho. No incluía el orden del día. «Puede que vaya a decirme que ha cambiado de idea. Que ha sido todo un error y que va a darme el contrato fijo que me había prometido».

Descartó esa idea nada más sentarse ante la mesa de Lovelock.

—La verdad es, Sarah —dijo Lovelock tras un breve preámbulo—, que cada vez me preocupa más tu actitud.

—¿Mi actitud?

—Y la calidad de tu trabajo.

Sarah frunció el ceño.

—No entiendo. Mis alumnos me dieron una buena calificación en la encuesta de calidad del profesorado. Este año me he encargado de los nuevos cursos de posgrado y estoy publicando artículos. Yo creo que está siendo un buen curso.

Lovelock levantó las cejas como si nada de aquello importara lo más mínimo.

—Antes de que se me olvide, quería preguntarte una cosa. —Señaló su móvil, que ella había colocado sobre la mesa, entre los dos, con la pantalla hacia arriba—. No estarás grabando esta conversación, ¿verdad?

—No, claro que no.

—Porque grabar una conversación de este tipo equivaldría a

incumplir las directrices de personal. Además de que supondría una grave falta contra el código ético y profesional.

Sarah sintió que se ponía colorada.

—Lo sé.

«Maldito hipócrita», pensó.

Lovelock volvió a señalar el teléfono.

—¿Te importa?

—No estoy grabando la conversación —repitió ella.

—Aun así, me sentiría más cómodo si guardaras el teléfono.

—Muy bien. —Cogió el móvil y lo guardó en el bolsillo lateral de su bolso.

«Jocelyn me habrá visto toqueteando el móvil mientras esperaba fuera».

Lovelock le dedicó su mejor sonrisa televisiva.

—Estupendo.

—Estabas comentando algo sobre mi actitud.

—Mira, prefiero que no nos empantanemos entrando en detalles —repuso él—. Como jefe de departamento, debo tener una visión global, más amplia. Forma parte de mi labor, lamentablemente. —Sonrió otra vez como si esperara de ella algún signo de comprensión—. Como sabes, nos movemos en un entorno muy complicado para la financiación. Lo que quizá no sepas es que nos aguardan decisiones difíciles, y tengo que considerar todas las alternativas.

—¿Decisiones difíciles? ¿Qué quieres decir?

—No puedo entrar en detalle en estos momentos, pero puedo decirte que el director financiero ha pedido a todos los departamentos de la facultad que recorten gastos. Esto es confidencial, claro, y espero que actúes en consecuencia. Que no salga de aquí.

—Claro. —Cada vez más angustiada, Sarah empezó a comprender adónde conducía la conversación—. ¿Cuánto tenemos que recortar?

—Una cantidad importante. No hace falta que conozcas los datos concretos, pero hay varias opciones. Una de ellas es rehacer el claustro. Analizarlo detenidamente y asegurarnos de que la facultad cuenta con el equilibrio óptimo, es decir, con el número adecuado de docentes en los puestos precisos y con el máximo nivel de excelencia académica.

—¿Te refieres a despedir a profesores?

—Es probable que haya algunos despedidos, Sarah.

Lovelock se levantó y rodeó la mesa acercando otra silla a la que ocupaba ella. Se sentó de lado, con un brazo sobre el respaldo, para mirarla de frente. Sarah notó su olor a sudor, ácido y penetrante.

—Pero ese no tiene por qué ser tu caso. No necesariamente.

Sarah se apartó de él. Notaba la boca seca y ansiaba estar en cualquier otra parte menos allí, en aquella habitación.

—No entiendo.

—Lo que quiero decir es que la reestructuración causará bajas. Habrá que prescindir de ciertas personas, por decirlo de algún modo. Pero tú no tienes por qué ser una de ellas.

—Bueno, me alegro. Porque no quiero que me despidan, claro.

—Tengo que hablar de los cambios que hay que introducir con mis colegas del departamento, claro está, pero al final el decano actuará conforme a mis recomendaciones. Conforme a las mías, únicamente. Pese a tus intentos de manchar mi reputación.

—¿Qué quieres decir?

—Le dijiste al decano que lo de la fundación Atholl Sanders era idea tuya. Actuaste a mis espaldas.

Sarah sintió que volvía a sonrojarse.

—Es que fue idea mía.

Lovelock sonrió y meneó la cabeza.

—La enseñanza universitaria es un trabajo en equipo, querida mía. Cuanto antes lo asumas, mejor nos llevaremos todos. Y más probabilidades tendrás de conservar tu trabajo.

—Vale. —Sarah se dio cuenta de que estaba agarrando su bolso con tanta fuerza que se le transparentaban los nudillos a través de la piel.

—Mi dictamen determinará qué cambios se hacen en el departamento.

—Sí. Ya.

—Quién se queda y quién se va. —Lovelock clavó la mirada en los ojos de ella como si pudiera ver lo que ocurría dentro de su cabeza—. Está claro que el personal con contratos temporales como el tuyo, Sarah, es el más vulnerable y será el primero en la lista de despidos. Así son las cosas, me temo.

—¿Qué criterios van a aplicarse?

—¿Cómo dices?

—¿Cómo vais a seleccionar a los profesores susceptibles de despido?

—Se aplicarán diversos criterios de evaluación.

—¿Como cuáles? Yo tengo una de las calificaciones más altas de la facultad en cuanto a nivel de satisfacción del alumnado. Mi investigación progresa y tengo más años de experiencia docente que Charlie y Patrick, además de desempeñar más labores administrativas que ellos. Y, por si eso fuera poco, este último curso solo he faltado un día por enfermedad. Creo que no debería tener de qué preocuparme.

—Se tendrán en cuenta muchas cosas, Sarah. Muchas cosas. Como te decía, aplicaremos diversos criterios de evaluación de profesorado y a partir de ellos tomaré una decisión. —Lovelock cruzó las piernas y le rozó la espinilla con los pantalones—. De modo que necesito estar seguro de que nos entendemos.

Sarah intentó frenéticamente comprender cuál era el significado exacto de sus palabras.

—¿En-entendernos? ¿En qué sentido?

Lovelock se inclinó hacia ella. Le apestaba el aliento a *whisky*. No eran ni las cinco de la tarde y ya estaba medio borracho.

—Piénsalo, Sarah. Piensa en lo que quieres. Y en lo que quiero yo.

Le puso la mano en la rodilla y la deslizó hacia su muslo. Tenía la piel suave y pegajosa. Sarah le agarró la mano y se la apartó de un empujón.

—Qué traviesa eres —dijo Lovelock impertérrito, y comenzó a deslizar el dedo índice por su pierna, arriba y abajo.

Sarah sintió que se encogía y se apartaba. Por dentro gritaba rabiosa, cegada en parte por la ira y la frustración, y en parte por lo injusto que era todo aquello. Su trabajo, sus horas de dedicación, todas esas noches en que se había quedado trabajando de madrugada, hasta quedarse dormida sobre el portátil, todos esos días borracha de puro cansancio, tirando del carro a pesar de todo… Nada de eso parecía importar. Nadie lo tendría en cuenta.

—No hagas eso, por favor —dijo intentando que no se le quebrara la voz.

Lovelock descruzó las piernas, las abrió y apoyó una mano sobre el bulto de su entrepierna. Comenzó a frotarse la bragueta tranquilamente.

—Ya puedes dejar de fingir —dijo en tono sugerente—. Sé que quieres.

—No, no quiero. No quiero. —Sarah volvió a apartarle la mano.

—Lo tienes mojado, ¿verdad?

—¿Qué?

—El coño.

Por un instante, se quedó tan atónita que no pudo reaccionar. Abrió la boca, pero no le salió la voz. Sacudió la cabeza lentamente.

—¿Qué?

—No mientas, no me digas que no. Estás cachonda, te lo noto. Estás chorreando. Es el miedo, un reflejo automático. El miedo es erótico. Excita el deseo de copular.

—No. —Quería decir algo más contundente, pero el horror hacía que las palabras se le agolparan en la cabeza, chocando unas con otras—. Te equivocas.

Lovelock se acercó a ella y deslizó la mano por su muslo.

—Olvídate de tus inhibiciones.

—No —repitió Sarah.

Él le acarició la mejilla con la yema de los dedos. Sarah sintió que algo se quebraba en su interior. Había cruzado una línea invisible.

Aquello tenía que acabar.

35

Se levantó y se apartó de él.

—¡Apártate de mí!

Lovelock se recostó en su asiento con las piernas abiertas de par en par.

—¿Sabes, Sarah? De vez en cuando deberías desmelenarte. Dejarte llevar.

—Voy a denunciarte.

—No, nada de eso.

—Voy a ir ahora mismo a Recursos Humanos a presentar una queja formal por acoso sexual y maltrato.

Él levantó las manos.

—¿Qué acoso? Solo quiero tener una relación de trabajo estrecha con todo mi personal.

—¡Eso es mentira y tú lo sabes! Esto ya es el colmo.

—No puedo impedirte hablar con Bob de Recursos Humanos, Sarah. Te deseo mucha suerte.

—Lo digo en serio.

—Lo sé. Buena suerte también con la contrademanda.

—¿Qué?

—Buena suerte con la contrademanda en la que explicaré con todo lujo de detalles todas esas veces en las que te has arrojado en mis brazos y me has suplicado que me acostara contigo como parte de tu plan de servirte del sexo para trepar. En el hotel de Edimburgo, por ejemplo, cuando te empeñaste en que te dejara entrar en mi habitación. O en mi fiesta de la semana pasada.

—Eso no es verdad —replicó Sarah con la voz entrecortada por el esfuerzo que estaba haciendo por dominarse—. Es lo opuesto a la verdad. Es una falacia de principio a fin.

Lovelock se encogió de hombros y se recostó en la silla.

—¿Quién puede decir cuál es la verdad? Es flexible. La historia la escriben los vencedores, ya lo sabes. Y ya le he insinuado a Bob un par de veces cómo eres.

—Tú sabes cuál es la verdad —contestó ella—. Y yo también.

—La verdad es que dijiste que no pasaba nada. Negaste que alguna vez haya intentado algo contigo.

—¡Yo nunca he dicho eso!

—Sí. Hace menos de quince días.

—Eres un embustero.

—En el jardín, en mi fiesta, ¿te acuerdas? Te oí decirlo muy claramente, igual que una docena de testigos.

Sarah sacudió la cabeza al acordarse y empezó a sentirse enferma. Aquella mujer, Gillian Arnold, le había preguntado por Lovelock delante de toda esa gente. «¿Todavía no ha intentado acostarse contigo?». Ella se había asustado y había optado por lo más fácil: mentir. Había negado delante de un montón de testigos que hubiera algún problema.

Sabía lo que se proponía Lovelock. Los demás incidentes no los había presenciado nadie. No había pruebas directas y sólidas que apoyaran su versión de los hechos. Podía presentar una queja en Recursos Humanos y poner en marcha el procedimiento, pero Lovelock se limitaría a devolverle la pelota. El departamento de Recursos Humanos de la universidad era, en general, muy débil, pero si además se enfrentaba a dos denuncias contrapuestas —una de ellas procedente de uno de sus profesores más eminentes—, no había duda de que elegiría el camino menos escabroso. Como mucho, propondría una solución de compromiso que no daría la razón ni a uno ni a otro. Y, entretanto, meses y meses de interminables reuniones de conciliación y discusiones con Recursos Humanos y con Lovelock que darían como resultado algún subterfugio para evitar tomar medidas contundentes y constructivas.

Sin duda alguna, su carrera se iría definitivamente a la mierda.

Quiso que se la tragara la tierra.

—Todo esto es un asco —dijo apretando los dientes.

—Piénsalo, Sarah. Soy un hombre razonable. Y puedo ser un tipo simpático, si te portas bien conmigo.

—¿Qué significa eso exactamente?

—Creo que ya lo sabes. —Volvió a juntar las piernas y se dio unas palmadas en el regazo—. Sabes perfectamente lo que significa. ¿Y sabes qué? Que estoy seguro de que lo estás deseando, te lo noto en los ojos.

Sarah le miró, sintiendo que el odio le oprimía la garganta. Había un millar de palabras que quería arrojarle. Palabras afiladas y dañinas como cuchillos. Palabras brutales que le abrieran en canal. Pero lo único que se le ocurrió decir era patético, una obviedad de la que se avergonzó de inmediato.

—Estoy casada, Alan. Igual que tú.

—No dejes que las convenciones burguesas sobre la monogamia frustren tus deseos. Tu marido no lo hace, por lo que tengo entendido. ¿Por qué no te das por vencida y ya está?

De modo que eso era todo. Una semana antes, tenía la esperanza de ascender un peldaño más en la escala de su carrera profesional. Un trabajo fijo, seguridad para sus hijos, estabilidad para todos. Ahora, tendría que despedirse de todo eso hasta el año siguiente, e incluso cabía la posibilidad de que se quedara sin trabajo.

A menos que le diera a Lovelock lo que quería.

36

Se quedó sentada en el coche, inmóvil entre las sombras oblicuas del aparcamiento, ofuscada por la ira, con la garganta en carne viva y los puños apretados sobre el volante. Le escocían los ojos, pero estaba tan furiosa que ya ni siquiera podía llorar. El muy cabrón. Cada vez que pensaba que Lovelock había tocado fondo, encontraba la manera de caer aún más bajo. Desde hacía casi dos años no había hecho otra cosa que acosarla, sobetearla y apretarle las tuercas para que se acostara con él. Los coqueteos nada sutiles habían degenerado en salidas de tono y contacto físico. Ahora, sin embargo, Lovelock parecía haber decidido que, si ella no cedía, si no se sometía y dejaba que se saliera con la suya, se libraría de ella sin más. Haría que el departamento prescindiera de sus servicios.

Desde los dieciséis años, Sarah se había esforzado más que nadie por labrarse su propia suerte, por tener alternativas. Siempre había trabajado más horas que sus compañeros, sacrificando sus aficiones y su ocio para tener más posibilidades de hacer realidad su sueño. Su embarazo a los veinticuatro años había sido una excepción accidental a esa regla y, de hecho, solo había reforzado su empeño de llevar las riendas de su destino.

Y ahora le pasaba esto.

«Todo tu trabajo, todas esas horas, meses y años, no han servido para nada. Para nada, literalmente. Tanto estudiar, tanto hacer exámenes, el doctorado, las entrevistas, las noches en vela y los contratos temporales, las luchas, los sacrificios, los traumas y los pequeños triunfos que te has encontrado por el camino. Se reducen a nada. Cero. *Niente*. Porque él tiene todos los ases en la manga».

Se hallaba en un apuro del que no había salida. Al menos, ninguna salida buena.

O quizá sí la hubiera.

Se acordó de que no había parado la grabadora del móvil al guardarlo en el bolsillo lateral del bolso. Sacó el teléfono, lo desbloqueó y, efectivamente, apareció el cronómetro digital en la pantalla de inicio: marcaba cuarenta y un minutos y seguía en marcha. Como le había sugerido Laura.

«Le tengo», se dijo. «Dios mío, le tengo. Esto no van a poder refutarlo».

Se enderezó en el asiento con el pulso acelerado por la adrenalina y paró la grabadora. El archivo apareció en el menú como *Rec002*. «Sobre todo, no lo borres por error. Descárgatelo en el portátil en cuanto llegues a casa. Y haz también una transcripción, anótalo todo». Pulsó el botón de *play* y, al oír una serie de sonidos confusos, se vio a sí misma manipulando el teléfono en la antesala del despacho de Lovelock, justo antes de la reunión, sentada allí mientras él la hacía esperar, con el teclear de Jocelyn Steer como ruido de fondo. Se acercó el micrófono a la oreja. Un siseo de electricidad estática y un breve diálogo con Jocelyn antes de entrar en el despacho de Lovelock con el teléfono en la mano. Una llamada con los nudillos a la puerta, y a continuación más chasquidos y ruidos confusos. La voz de Lovelock al dar comienzo a la reunión, el preámbulo de costumbre antes de que desvelara el verdadero motivo de la reunión.

«La verdad es, Sarah, que cada vez me preocupa más tu actitud».

La grabadora había recogido cada palabra. La voz de Lovelock se oía lejana, pero no había duda de que era él.

El corazón comenzó a latirle violentamente contra las costillas. «Le tengo», era lo único que acertaba a pensar. Por fin había conseguido pruebas. Tenía que pensar, decidir cuál era la mejor manera de proceder, pero primero escucharía la conversación de principio a fin. Se pegó un poco más el altavoz a la oreja mientras el archivo de audio seguía avanzando. La voz de Lovelock sonaba ahora acerada.

«... porque grabar una conversación de este tipo equivaldría a incumplir las directrices de personal. Además de que supondría una grave falta contra el código ético y profesional».

«Lo sé».

«¿Te importa?».

«No estoy grabando la conversación».

«Aun así, me sentiría más cómodo si guardaras el teléfono».

«Muy bien».

Se oyeron más ruidos, tan altos que Sarah tuvo que apartarse el teléfono de la oreja, y luego...

Luego, nada.

Echó un vistazo a la pantalla para asegurarse de que el cronómetro seguía en marcha. El reloj del archivo de audio avanzaba todavía, pero solo se oía un siseo, un ruido blanco. Subió el volumen al máximo y pegó la oreja al altavoz. Más ruidos. Se oían voces de fondo, pero muy vagas y lejanas. Imposible identificarlas. Apenas se reconocían como voces humanas. Dejó que el audio siguiera avanzando unos minutos con la esperanza de que se oyera mejor, aunque sabía que era imposible.

No sirvió de nada. Debía de haber tapado el micrófono por accidente al meter el teléfono en el bolso. Tiró el móvil al asiento del copiloto y golpeó el volante con las palmas de las manos.

—¡Mierda! —gritó llena de frustración—. ¡Mierda! ¡Mierda!

La grabación no servía de nada. Sería su palabra contra la de Lovelock, sin prueba alguna que respaldara su versión de lo ocurrido. El sentimiento de impotencia era abrumador. Un agujero negro que tiraba de ella hacia abajo y del que sabía que jamás podría escapar.

Mientras permanecía sentada en medio de la fría oscuridad del coche, mirando una pared de ladrillo a través del parabrisas medio empañado y con las manos firmemente asidas al volante, se acordó de otra conversación. Una conversación con un extranjero poderoso. En aquel mismo aparcamiento, tres días antes, la habían esperado tres hombres. Hombres de mirada indiferente que con toda probabilidad habían hecho cosas que ella apenas alcanzaría a imaginar.

Volvió a oír a Volkov. Casi le parecía sentir el olor del humo de su puro.

«Esto es lo que le propongo. Deme un nombre. Una persona. Y la haré desaparecer».

Era un disparate. Simple y llanamente. Una oferta increíble formulada por un desconocido.

«La haré desaparecer».

¿Cómo sería su vida si Lovelock desaparecía de escena? ¿Seguiría teniendo esa insidiosa sensación de angustia, ese nudo en el estómago cuando iba en el coche hacia el trabajo por las mañanas? Claro que no. ¿Tendría una oportunidad justa y equitativa de ascender y progresar en su carrera, de tener cierta seguridad y dar un futuro estable a sus hijos? Sí. ¿Sería el mundo un lugar mejor si Lovelock no estaba en él? Mucha gente que le conocía, que le conocía de verdad, sabía la respuesta a esa pregunta.

Hurgó en el bolso, buscando a tientas en el bolsillo delantero el pequeño teléfono que le había dado Volkov. No se había atrevido a deshacerse de él. Lo sacó y lo sostuvo un momento. No lo había encendido desde que lo tenía. Se quedó mirándolo un minuto mientras acariciaba con el pulgar la lisa carcasa negra. Lo abrió y, al pulsar el botón de encendido, una parte de su cerebro confió en que se hubiera quedado sin batería. Así no tendría que tomar esa decisión. No tendría alternativa.

Porque cada paso que daba la acercaba a ese abismo.

La pantalla se encendió iluminando el interior del coche. No había código de desbloqueo, solo la pantalla de inicio con las aplicaciones típicas a la vista. Sarah la miró un momento. El aliento le ardía en la garganta. Tenía la sensación de estar de pie en el alféizar de una ventana muy alta, mirando hacia abajo.

«El vértigo no es en realidad el miedo a las alturas. Es el miedo a estar al borde de un precipicio y ser incapaz de resistirse al impulso de saltar».

Pulsó el icono de «Contactos» en la parte inferior de la pantalla.

«Es Lovelock quien ha creado esta situación, no tú. Ha vuelto a dejarte sin ascenso, y fue esa rabia, esa ira, la que se apoderó de ti cuando viste a la niña en Wellington Avenue. Es culpa de Lovelock por ponerte en una situación insostenible. Es él quien ha propiciado todo esto».

Solo había un número en la agenda del teléfono: un móvil a nombre de AAA. Mantuvo el pulgar suspendido sobre el icono verde de llamada unos segundos. Luego lo apartó. Pulsó el botón de retroceso, volvió a la pantalla de inicio y apretó de nuevo la tecla de encendido. La pantalla quedó en negro.

Sostuvo entre las manos el pequeño aparato. Pese a ser tan liviano, le parecía que pesaba como una piedra: sostenía en la mano derecha el poder de la vida y la muerte.

El poder de recuperar cierto control sobre su destino.

Miró el reloj. Eran las 17:26. Quedaba poco más de una hora para que expirara el plazo de setenta y dos horas que le había dado el ruso. Muy pronto, su oferta desaparecería para siempre.

Volvió a pulsar el botón de encendido, vio cómo se encendía la pantalla por segunda vez y abrió la agenda. Se quedó mirando de nuevo el número grabado. De todos modos, lo más probable era que todo fuera una tontería, otro fantoche más jactándose de su poder. La gente no hacía cosas así. En la vida real no pasaban esas cosas.

Pero ¿qué alternativa tenía? ¿Rendirse sin más y permitir que su jefe le arruinara la vida? ¿Que la despidiera, que la obligara a mudarse, que hundiera su carrera? ¿O darle lo que quería?

No. Tenía que haber otra salida. Una solución que no pasara por rendirse. Por permitir que la humillaran. Por darse por vencida.

Pulsó el icono verde y se acercó el teléfono a la oreja.

37

No consiguió conciliar el sueño.

Se tomó una pastilla para dormir, pero su cerebro siguió bullendo electrizado, recordando una y otra vez aquella conversación. Asediada por la conciencia de lo que había hecho y de su magnitud, dio vueltas sin cesar en la cama. Cada vez que se volvía a la derecha, miraba el despertador y veía el poco tiempo que había pasado desde la vez anterior. El ardor de la ira que se había apoderado de ella esa tarde remitió hasta convertirse en un pálpito sordo en las sienes, en una jaqueca que no acababa de disiparse.

La llamada telefónica ocupaba por completo sus pensamientos.

Ahora se daba perfecta cuenta de lo que era: un pacto con el Diablo. Y sabía cómo le había ido al doctor Fausto: había disfrutado de sus veinticuatro años de buena suerte, éxito y adulación y, transcurrido ese tiempo, como sabía que ocurriría en el momento de firmar el pacto con sangre, el Diablo había venido a reclamar su alma.

Había hecho aquella llamada en un momento de locura. Era indudable que Lovelock se servía de su poder para aprovecharse de los demás. Que presentaba una faz muy distinta según estuviera en público o en privado. Que era un depredador sexual extremadamente inteligente y taimado y que con toda probabilidad la lista de sus víctimas se remontaba a décadas atrás. Pero aceptar la oferta de Volkov no podía estar bien, daba igual lo que hubiera hecho Lovelock o lo que hiciera en el futuro. No podía estar bien. ¿Verdad?

Pasó así toda la noche, dando vueltas en la cama, hasta que, por fin, casi al alba, cayó en un sopor intranquilo. Soñó con Volkov, pero en su sueño el ruso tenía cuchillos en vez de manos: hojas curvas acabadas en puntas relucientes. Soñó que Lovelock estaba sentado a la mesa de su cocina, con la piel cenicienta y las cuencas de los ojos vacías, convertidas en rojos agujeros. Cuando hablaba, le salían larvas de entre los labios.

Despertó sobresaltada. El corazón le aleteaba frenéticamente contra las costillas y un pensamiento se imponía a todos los demás.

«Dios mío, ¿qué he hecho?».

Cobró plena conciencia de la magnitud de lo que podía haber desencadenado a las 4:41 de la madrugada y, cuando el amanecer inundó la habitación con su luz fría y gris, ya sabía lo que tenía que hacer. Se puso la bata y las zapatillas, salió del cuarto y cruzó el descansillo sigilosamente para no despertar a los niños. Harry tenía el sueño ligero, se despertaba en cuanto oía movimiento en la casa e iba a buscarla allí donde estuviese. Y, una vez despierto, ya no se dormía en todo el día.

Para lo que tenía que hacer, necesitaba concentrarse.

Bajó a la cocina de puntillas. Jonesy, el gato, estaba sentado en la encimera y la saludó con una mirada fija y un lento pestañeo. Sarah cerró la puerta y buscó en su bolso el pequeño Alcatel negro. Lo encendió y vio iluminarse la pantalla.

Se sentía amodorrada por la falta de sueño, pero se obligó a concentrarse y a pensar en qué iba a decir y cómo iba a decirlo. Tenía que expresarse de manera clara e inequívoca. «Era una oferta muy amable, pero me temo que he cometido un error. He tenido más tiempo para pensármelo y quiero desdecirme. Por favor, olvide lo que dije anoche. Lamento mucho haberle hecho perder el tiempo, pero confío en que lo entienda. Espero que su hija pueda olvidar lo que le ocurrió, igual que espero poder olvidarlo yo».

Jonesy se subió de un salto a su regazo y comenzó a amasar su bata con las zarpas al tiempo que ronroneaba. Sarah marcó el número por segunda vez en doce horas y se llevó el teléfono a la oreja.

Tras unos segundos de silencio escuchó una voz electrónica de mujer:

«Lo lamento, el número no está disponible. Por favor, compruebe que es correcto e inténtelo de nuevo». Clic. Nada.

Arrugó el entrecejo y marcó otra vez, pero obtuvo la misma respuesta. «No puede ser». Con un nudo de angustia en la garganta, comprobó la lista de contactos y el historial de llamadas: un solo número, una sola llamada de veintinueve segundos de duración a las 17:27 del día anterior. La que había hecho desde el aparcamiento del trabajo, temblando de furia.

Sintió que le ardía la cara. Con mano temblorosa, marcó el número por tercera vez. Volvió a oír aquella voz electrónica. No servía de nada: el número estaba fuera de servicio.

No podía detener lo que había puesto en marcha.

38

Preparó café bien cargado y, mientras hervía el agua, abrió el portátil sobre la mesa de la cocina, mordiéndose la uña del pulgar con nerviosismo. Aún disponía de una hora, más o menos, hasta que se despertara Harry. Averiguaría quién era aquel ruso misterioso y se las arreglaría de alguna manera para contactar con él y explicarle que había cometido un error. Que quería desdecirse, retirar el nombre que le había dado la noche anterior. Se había convencido a medias de que era buena señal que el número de teléfono ya no funcionara: tal vez significaba que había sido todo un truco, un engaño desde el principio. Una fanfarronada, una bromita que le habían gastado a una inglesa pazguata y en la que ella había picado.

Pero aun así quería descubrir quién era aquel individuo, para estar del todo segura. Además, no podía ser muy difícil averiguar la identidad de un hombre tan rico. Si estaba tan forrado como parecía, debía de haber mucha información sobre él en la red. Sin duda tenía una base en Londres, Sarah lo sabía porque la llevaron allí aquella noche. Pero ¿dónde estaba esa base y de dónde procedía el dinero de Volkov?

Buscó «Volkov» a pesar de que él le había dicho que ese no era su verdadero nombre. Encontró montones de referencias, de personas famosas y no tan famosas. Ninguna de ellas se parecía a él. Tradujo el nombre usando el traductor de Google: *volkov* significaba «lobo».

Luego buscó «empresarios rusos en Londres». Obtuvo más de 450 000 resultados. Pasó un cuarto de hora ojeando los enlaces de las primeras cinco páginas, sin encontrar nada de interés. Ignoraba cómo se llamaba aquel hombre, pero sabía qué aspecto tenía, de modo que pasó a los resultados por imágenes. Apareció una hilera aparentemente interminable de fotografías, en su mayoría de Román Abramóvich y Borís Berezovski. Empezó por arriba y fue bajando poco a poco, observando con atención las imágenes por si reconocía alguna cara. Cuando llevaba vistos varios centenares de fotografías, encontró una que le recordó al ruso misterioso. Pinchó en ella para agrandarla. Una instantánea de perfil tomada en la calle un día de viento. El pie de foto solo incluía un nombre: Andréi Ivanov. ¿Era él? Había cierto parecido en la forma del mentón y el contorno de la frente. Pero la calidad de la foto dejaba mucho que desear.

Abrió otra pestaña y buscó el nombre. El primer resultado era una entrada de Wikipedia.

Andréi Ivanov fue un empresario y multimillonario ruso dueño de numerosos hoteles en Rusia, Europa y Sudamérica. Se sospecha que tenía vínculos con el crimen organizado y contactos en las más altas esferas del gobierno ruso. Ivanov murió acribillado junto a su guardaespaldas en la escalera de un edificio de apartamentos del distrito Rublyovka de Moscú el 12 de enero de 2014. Se cree que su asesinato fue resultado de una rencilla empresarial que venía de muy atrás. No se encontró a su asesino.

Nada. Aquel hombre llevaba muerto varios años. Sarah volvió a mirar la fotografía. Al mirarla con más atención se dio cuenta de que los ojos no eran los mismos. Ivanov los tenía demasiado hundidos. Y parecía tener poco más de cuarenta años, mientras que Volkov rondaba los cincuenta y cinco.

Continuó mirando fotografías, deteniéndose en ellas para no pasar nada por alto, pero quince minutos después seguía sin obtener resultados. Aquello era inútil. Necesitaba un nombre.

Pensó en el lunes por la noche, cuando los hombres de Volkov la secuestraron en el campus. Encapuchada y tumbada en el asiento trasero del BMW, había tratado de calcular cuánto tiempo duraba el trayecto. Contando para sus adentros, había llegado a catorce minutos, más o menos. Pongamos que fueran doce. A una velocidad media de treinta kilómetros por hora en ciudad, en doce minutos podían recorrerse unos seis kilómetros y medio contando desde el campus, lo que delimitaba un círculo que cruzaba el norte de Londres desde Barnet, por un lado, a Edmonton por el otro, y desde Palmers Green por el sur a la M25 por el norte. Entre nueve y once kilómetros en total, de extremo a extremo.

Una población de unos dos millones de habitantes, por tanto.

Pero ¿y si sus cálculos eran erróneos? ¿Y si se había excedido al calcular el tiempo o se había quedado corta al estimar la velocidad? En ese caso, iría muy desencaminada.

Estaba a punto de hacer otra búsqueda en Google cuando Harry apareció en la puerta de la cocina con el pelo revuelto y los ojos soñolientos. Sin decir nada, le tendió los brazos y Sarah lo levantó y lo sentó sobre sus rodillas para darle un achuchón. Estuvieron así un buen rato, abrazándose en silencio. Sarah aspiraba su dulce olor a niño, a sábanas de algodón, a polvos de talco y a champú para bebé del baño de la noche anterior. Durante un rato se olvidó de todo, cerró los ojos y dejó que sus temores se disiparan al calor del abrazo de su hijo. Le acunó suavemente en su regazo, como hacía cuando era un bebé, y le besó en la coronilla, apoyada sobre su pecho, con el cabello rubio aún enmarañado por el sueño.

Luego, de golpe, volvió a asaltarla el recuerdo de lo que había hecho.

Abrió los ojos y cerró el portátil con la mano libre.

Harry la miró.

—¿Ya es sábado, mami?

—Todavía no, cariño. Pero queda poco.

—O sea ¿que hoy hay cole?

—Sí. Vamos, ¿quieres?, hay que prepararse.

Media hora después, mientras Grace y Harry desayunaban, volvió a sacar el pequeño Alcatel del bolso y a encenderlo. Miró las llamadas recientes por si acaso alguien había intentado contactar con ella mientras estaba en la ducha.

Seguía habiendo una sola llamada saliente, a las 17:27 de la tarde de la víspera. Luego, tres llamadas sin respuesta al mismo número, esa misma mañana.

Al parecer, la suerte estaba echada. Intentó concentrarse en cómo sería su futuro sin Lovelock y se sintió golpeada por una avalancha de emociones. Remordimiento. Angustia. Miedo. Y también un ápice de alivio teñido de culpabilidad. Pero, aun así, aquello seguía pareciéndole completamente irreal.

La voz inquisitiva de Grace la sacó de su ensimismamiento.

—¿Tienes un teléfono nuevo, mami? —preguntó su hija.

—Ah, ¿este? No. Se lo… estoy cuidando a una amiga.

Apretó el botón de encendido y la pantalla volvió a apagarse.

—¿Me lo dejas?

—Casi no tiene batería —contestó mientras guardaba el teléfono en el bolso.

—¿Puedo tener un iPhone, mami?

—Todavía no, Gracie, cuando seas un poco más mayor. Quizá cuando vayas al cole de mayores.

—Olivia Bellamy, la de mi clase, ya tiene móvil.

—¿En serio?

«La dichosa Olivia Bellamy tiene de todo», pensó Sarah no por primera vez.

—Tiene un iPhone 7. Lo trajo la semana pasada, pero la señora Brooke se enfadó y se lo quitó y Olivia tuvo que ir a buscarlo con su mamá al salir de clase.

Sarah se imaginó a la tutora de Grace, la imponente señora Brooke, echándole un rapapolvo a la madre de Olivia.

—Pues la señora Brooke hizo muy bien, en mi opinión.

—Tiene Instagram. Tiene cien seguidores.

—¿Quién? ¿La señora Brooke?

—¡No, tonta! —Grace hizo una mueca—. Olivia.

—Eso es para adolescentes, creo yo. Y para adultos.

Harry se recostó en la mesa de la cocina y dijo:

—¿Yo puedo tener un *aisfon*, mami?

—¿Un qué, cariño?

—Un *aisfon*, como Olivia.

Grace soltó un bufido.

—Un iPhone, no un *aisfon*, idiota.

Harry miró a su madre haciendo un puchero.

—Mamá, me ha llamado idiota.

—No insultes a tu hermano, Grace.

—Pero es que es idiota.

Harry estiró el brazo, le tiró de una de las coletas y retiró la mano antes de que su hermana pudiera atraparla.

—¡Te la vas a cargar! —dijo Grace, dando un brinco dispuesta a vengarse.

—¡Mamá! —gimió Harry.

Sarah puso los brazos en cruz como un policía dirigiendo el tráfico, agarró a los niños y los mantuvo separados. Nick no estaba. Le tocaba a ella mantener la paz.

—Ya está bien, los dos. Grace, ve a lavarte los dientes. Harry, acábate los cereales, por favor. Tenemos que irnos dentro de cinco minutos.

Grace resopló y se fue dando zapatazos hacia la escalera. Harry comió una cucharadita de cereales y apartó el tazón, se levantó de un salto y se fue corriendo al cuarto de estar a jugar cinco minutos más con sus Lego. «Un día como otro cualquiera», se dijo Sarah al verlo marchar. Una mañana normal. Cuidar de que los niños se vistieran, desayunaran y se lavaran los dientes, llevarlos al colegio y luego ir al trabajo.

Solo que ya nada era normal. Por culpa de una llamada de teléfono.

39

La mala conciencia fue corroyéndola a medida que avanzaba el viernes.

Parecía haber perdido por completo el apetito y cada vez le costaba más concentrarse. Tenía la sensación cada vez más intensa de que estaban sucediendo cosas fuera del alcance de su vista. De que se habían puesto en marcha engranajes que era incapaz de controlar. De que un tren avanzaba a toda velocidad y sin frenos. Un tren cuyo curso no podía corregir, porque aquel número de móvil estaba fuera de servicio. No le resultó difícil mantenerse ocupada para intentar olvidarse del asunto, pero, cada vez que su mente disponía de unos instantes para divagar, se descubría pensando en Volkov. Mientras asistía a una reunión, o estaba sentada a su mesa, o esperando a que hirviera el agua de la tetera en la cocinita de personal, se acordaba de aquella llamada que había hecho sentada a solas en su coche, a oscuras.

Volvía a notar entonces aquella sensación de angustia, como un peso en el estómago. Como si un jarrón de porcelana se le escurriera entre las manos y supiera que iba a romperse en mil pedazos en cuanto se estrellara contra el suelo duro y frío. Como si lo viera caer a cámara lenta.

Una llamada telefónica. Menos de medio minuto. Quizá ese fuera el instante preciso que separaría su antigua vida y la nueva, que la transformaría de inocente en culpable. El momento en que su vida descarrilaría y tomaría un rumbo completamente distinto.

¿O era todo un farol, una estratagema retorcida, la baladronada de un ricachón que quería divertirse a su costa?

Porque no había pasado nada. No todavía, al menos. No sabía a qué atenerse, no había preguntado a la persona que contestó al teléfono qué iba a ocurrir ni cuándo, en caso de que ocurriera algo. La vida continuaba sin alteraciones aparentes.

Aquel no saber la estaba volviendo loca.

Pero además había otra cosa, la sensación de que un observador invisible la vigilaba en el trabajo. Como si Lovelock fuera siempre un paso por delante de ella. Lovelock había sabido que iba a ir a Recursos Humanos. Había sabido que iba a grabar su última reunión, y que había hablado con el decano sobre el asunto de Atholl Sanders. Pero ¿cómo sabía tantas cosas? Sarah no conseguía explicárselo. Era como si…

—¿Doctora Haywood?

Sarah salió de su ensimismamiento.

—Perdón, ¿qué?

Peter Moran, el gerente de la facultad, la miraba fijamente desde el otro lado de la bruñida mesa de roble.

—Preguntaba si tiene algo que añadir a la propuesta de Charlotte.

Charlotte Hanson, la encargada de relaciones públicas asignada a su facultad, le lanzó una sonrisa expectante. Sarah miró en torno a la mesa. Todo el mundo parecía tener la vista fija en ella.

—Ah, eh… nada —balbució—. De momento.

Charlotte se puso detrás de la oreja un mechón de rizos rubios.

—Proponía aumentar nuestra actividad en los medios para celebrar el cuatrocientos cincuenta aniversario del nacimiento de Marlowe. Blogs y esas cosas, y quizá también un artículo para *The Conversation*. Ofrecer a los medios la posibilidad de hacer entrevistas, a ver quién se interesa.

—Sí, me parece bien —contestó Sarah tratando de concentrarse—. Estupendo. Hablamos mañana, si le parece.

—También querríamos coordinarnos con el profesor Lovelock antes de la aparición de su libro en primavera —añadió Charlotte—. Sé que va a hacer muchas cosas con la BBC, pero nos gustaría contribuir también desde este lado en la medida de lo posible.

Sarah asintió, pero solo pudo pensar: «Su libro no se publicará en primavera, porque para entonces él ya no estará. Habrá desaparecido. O quizá se publique a título póstumo».

—Claro —dijo—. Sí. Buena idea.

Regresó a toda prisa a su despacho al concluir la reunión, deseosa de pasar un rato a solas antes de que empezara su siguiente clase.

El teléfono del despacho sonó tan pronto se sentó a su mesa, y se levantó de un salto, sobresaltada. Era Jocelyn Steer, la secretaria de Lovelock.

—Sarah, ¿tienes cinco minutos?

—Eh… Claro.

—Perfecto. Dos cosas: recuerda que el lunes próximo hay una reunión extraordinaria del departamento, y ¿puedes pasarte un momento por el despacho de Alan?

Intentó en vano encontrar una excusa para negarse, pero Jocelyn podía ver su agenda electrónica en Outlook, de modo que no podía decirle que tenía una cita previa sin que la pillara en un renuncio.

—Claro —respondió—. ¿Cuándo?

—Ahora mismo si puede ser. Muchísimas gracias.

Jocelyn colgó.

Con el corazón en un puño, Sarah se levantó y procuró armarse de valor. «¿Sabe algo de lo que he hecho? ¿O quizá va a decirme que mi puesto es uno de los que desaparecen con la reestructuración del departamento?». Se quedó un momento de pie frente a la mesa intentando calcular cuál de esas dos opciones era la peor. Ambas eran desastrosas, cada una a su manera, pero sin duda la primera era mucho más improbable que la segunda.

Por fin se puso la chaqueta y se dirigió lentamente al despacho de Lovelock. Él estaba sentado al borde de su mesa, esperándola.

—Ah, Sarah. Gracias por venir. Cierra la puerta, ¿quieres?

Ella cerró la puerta, pero se quedó junto a ella, procurando mantenerse lo más alejada posible de Lovelock. Él le señaló el diván arrimado a la pared, entre dos estanterías altas. Estaba tapizado de cuero rojo oscuro descolorido por el paso del tiempo y parecía una vieja herencia familiar.

—¿Por qué no te sientas?

—Estoy bien así, gracias.

—Me pones nervioso ahí de pie, junto a la puerta. —Lovelock le dirigió una sonrisa taimada—. Venga, las mujeres preferís el sofá, o eso me han dicho.

Señaló de nuevo el diván y Sarah se sentó en el borde, lo más lejos posible de él. Lovelock cruzó las piernas y se volvió hacia ella.

—Bien, en cuanto a la reestructuración del departamento, quería saber si has tenido tiempo de meditar al respecto.

Sarah llevaba dos años trabajando con él y aún seguía asombrándola que pudiera comportarse como se comportaba y, al día siguiente, actuar como si no hubiera pasado nada. Como si no hubiera hecho ningún comentario ofensivo, ni la hubiera acosado o manoseado. Era una especie de amnesia selectiva, se dijo, mezclada con la convicción absoluta de que era irresistible.

—Creía que mi opinión no contaba en absoluto.

Lovelock se levantó, se acercó al diván y se sentó en un extremo, con la pierna derecha cruzada sobre la izquierda. Sarah se fijó en que llevaba pantuflas: mocasines de ante que parecían completamente fuera de lugar en el trabajo.

—No quisiera que tuvieras esa impresión. Puedes influir en el resultado final de lo que se decida, claro está.

«No me cabe duda de que ya he influido en el resultado final», se dijo Sarah. «Pero no creo que vaya a gustarte».

Lovelock siguió hablando y gesticulando mientras se arrimaba a ella cada vez más, pero Sarah no escuchaba sus palabras. Eran solo ruido que el volumen de sus pensamientos sofocaba.

«Lo sabe. Lo sabe».

«No seas absurda. Claro que no lo sabe». Era una idea ridícula. Era imposible que Lovelock supiera que había tenido contacto con Volkov. «Pero ¿y si lo sabe? ¿Y si sabe que una espada pende sobre su cabeza, lista para caer?».

Lovelock despedía un tufo más fuerte que de costumbre, un intenso olor corporal. Una vez le había dicho a Sarah que el olor natural de las feromonas masculinas no debía enmascararse con productos químicos. Su despacho, por tanto, estaba siempre impregnado de un olor característico. «Huele como el taparrabos de un gato en celo», había dicho una vez Marie. En aquel momento le había hecho gracia. Ahora no se la hacía, en absoluto. Se apartó de él ligeramente y trató de modular su respiración para tomar la menor cantidad de aire posible.

Miró a Lovelock e intentó arrepentirse de lo que había hecho. Trató de sentirse culpable de nuevo y de sentir remordimientos por lo que había puesto en marcha.

Pero no lo consiguió.

De pronto la asaltó otra idea, tan violentamente que se quedó sin respiración.

«A no ser que se lo diga».

«¿Es lo correcto? ¿Avisarle de que está en peligro?».

Pero Lovelock no la creería. Y no había forma de contarlo sin que pareciera un disparate de principio a fin. Aquella idea se desvaneció tan bruscamente como había surgido.

«Lo hecho, hecho está. El que siembra vientos cosecha tempestades».

Mientras Lovelock iba invadiendo poco a poco su espacio personal, otra idea se impuso al resto: «Puede que esta sea la última vez que tenga que pasar por esto. La última vez».

«Porque eres hombre muerto, Alan».

Él seguía hablando.

—El reloj sigue avanzando, Sarah. Tic tac. Habrá que tomar decisiones, sean las que sean. —Se acercó a ella y estiró el brazo sobre el respaldo, hasta rozar con las yemas de los dedos su hombro—. Puedes formar parte del nuevo departamento o no. Depende de ti. En cualquier caso, van a producirse cambios, y muy pronto. Las cosas van a cambiar.

«Ya lo creo que sí», se dijo Sarah.

Diez minutos después, salió dando trompicones de su despacho. Enfadada y avergonzada, de nuevo. Angustiada y temerosa. Había perdido la cuenta de las veces que le había ocurrido aquello. Una docena, quizá. O quizá más. Ese día, sin embargo, fue distinto. Porque tal vez fuera la última vez.

Jocelyn Steer la siguió con la mirada mientras se alejaba apresuradamente por el pasillo.

40

El sábado pasó deprisa, entre deberes, juegos con los niños, clases de natación, fiestas en casas de amigos, cocinar, limpiar y lavar la ropa. Quería mantenerse ocupada, dedicarse a cualquier cosa que le impidiera pensar en lo sucedido la semana anterior, y se alegró de poder tumbarse derrengada a ver una película cuando los niños se fueron a la cama.

El domingo por la mañana hizo la comida mientras los niños pintaban en la mesa de la cocina, con los delantales embadurnados de colorines. Harry se había echado más pintura encima de la que tenía en el papel, pero parecía muy contento y concentrado en la tarea. Grace estaba rememorando una larga y complicada rencilla entre sus amigas que había alcanzado su punto culminante en una fiesta de cumpleaños, el día anterior.

—Chloe se portó muy mal con Millie —explicaba su hija— y entonces Francesca dijo que la habían invitado al cumpleaños de Chloe y que no quería que fuera Tara, y que si iba Tara ella no iba, así que Chloe dijo que Tara no podía ir y Millie le dijo a Alisha que no quería ir si no iba Tara y que la madre de Chloe era mala y una tonta.

—Ya.

—Pero yo creo que toda la culpa la tiene Francesca, porque fue ella quien empezó.

—Mmm. Sí.

—¿Tú qué crees, mami?

—Creo que deberíais ser todas amigas, cielo, y procurar portaros bien las unas con las otras.

—¿Con Francesca también?

—Sí, con Francesca también.

Grace resopló como si aquella respuesta fuera ridícula y siguió pintando.

Sarah pensaba llevar a los niños a Alexandra Park por la tarde, pero solo si no llovía. El televisor de la cocina estaba encendido, pero sin sonido. Estaban dando el telediario de mediodía. Mientras los dos niños pintaban tranquilamente, se apoyó en la encimera con su café y esperó a que emitieran el parte meteorológico local. Las noticias nacionales dieron paso al boletín regional de la BBC de Londres. Sarah subió el volumen.

—Nuestra noticia destacada del día —anunció la presentadora, peinada con esmero—. La policía está investigando la muerte de un hombre cuyo cuerpo fue rescatado del río Lee a primera hora de esta mañana. Se ha acordonado una franja de la ribera del río en Edmonton mientras los equipos de la policía científica inspeccionan la zona en busca de pistas. Liz Storey tiene más detalles.

Sarah sintió que le fallaban de golpe las piernas. Dejó la taza bruscamente sobre la encimera, derramando el café. Luego rodó por la superficie y se estrelló contra el suelo. Grace chilló sobresaltada.

Sarah hizo caso omiso del estropicio y del ruido, agarró el mando a distancia y volvió a subir el volumen.

En la pantalla apareció una joven periodista elegantemente vestida, de pie en la orilla de un río. Detrás de ella se veía una esclusa de la que manaba agua. Un agente de policía vestido con chaqueta fluorescente montaba guardia junto a una zona acordonada con cinta blanca y azul, entre dos árboles, al borde del río.

La periodista clavó la mirada en la cámara y Sarah tuvo la impresión de que la miraba a ella.

—El cadáver de un hombre de unos cincuenta años fue hallado esta mañana por un vecino que paseaba a su perro, pero al parecer llevaba en el agua veinticuatro horas, como mínimo.

La imagen cambió a otro plano de la zona acordonada. Dos vehículos policiales estaban aparcados cerca del lugar donde se había descubierto el cadáver y varios agentes de la policía forense vestidos con mono blanco iban de acá para allá.

—La policía investiga la muerte como presunto homicidio, pero de momento no se ha identificado al fallecido. Fuentes extraoficiales informan de que el cadáver podría presentar mutilaciones. El juez de instrucción ya ha sido informado y en los próximos días se abrirán las debidas diligencias. Liz Storey para la BBC London, informando desde la esclusa de Pickett, en el río Lee.

Sarah se quedó paralizada.

«Dios mío, Dios mío, ¿cómo ha podido ocurrir tan pronto?».

Conocía la zona. Había llevado a Harry a una fiesta de cumpleaños en un campo de futbito que había allí cerca, en la misma calle. No quedaba lejos de Wood Green.

Con mano temblorosa, encendió el portátil, abrió Google Maps y buscó el río y la esclusa. «Ahí». Una fina raya horizontal marcaba el sitio en el que la estructura de hormigón cruzaba el río de lado a lado. Allí era donde se había situado la reportera de la BBC para hacer su informe. Amplió la imagen poco a poco y el mapa fue mostrando más y más nombres a medida que aumentaba la escala. El corazón le latía tan fuerte que pensó que iba a marearse o a perder el conocimiento. Agrandó un poco más la imagen y la desplazó ligeramente hacia el norte hasta encontrar lo que estaba buscando: el pueblecito de Cropwell Bassett.

La esclusa estaba a unos cinco kilómetros del domicilio de Lovelock.

Un hombre de unos cincuenta años.

La policía investiga la muerte como presunto homicidio.

Fuentes extraoficiales informan de que el cadáver podría presentar mutilaciones.

Sarah sintió una oleada de horror mezclada con una pizca de...
¿de qué exactamente? De alivio no, eso seguro. Era un sentimiento
de lo más extraño.

Se tapó la boca con la mano cuando una vocecilla comenzó a su-
surrar una y otra vez la misma pregunta dentro de su cabeza.

«¿Qué has hecho?».

«¿Qué has hecho?».

Sintió ganas de vomitar.

La edad, el sexo de la víctima y la zona donde había sido hallado
el cadáver coincidían. La identidad del fallecido se desconocía aún,
pero sin duda se haría pública dentro de un día o dos. Y entonces
todo se vendría abajo.

Había sido una idiota y una ingenua por creer a Volkov. El ruso
le había mentido, le había asegurado que podía hacer desaparecer a
una persona sin dejar rastro. Le había prometido que Lovelock se es-
fumaría de la faz de la tierra.

Y ahora había aparecido un cadáver en el río, a cinco kilómetros
de su casa.

41

«Cálmate», se dijo. «Concéntrate. Ya está hecho, la deuda está saldada, lo quieras o no. Ahora tienes que ser lista, hacer lo necesario para asegurarte de que jamás vinculen contigo o con tu familia este acto de violencia, ni siquiera de lejos».

Tenía que pensar con claridad. Agarrándose al borde de la encimera, con los nudillos blancos, miró por la ventana. ¿Y ahora qué? ¿Qué debía hacer en primer lugar, inmediatamente? Lo primero era librarse de cualquier prueba material, de cualquier cosa que pudiera relacionarla con Volkov. Recordó con un sobresalto que aún tenía en su poder el teléfono móvil que le había dado el ruso. Pensaba tirarlo, pero había olvidado hacerlo. En el fondo nunca había creído que aquello fuera a suceder de verdad.

Pero había sucedido.

Encontró el pequeño Alcatel en el fondo del bolso y le dio la vuelta en la mano, sin creer aún lo que había desencadenado con una sola llamada telefónica. ¿Cuántas ondas concéntricas produciría aquella llamada? ¿Hasta dónde llegarían?

Abrió el teléfono y lo encendió. Seguía teniendo un cincuenta y ocho por ciento de batería.

Fue a «Contactos» y marcó de nuevo el número por si volvía a estar en servicio, con la esperanza de poder hacer algo para cambiar el curso de lo que ella misma había iniciado.

Igual que las otras veces, no se estableció la conexión.

El número estaba fuera de servicio, pero por algún motivo no quería deshacerse de él para siempre. Buscó una nota adhesiva, garabateó el número de Volkov y se guardó la nota en el bolso.

Tenía que deshacerse del teléfono, pero ¿cómo? El contenedor de basura no se vaciaría hasta dentro de diez días. No podía tirarlo allí. Tenía que ser en algún otro lugar, lejos de su casa y de sus hijos. En algún sitio donde no lo encontraran nunca.

Lo guardó en una bolsa de plástico, recogió unas cuantas piedras del jardín, las metió dentro y ató la bolsa con un nudo.

«Espera. ¿Y las huellas dactilares?».

Entró en el cuarto de la lavadora, situado junto a la puerta trasera de la casa, sacó sus guantes de jardinería del armario de debajo de la pila y se los puso. Deshizo el nudo de la bolsa de plástico, rasgándola sin querer, y volvió a sacar el teléfono. ¿Cómo se hacía aquello? Lo había visto en la tele, pero ignoraba si de verdad funcionaba o no. Sacó una toallita húmeda del paquete que había al lado de la lavadora y limpió el teléfono cuidadosamente, sosteniéndolo con las manos enguantadas. Cuando se convenció de que lo había limpiado a la perfección, lo secó con un paño que sacó del cesto de la colada y volvió a meterlo en la bolsa de plástico. Envolvió la bolsa con cinta de embalar y la guardó en su bolso. Estaba segura de que tenía que hacer algo más, pero no recordaba qué. ¿Qué era? ¿Qué más podía relacionarla con aquellos hombres? Ahora no tenía tiempo para pensarlo. Mientras estuviera en su poder, aquel teléfono podía vincularla con el muerto hallado en el río.

Y no era un muerto cualquiera.

Era su jefe.

Se puso el abrigo y volvió a la cocina, donde sus hijos seguían pintando tranquilamente. Era una escena tan normal, tan alegre, un contraste tan intenso con la oscuridad que se agolpaba en torno a ella, que tuvo que detenerse un momento en la puerta para recuperar el aliento. Tapándose la boca con la mano, deseó poder congelar el tiempo, que aquel instante se prolongara para siempre.

Fuera como fuese, tenía que proteger a sus hijos de la oscuridad. Aunque fracasara en todo lo demás, eso tenía que conseguirlo.

—Vamos, chicos, a lavarse las manos y a ponerse el abrigo y los zapatos —dijo con toda la alegría de que fue capaz—. Nos vamos a dar de comer a los patos.

Harry se levantó de un salto.

—¡Sí! ¡Los patos!

Grace arrugó la nariz.

—¿Tenemos que ir?

—Sí, Grace, necesitamos que nos dé el aire y los patos tienen que comer. Va a salir el sol dentro de un rato. Venga.

—¿Después podemos comernos un McFlurry?

—No sé, Grace, ya veremos.

—¿Eso significa que sí?

Harry se abrazó a la pierna de su madre y la miró con sus grandes ojos azules.

—¡McFlurry! ¡McFlurry!

Sarah no recordaba que, cuando ella era pequeña, todo fuera negociable. Recordaba que se conformaba con lo que le daban sus padres, y tan contenta. Ahora, en cambio, parecía que cada orden que daba podía convertirse en una negociación para conseguir una golosina o un capricho. Cualquier otro día, le habría molestado. Hoy, en cambio, agradeció esa distracción.

Sonrió a su hija.

—Significa que ya veremos, Grace. Venga, poneos el abrigo y los zapatos, que esos pobres patitos estarán muertos de hambre.

Avanzaron despacio, entre los embotellamientos del sábado, cruzaron Crouch End y Highgate, aparcaron al borde de Hampstead Heath y fueron a pie hasta el primer puente peatonal del lago. Los niños se adelantaron corriendo para ser los primeros en llegar al pequeño surtidor junto al que se congregaban los patos.

El cielo se había oscurecido y el aire cargado auguraba tormenta.

Los niños llegaron al surtidor y Sarah observó desde el puente cómo una docena de patos hambrientos surcaban el agua en línea recta hacia ellos. Grace, que estaba a cargo de la bolsa del alpiste, le había dado un puñado a su hermano y Harry iba cogiendo las semillas una por una con sus deditos y arrojándoselas a los patos, que graznaban a su alrededor, rodeándole alborozados.

Sarah se detuvo en medio del puente, en el centro, donde el agua del estanque era más profunda.

Miró a su alrededor rápidamente mientras sus hijos seguían entretenidos alimentando a los patos. No había nadie detrás de ella. Nadie se aproximaba. Un hombre paseaba a su perro por la orilla, al otro lado del estanque, pero estaba de espaldas. Una chica vestida con un cortavientos rosa venía corriendo hacia ella por el lado más próximo de la orilla. Sarah esperó, observando la chaqueta rosa por el rabillo del ojo. La chica llegó al puente y pasó de largo, de espaldas a ella.

«Vale. Ahora».

Sacó la bolsa de plástico envuelta en cinta adhesiva, se acercó a la barandilla y metió la mano entre los barrotes. Abrió la mano, soltó la bolsa y la vio caer en el agua revuelta con un leve chapoteo.

Grace levantó la vista al oír el ruido.

Una idea asaltó de pronto a Sarah. «Eso era lo que tenía que hacer. La tarjeta SIM. Mierda, no he sacado la tarjeta SIM».

Ya era demasiado tarde.

Vio cómo la bolsa se inflaba al caer al agua y pensó por un momento, horrorizada, que quizá no se hundiera. Pero la bolsa se volteó en ese instante, dejando entrever fugazmente el logotipo de Tesco antes de hundirse bajo la superficie gris del lago.

Se oyó a lo lejos el rugido sordo de un trueno y empezó a llover.

42

—Perdón, ¿llego tarde otra vez? —preguntó al dejar el bolso sobre la mesa y empezar a buscar la agenda.

Había llegado a la reunión del departamento con solo unos minutos de antelación.

—No, qué va —contestó Peter Moran—. Alan no ha llegado aún.

—¿Tenía otra reunión y se ha alargado más de la cuenta?

—No, no tenía ninguna cita programada, según Jocelyn.

Sarah sintió que se le caía el alma a los pies. Había pasado la mayor parte de la tarde anterior y parte de la noche mirando páginas web de medios locales y escuchando boletines de noticias en la radio por si decían algo más sobre el cadáver hallado en el río, pero la identidad del fallecido no había trascendido, y ella había tratado de convencerse a sí misma de que no se trataba de Lovelock, de que era una simple coincidencia: algún pobre desgraciado que había muerto prematuramente.

Y sin embargo… Lovelock nunca llegaba tarde a una reunión: no se había retrasado ni una sola vez en los dos años que Sarah llevaba trabajando en la universidad. Su voz de barítono dominaba las reuniones del departamento. De hecho, solía dominar todas las reuniones a las que Sarah había asistido con él, de modo que su ausencia dejaría un enorme vacío. Normalmente estaba ya en su despacho a las ocho de la mañana, como muy tarde, enviando correos o hablando por Skype con colegas de otras zonas horarias.

Faltaban escasos minutos para las nueve y media y la silla que presidía la mesa de reuniones —la silla de Lovelock— seguía vacía.

«Puede que hoy sea el día, después de todo», pensó. Dentro de ella se agitaban emociones contradictorias. El mal presentimiento que llevaba días creciendo en su interior alcanzó su apogeo, anegándolo todo. Lo poco que había conseguido comer en el desayuno se le revolvió en el estómago. La gente charlaba a su alrededor, pero ella solo oía dentro de su cabeza las palabras que había pronunciado la periodista la mañana anterior.

«El cadáver de un hombre de unos cincuenta años fue hallado esta mañana por un vecino que paseaba a su perro…».

Moran le pasó el orden del día.

«Al parecer, llevaba en el agua veinticuatro horas, como mínimo».

—¿Te encuentras bien, Sarah? Estás un poco pálida.

—¿Se sabe algo de Alan?

«La policía investiga la muerte como presunto homicidio».

—Todavía no.

—¿Jocelyn ha probado a llamarle?

—Por lo visto no contesta.

«De momento no se ha identificado al fallecido».

—Quizá deberíamos esperarle un rato más.

Moran contestó con un gruñido ambiguo y cogió su móvil. Tras comprobar que no tenía ningún mensaje, volvió a dejarlo.

Marie lanzó a Sarah una mirada cariñosa desde el otro lado de la mesa y levantó las cejas como si preguntara «¿Estás bien?».

Ella asintió en silencio y esbozó una sonrisa forzada. Se sentía mareada.

Moran carraspeó.

—Vamos a empezar, ¿de acuerdo? Estoy seguro de que Alan llegará de un momento a otro. ¿Falta alguien más? —preguntó echando do un vistazo a su alrededor.

—Parece que solo Alan —contestó alguien.

—Muy bien. —Moran hizo una anotación—. Primer punto del día: los parciales de enero.

Sarah intentó concentrarse en lo que estaba diciendo Moran, pero le resultó imposible. Lovelock nunca llegaba tarde. Pasados unos minutos, sacó discretamente su teléfono del bolso y se lo puso sobre el regazo. Procurando que Moran no se diera cuenta de lo que hacía, buscó en Google noticias sobre el cadáver hallado en el río. Tal vez ya lo hubieran identificado. Si así era, su nombre aparecería de inmediato en los medios y en las redes sociales.

Tal vez tuviera que ser ella quien diera a los demás la noticia. Quien les dijera que habían identificado el cadáver.

Que Lovelock había muerto.

«No». No creía que fuera capaz de hacerlo con naturalidad. Sin duda la delataría su voz. Era mejor seguir como si no pasara nada fuera de lo corriente y dejar que la noticia se difundiera como solían difundirse esas cosas. Seguramente en cuestión de horas lo sabría todo el departamento, la universidad entera.

«Tú haz como si nada», se dijo. Como si fuera una mañana cualquiera.

«Compórtate como si no hubieras hecho un pacto con el diablo y el diablo no acabara de cumplir su parte».

Pulsó el icono de actualización, pero su teléfono no recargó la página web: había algunas partes del edificio con escasa cobertura y el despacho de Lovelock era una de ellas. Bloqueó el teléfono y volvió a guardarlo en el bolso.

Alguna otra persona daría la noticia: era mejor así. Tal vez Jocelyn ya estuviera hablando por teléfono con alguien. Tal vez la policía estuviera esperando en el despacho de fuera, dos detectives de rostro adusto y un coche patrulla aparcado en la puerta del edificio, donde lo verían todos los estudiantes. Tal vez la esposaran y se la llevaran detenida delante de todo el mundo. Pensó en la cara que debía poner cuando oyera la noticia. Cara de horror, de incredulidad. Estaría atenta a cómo reaccionaban los otros y haría lo mismo. «Compórtate con naturalidad». Decirlo era fácil; hacerlo, no tanto.

La puerta se abrió bruscamente y todos volvieron la cabeza cuando entró Alan Lovelock, envuelto en un olor a lluvia, a sudor y a frío de noviembre.

43

Sarah pasó el resto del día embargada por una oleada de alivio tan intensa y poderosa que se sentía mareada. Le costaba concentrarse en cualquier cosa que no fuera la simple convicción de que podía recuperar su antigua vida. «Había sido todo un malentendido. O un engaño, o algo así». A pesar de lo que había dicho, Volkov no había hecho desaparecer a nadie. Porque allí estaba Alan Lovelock, igual que antes.

Recuperaría su vida. Su vida de siempre. Procuró no pensar en los inconvenientes, en que recuperaría su antigua vida al completo, incluyendo el hecho de que Lovelock seguía allí y aún era su jefe.

Al caer la tarde, el alivio que se había apoderado de ella al ver que Lovelock seguía con vida dejó paso lentamente a la certeza de que seguía siendo el de siempre. De que nada iba a cambiar. Lovelock continuaría negándole su ascenso, amenazaría con despedirla y seguiría acosándola cada vez que tuviera ocasión de hacerlo. Y ella no podría hacer nada por impedírselo. Volvía a estar en el mismo agujero que la semana anterior, que el mes anterior, que el último año. Había vuelto a la casilla de salida.

Sentada en su despacho a la mañana siguiente, Sarah leyó por tercera vez la noticia en la página web de la BBC.

La policía ha identificado al hombre cuyo cadáver fue hallado en el río Lee el pasado sábado. Se trata de Brian Garnett, de 56 años.

Garnett, que carecía de domicilio fijo, llevaba desaparecido más de una semana y fue visto por última vez en el albergue para indigentes de Walthamstow. Su cadáver apareció en la esclusa de Pickett y se cree que llevaba varios días en el agua.

Se espera que mañana el juez de instrucción abra diligencias para esclarecer su muerte. La policía ha solicitado la colaboración ciudadana a fin de descubrir qué hizo Garnett durante los días previos a su fallecimiento.

«Es importante que todo aquel que conociera a Brian o le viera en algún momento de las dos últimas semanas nos lo haga saber para que podamos reconstruir sus últimos movimientos», ha declarado la sargento detective Emma Sharpe. «Era muy conocido en diversos refugios para indigentes del norte de Londres y es posible que estuviera bebiendo el día de su desaparición».

Sarah buscó el semanario local, la *Gazette*, que incluía información más detallada y algunas citas del concejal del distrito y de varios vecinos que sacaban a pasear a sus perros por la zona, todas ellas del mismo tenor («En este barrio no suelen pasar esas cosas»). Según la *Gazette*, Brian Garnett padecía problemas de alcoholismo y drogadicción desde hacía muchos años y cabía la posibilidad de que hubiera caído al río mientras se hallaba bajo los efectos del alcohol o las drogas, o de ambas cosas. En ningún sitio se hablaba de que el cuerpo hubiera sufrido mutilaciones, como había afirmado la reportera de televisión el domingo.

Sintiéndose como una idiota, Sarah cerró la pestaña del navegador y se quedó sentada un momento. Detrás había otra pestaña, www.jobs.ac.uk, la página más utilizada para buscar trabajo dentro de la universidad en el Reino Unido. No había ninguna oferta en las universidades de Belfast y Edimburgo, los otros dos centros con departamentos especializados en su campo de estudio. Había una vacante a la que podía optar en la Universidad de Bristol, pero era otro contrato temporal, fuera de su área de estudio, lo que supondría dar un paso atrás en su carrera.

Y, además, Bristol estaba a ciento sesenta kilómetros de distancia. Los niños estaban bien en sus colegios.

Y ella apenas llegaba a fin de mes con un solo salario, así que difícilmente podía permitirse los gastos de una mudanza.

No iba a ir a ninguna parte.

Cerró todas las pestañas del navegador y dejó solo la de la bandeja de entrada de su correo, llena de mensajes de los últimos dos días, aún por leer. «Cuesta concentrarse en el trabajo cuando le has pedido a alguien que borre del mapa a tu jefe».

Ahora se daba cuenta de que todo aquello había sido una ridiculez, un extraño atisbo de otro universo que existía en paralelo al suyo, un universo con sus propias leyes y normas, su violento código de honor y su equilibrio de venganzas y recompensas. Y también sus promesas incumplidas.

Naturalmente, había sentido alivio al ver aparecer a Lovelock, pero ese alivio había quedado sepultado casi de inmediato por la convicción de que volvía a hallarse en el mismo aprieto que antes, librando una batalla de la que no tenía ninguna posibilidad de salir victoriosa. Una batalla que no podía ganar.

Se puso a calificar un montón de trabajos de alumnos de primer curso sobre el poeta del siglo XVI Edmund Spenser, contemporáneo de Christopher Marlowe en el Londres de los Tudor. Quitó la tapa a su bolígrafo rojo y, con un suspiro, comenzó a corregir el trabajo que tenía delante, y que habría mejorado mucho si el alumno hubiera escrito correctamente el apellido del poeta, pensó. Ese sería un buen comienzo, pero al parecer ni el más brillante de sus alumnos prestaba mucha atención a la ortografía. El autocorrector era, decididamente, una lacra.

Peter Moran apareció en la puerta del despacho y se agarró con la mano al marco. Tenía la cara colorada y parecía faltarle la respiración.

—¿Has visto hoy a Alan?

—No. ¿No está en su despacho?

Moran arrugó el ceño como si fuera una pregunta estúpida.

—Evidentemente no, por eso te lo pregunto.

—No le he visto, pero la verdad es que he estado corrigiendo trabajos y casi no he levantado la cabeza.

—Tiene que hacer una presentación delante del rector y de la junta directiva esta mañana.

—Seguramente estará de camino.

—La presentación tendría que haber empezado hace quince minutos. No es propio de él retrasarse, y menos tratándose de algo tan importante. El rector se ha marchado y todo el mundo anda por ahí como pollo sin cabeza intentando averiguar dónde narices se ha metido Alan.

Sarah notó que un escalofrío de temor empezaba a subirle por la espalda. Se esforzó por modular su voz.

—Puede que haya tenido otra vez problemas con el coche, como el otro día.

—Habría llamado para avisarnos. Era una presentación muy importante. Le he estado llamando, pero tiene el teléfono apagado.

Moran pasó al siguiente despacho del pasillo. Sarah le oyó formular la misma pregunta, pero no alcanzó a oír la respuesta. Se quedó paralizada, sentada a su escritorio.

«Tranquilízate», se dijo. «Es otra falsa alarma, como lo del cadáver del río. No pasa nada, seguro que ha tenido otra vez problemas con el coche, o algún contratiempo en casa. Puede que esté con la gripe. Eso es, seguramente está enfermo, en cama, con fiebre».

Pero su intuición le decía lo contrario. El rector era la mayor autoridad del campus, el jefe de toda la universidad, y Lovelock no habría faltado a una reunión con él a menos que… «¿A menos que qué?». En el fondo, sabía que había llegado el momento de la verdad, que esta vez era cierto: Lovelock había desaparecido.

Salió al pequeño jardín vallado que había detrás del edificio de la Facultad de Artes. Estaba vacío. Los estudiantes nunca iban allí y en el jardín solía reinar la calma a la hora de la comida. Buscó un banco y se sentó, tratando de ordenar sus emociones, de descubrir qué sentía.

«Ha ocurrido. Esta vez lo han hecho de verdad».

Respiró hondo una vez y luego otra. «Inhalar por la boca, exhalar por la nariz». Se enderezó y miró a su alrededor para ver si alguien la observaba.

«Es lo que tú querías. Es cosa tuya».

Era importante que se comportara con naturalidad, que diera la impresión de ignorar por completo qué había sido de Alan Lovelock.

«A fin de cuentas, no pueden relacionar su desaparición conmigo. ¿Verdad?».

44

Pasaron los días en un torbellino indistinto. Sarah mantenía cerrada la puerta de su despacho y, en la medida de lo posible, evitaba relacionarse con sus compañeros de trabajo, pero aun así oía los rumores que circulaban por los pasillos respecto al posible paradero de Lovelock y a las circunstancias de su desaparición. Como era lógico, en el departamento no se hablaba de otra cosa, y abundaban las especulaciones. Incluso los estudiantes empezaban a darse cuenta de que ocurría algo raro.

Poco a poco empezaron a emerger datos concretos, aunque escasos y fragmentarios, de la maraña de chismorreos y conjeturas que habían pasado a formar parte de cada conversación. Lovelock había salido de su domicilio a la hora de costumbre el martes por la mañana y su esposa afirmaba que parecía el mismo de siempre. Pero no había llegado a la universidad. En algún punto entre su casa y el trabajo, había desaparecido, y cuarenta y ocho horas después seguía sin dar señales de vida. Tampoco había ni rastro de su coche y su teléfono móvil estaba apagado o se había quedado sin batería.

A todos los efectos, se había esfumado de la faz de la tierra.

A Sarah se le encogía el estómago cada vez que oía a un compañero hablar del asunto. Por la noche pasaba horas despierta dando vueltas a una misma idea una y otra vez, en un bucle.

«Esto es culpa tuya. Es culpa tuya. Es culpa tuya».

El jueves por la mañana reinaba una atmósfera extraña en la facultad cuando regresó de dar clase. Lo notó enseguida: una tensión en el aire, las puertas de los despachos abiertas, conversaciones susurradas, gente que miraba hacia atrás. Nadie estaba sentado a su mesa, estaban todos de pie hablando en voz baja, mirando el móvil, reunidos en pequeños grupos. Sarah aflojó el paso al cruzar frente a la puerta abierta del despacho de Lovelock. Jocelyn Steer parecía ser la única excepción: en su puesto, tecleaba sin cesar, con el rostro cubierto por una máscara de gélida indiferencia, como de costumbre.

Sarah sintió un nudo en el estómago cuando se topó con Marie en lo alto de la escalera. Su amiga parecía preocupada.

—¿Qué ocurre? —preguntó Sarah—. ¿Ha pasado algo?

Marie miró hacia atrás y se inclinó hacia ella.

—Se han reunido los peces gordos —dijo en voz baja—. Los jefes de Recursos Humanos, Relaciones Públicas, Seguridad y el Departamento Jurídico. Llevan ahí dentro una hora.

Sarah se esforzó por dar con la respuesta acertada, con la respuesta inocente que sonara adecuada al caso.

—¿Para qué?

—¿Lo dices en serio? —le espetó Marie—. ¿De qué crees tú que están hablando? De Alan, claro.

—¿Es que ha vuelto? ¿Se sabe algo de él?

—¿Crees que se habría reunido la plana mayor si todo fuera a las mil maravillas?

—No sé. Puede que hayan sabido algo por...

«Por la policía», iba a decir, pero se contuvo a tiempo.

—¿Por quién? —preguntó Marie.

—No sé. ¿Por su mujer?

Iba a añadir algo más cuando Jonathan Clifton salió de la sala de reuniones enfrascado en una conversación con un hombre corpulento y de cabello blanco, de poco más de sesenta años. Sarah le reconoció por el servicio de noticias interno de la universidad: era uno de los seis vicerrectores que formaban parte de la Junta de Dirección Ejecutiva, el alto mando de la universidad. Peter Moran, el gerente de la facultad, y varias personas más iban detrás de él. Todos ellos tenían una expresión tensa y preocupada.

Sarah y Marie intercambiaron una mirada y se dirigieron a toda prisa a la sala común. Otros miembros del claustro ya se habían reunido allí y tomaban té o café con aire de nerviosismo.

—¿Qué pasa? —preguntó Marie.

Se volvieron todos a mirar a Diana Carver, una joven profesora del departamento que estaba de pie junto al hervidor de agua.

—Por lo visto han encontrado su coche. El coche de Alan.

—¿Qué? —exclamó Sarah sin poder refrenarse—. ¿Dónde?

—Su Mercedes. La policía lo ha encontrado aparcado cerca de un embalse en Enfield, en una zona industrial.

—Dios mío —dijo Marie en voz baja.

—Lo he buscado en Internet —dijo alguien mientras pasaba dos dedos por la pantalla de su móvil—. Está más o menos a medio camino entre la facultad y su casa. Hay que desviarse un poco, pero no está lejos de la ruta que seguía para venir al trabajo.

—Desapareció cuando venía para acá, ¿no? —preguntó Marie.

—Sí —respondió Carver asintiendo lentamente—. El martes por la mañana.

Sarah intervino, tratando de que no se le quebrara la voz.

—Pero él no estaba… —Se interrumpió. Tenía la boca seca—. ¿No estaba en el coche?

—No hay rastro de él.

—Puede que esté en el embalse —dijo otra persona casi en un susurro.

Se quedaron todos callados un momento mientras sopesaban las posibilidades. La mente de Sarah, en cambio, tomó otros derroteros.

¿Era aquello premeditado? ¿Una estratagema para despistar a la policía? ¿Se trataba de eso? ¿Sería el Mercedes la única pista que encontrarían de Lovelock?

—¿Están buscando en el embalse? —preguntó Marie por fin—. ¿Con buzos?

—No lo sé —contestó Carver—. En las noticias no dicen nada, lo he mirado.

—Madre mía —dijo otra voz—. Esto no pinta bien, ¿verdad?

—¿Cómo sabes que han encontrado el coche? —preguntó Sarah.

Carver se encogió de hombros.

—Mi cuñada trabaja de administrativa en la secretaría general, que es tan segura como un colador con goteras. Por lo visto aquello es un caos, andan dando palos de ciego. Por eso se han reunido el vicerrector y todos esos directores.

—¿Van a hacer una declaración oficial?

—Yo diría que aún es pronto para eso. —Carver miró hacia la puerta abierta—. Pero, si no aparece pronto, se va a armar una muy gorda.

45

Sarah se alegró íntimamente de que llegara el viernes. Había pedido el día libre para cuidar de sus hijos, que ese viernes no tenían clase, y se alegraba de estar lejos del trabajo, lejos de sus compañeros y de las habladurías en torno a Alan Lovelock.

Su móvil sonó mientras estaba haciendo la comida: un número fijo que no reconoció. Era Peter Moran.

—¿Sarah? —preguntó con voz aguda y crispada—. ¿Puedes hablar?

—Sí. Solo estaba…

—Está aquí la policía. Quieren hablar contigo.

—¿Conmigo? ¿Por qué?

—Se trata de Alan.

Le dio un vuelco el corazón.

—¿Le han encontrado?

Moran ignoró la pregunta.

—¿Puedes venir?

—Pues sí, supongo que podría ir cuando hayamos…

—Dentro de media hora estaría bien.

—¿Qué ha pasado, Peter?

—Date prisa, quiero que acaben lo antes posible. Hay coches patrulla fuera y los estudiantes ya están haciendo preguntas.

Colgó antes de que Sarah pudiera preguntarle nada más.

Se quedó sentada un minuto mirando la pared mientras esperaba a que su corazón se calmara un poco.

«Piensa en lo que vas a decir. Piensa en lo que diría una persona inocente».

Llamó a su padre al móvil, pero no contestó. Tampoco lo cogía en casa. Entonces se acordó de que los viernes iba a jugar a la petanca.

Echó un vistazo a su bolso y preparó rápidamente una mochila con las botellas de agua de los niños, los libros de colorear, rotuladores, pañuelos de papel, toallitas húmedas, un par de barritas de cereales y tres plátanos. Condujo asiendo el volante con más fuerza de la necesaria mientras los niños iban extrañamente callados en el asiento de atrás.

Al llegar a su despacho, dio a Harry su libro de colorear y sus rotuladores y a Grace el otro libro y el móvil para que jugara a Crossy Road.

—¿Cuánto vas a tardar, mami? —preguntó su hija.

—No mucho. Diez minutos. Voy a estar en la puerta de al lado, hablando con una señora de la policía.

—¿De qué vas a hablar con ella?

—De una cosa de trabajo.

—¿Estás metida en un lío?

—No, Grace —dijo obligándose a sonreír—. No estoy metida en un lío.

Harry dejó un rotulador sobre la mesa de golpe y echó la cabeza hacia atrás.

—Me aburro —dijo.

—¿Ya?

—Me abuuuuuuurro…

—Pero si no llevamos aquí ni dos minutos.

Su hijo se dejó caer de la silla al suelo y empezó a rodar repitiendo una y otra vez lo mismo.

—Me aburro, me aburro, me aburro.

Sarah le levantó, le sacudió el polvo de la ropa y trató de pensar en algo que pudiera retener su atención durante un cuarto de hora. Miró a su alrededor y se fijó en la vieja pizarra que había en un rincón del despacho, una reliquia de cuando el departamento de Matemáticas ocupaba aquel edificio, hacía décadas.

—Mira, Harry, te dejo dibujar en la pizarra, como un profe del colegio. Hasta hay un escabel al que puedes subirte.

Le dio un tiza blanca, larga y delgada.

Harry se acercó trotando a la pizarra y agarró otra tiza. Sonrió con una tiza en cada mano.

—Soy el profe —dijo—. El profe de todas las clases.

Sarah se volvió hacia Grace.

—Tú estás al mando. Cuida de tu hermano.

—¿Tengo que hacerlo? —se quejó Grace—. Es un rollo.

—Sí. Estoy en el despacho de al lado, por si necesitáis algo. Si no, quedaos aquí, ¿de acuerdo?

Grace asintió de mala gana y Sarah salió y cerró la puerta.

Entró en el despacho vacante de al lado, que habían ocupado temporalmente dos detectives de la policía para hablar con el personal del departamento. La mujer sonrió y le tendió la mano. Tenía cerca de cuarenta años y era de constitución atlética y alta —medía algo más de metro ochenta, calculó Sarah—, con el pelo rubio a media melena.

—Soy la inspectora detective Rayner —dijo, y señaló a su compañero, un hombre negro delgado, diez años más joven que ella como mínimo, con el cabello muy corto y la barba bien recortada—. Y este es el sargento detective Neal.

Sarah les estrechó la mano.

—Tanto gusto —dijo.

—Tome asiento. Gracias por venir en su día libre. ¿Le importaría cerrar la puerta?

Sarah obedeció.

—La verdad es que no ha sido ningún problema venir.

—¿Los del despacho de al lado son sus hijos?

—Sí. —Sarah sonrió—. Grace tiene ocho años y Harry cinco.

La inspectora Rayner le devolvió la sonrisa.

—Seguro que no se aburre con ellos.

—Ya lo creo que no. Ojalá tuviera la mitad de su energía.

La inspectora se inclinó ligeramente hacia delante en la silla.

—Bien. Estamos investigando el paradero de uno de sus colegas, Alan Lovelock. Seguramente sabe usted que ha desaparecido.

—Sí, ya me he enterado. Es horrible.

—Estamos hablando con diversos miembros del personal de la facultad, por si alguno ha estado en contacto con él. La investigación está todavía en sus fases preliminares, pero tenemos entendido que es extremadamente impropio del profesor Lovelock no dar señales de vida en tanto tiempo.

—Sí, en efecto.

—Permítame repasar ciertos detalles con usted. —La inspectora detective Rayner pasó unas páginas de su cuaderno—. No se ha visto al profesor Lovelock desde que salió de su domicilio en torno a las ocho menos cuarto de la mañana del martes. Su esposa no tuvo noticias suyas en todo el día y nos llamó esa misma noche, lógicamente preocupada. Encontramos su coche junto al embalse King George, cerca de la esclusa de Enfield, el miércoles por la tarde. Llevo investigando este caso desde el jueves a mediodía, aproximadamente, y de momento no he encontrado ninguna actividad en su móvil, su cuenta bancaria, su correo electrónico y sus redes sociales. Nada en absoluto, de hecho, desde el martes por la mañana, lo que significa que lleva más de setenta y dos horas desaparecido.

Sarah se estremeció. Sentía frío y calor al mismo tiempo.

—Sí. Estamos todos muy preocupados. Su pobre mujer debe de estar angustiadísima. —Mientras hablaba, sintió que se ponía colorada.

«Deja de hablar. Para de una vez».

La inspectora Rayner entornó ligeramente los párpados.

—¿Se encuentra bien? —preguntó.

—Sí. Estoy bien.

—Está sudando.

—He tenido una mañana muy ajetreada con los niños. Hoy no tenían clase y… luego hemos tenido que venir aquí… —Cruzó los brazos—. Llevo un día de locos.

—Entiendo. Quiero que piense detenidamente en los últimos tres días. ¿Ha tenido algún contacto de carácter profesional con el profesor Lovelock en ese tiempo?

—No, ninguno.

El sargento Neal anotó algo en su cuaderno.

—¿Y de carácter personal? —añadió la inspectora Rayner.

—¿Cómo dice?

—Fuera del trabajo. A título personal.

—¿Por qué iba yo a…?

—¿Sí o no?

Sarah sintió que le sudaban las palmas de las manos y entrelazó los dedos.

—No, claro que no.

—¿Está segura?

—Sí. Segurísima.

La inspectora Rayner se inclinó hacia delante y clavó en Sarah sus ojos azules, sin pestañear.

—De modo que ¿no tenía usted una relación extralaboral con el profesor Lovelock?

46

—¿Qué? —preguntó Sarah, que no estaba segura de haber oído bien.

—Le he preguntado si tenía una relación íntima con Alan Lovelock.

—¡No! —contestó con más vehemencia de la que pretendía—. Rotundamente no.

Rayner cruzó una mirada con su compañero.

—¿Cómo describiría, entonces, su relación con él? —preguntó el sargento Neal, haciéndose cargo del interrogatorio.

—¿Mi relación?

—Su relación laboral.

Sarah vaciló, buscando los términos precisos mientras daba vueltas en el dedo a su alianza de casada.

—Es la normal, supongo.

—Defina «normal».

—Es mi jefe.

—¿Tienen algún trato personal, aparte de ese?

—No, la verdad es que no.

Neal volvió una hoja de su cuaderno.

—Pero fue usted a una fiesta en su casa hace un par de semanas.

—Él me invitó. Invita a muchos colegas del departamento.

—¿Ha tenido alguna vez relaciones amorosas con él?

Sarah sintió que volvía a ponerse colorada.

—¿Amorosas? No. ¡Nunca! —Comprendió de inmediato que había hablado con excesiva precipitación—. Ya se lo he dicho.

—¿Alguna vez le ha hecho proposiciones?

Se quedó callada un momento. El interrogatorio estaba tomando derroteros imprevistos, pero tenía que ser precavida, convencerles de que no tenía ningún motivo para desear la desaparición de Lovelock. Mentir era lo más sencillo, lo más inteligente, aunque le produjera un desagradable hormigueo en las palmas de las manos.

—No.

—¿Y al contrario?

—Disculpe, ¿qué?

—¿Alguna vez le ha hecho usted proposiciones?

—¡Claro que no! —exclamó.

—¿Ha mantenido relaciones sexuales con él?

—¡No! ¿Quién ha dicho eso?

El sargento Neal se encogió de hombros.

—Me temo que es una pregunta que tenemos que hacer.

—Estoy casada —dijo Sarah.

La inspectora Rayner volvió a inclinarse en su silla.

—Nuestras pesquisas indican que el profesor Lovelock podía tener una relación extramatrimonial, o incluso varias —dijo con cautela—. Una de nuestras hipótesis de trabajo es que quizá haya tenido problemas con algún marido airado. Que alguien le haya pillado tonteando con su mujer y haya decidido vengarse.

—¿De veras creen que es posible?

—¿Qué hay de su marido, Sarah? ¿Conoce personalmente al profesor Lovelock?

—Puede que… que hayan coincidido una o dos veces, solo un momento. En realidad, no se conocen.

—¿Su marido es un hombre celoso?

Ella arrugó el ceño y negó con la cabeza.

—No. Y de todas formas… no está en estos momentos.

—¿Están ustedes separados?

—Solo nos hemos… tomado un tiempo.

—¿Y eso por qué, si no le importa que se lo pregunte?

—Sí que me importa. Y no viene al caso.

—Podría venir al caso si su marido creyera que estaba teniendo usted una relación extraconyugal a sus espaldas y pensara que su jefe…

—No la había.

—¿Cómo dice?

—No había tal relación extraconyugal. No sé quién les ha dicho eso, pero se equivoca.

«Jocelyn Steer», pensó.

—¿En pasado? —preguntó la inspectora.

—¿Perdón?

—Ha dicho que no *había* tal relación extraconyugal. En pasado.

—Quería decir que nunca la ha habido, ni la hay.

—¿Al profesor Lovelock le interesaba que la hubiera?

Sarah volvió a dudar.

—No.

—¿Está segura?

—Sí.

—Aun así, quizá queramos hablar con su marido en algún momento. —La inspectora pasó otra hoja de su cuaderno—. Una cosa más y podrá irse. ¿Se le ocurre algún motivo por el que el profesor Lovelock pueda haber querido quitarse la vida?

Sarah fingió pensar un momento. Luego sacudió la cabeza.

—No, ninguno.

—¿Le pareció que estaba decaído o deprimido las últimas veces que le vio?

—No, pero seguramente conmigo no se habría sincerado, de todos modos.

—Muy bien. —La inspectora hizo otra anotación—. Gracias, Sarah. No tenemos más preguntas de momento. Si se acuerda de algo que pueda sernos de ayuda, avísenos, por favor, ¿de acuerdo? —Le pasó su tarjeta.

Sarah la cogió y salió del despacho. Esperó a estar en el pasillo, con la puerta cerrada, para exhalar un leve suspiro de alivio.

«No parecen saber nada, en realidad. No saben nada de Volkov. No saben nada de su oferta. Nada de nada.

Y tampoco saben qué ha sido de Alan.

A no ser que…

A no ser que sepan más de lo que aparentan».

47

Al abrir la puerta de su despacho, se encontró con una polvareda blanca suspendida en el aire. Una fina capa de polvillo blanco lo cubría todo, y la pizarra se hallaba repleta de dibujos de monigotes, aviones, tanques, casas y borrones de tiza. Harry y Grace la miraron con una sonrisa culpable. Tenían un borrador en cada mano y estaban cubiertos de polvo de la cabeza a los pies. Harry comenzó a golpear entre sí los borradores que tenía en las manos, levantando otra polvareda.

—¡Mira, mami! —exclamó entusiasmado—. ¡Hemos hecho niebla!

Grace esperó un segundo para ver si su madre se enfadaba y se ponía a gritar. Al ver que Sarah no reaccionaba, ella también se puso a entrechocar sus borradores para levantar más polvo.

—¡Niebla! —repitió.

—¡Qué divertido! —dijo Harry sonriendo.

Tenía el pelo, la piel y las cejas cubiertos por una película de polvo de tiza. La misma película de polvo que cubría a su hermana, la mesa, la silla, el armario archivador, los libros apilados en el suelo y casi todos los demás objetos del despacho.

—Ya basta —dijo Sarah distraídamente—. Dejad de jugar, tenemos que irnos.

Comenzó a sacudir la ropa de Harry y el polvo que levantó fue a posarse en su propia ropa y en las superficies cercanas. Enseguida se dio cuenta de que lo único que estaba consiguiendo era cambiar de lugar el polvo.

—Estupendo —masculló—. Justo lo que me hacía falta.

—¡Estupendo! —repitió Harry con una sonrisa.

—Venga, los dos, nos vamos.

Recogió los libros de colorear, los rotuladores, las figurillas de *Star Wars*, los lápices y las barritas de cereales que había traído consigo, más los abrigos y los jerséis de los niños, lo metió todo en la mochila, hizo salir a los niños del despacho, bajaron las escaleras y salieron al aparcamiento principal, delante del edificio.

En la rotonda, junto a la estatua de Neptuno, había aparcado un coche de la policía. Una docena de estudiantes se hacían *selfies* con el coche de fondo y hablaban alborotados. «Estarán colgando fotos en Snapchat, Instagram, Twitter y en todas partes», pensó Sarah, y se preguntó cuánto tiempo tardaría en hacerse público que había desaparecido el profesor estrella de la universidad. No mucho, a juzgar por el interés que estaba suscitando el coche patrulla. Desde el martes, Lovelock había faltado a cinco clases y Sarah sabía que las especulaciones de los estudiantes se estaban difundiendo como un virus por las redes sociales. Y, como un virus, pronto se extenderían entre el conjunto de la población, si es que no lo habían hecho ya.

Agarrando a sus hijos de la mano para que no echaran a correr, se dirigió a su coche, que había aparcado en una plaza para discapacitados. Grace hizo amago de entrar.

—Espera un momento —dijo Sarah.

—¿Qué? —preguntó su hija en un tono de fastidio preadolescente.

—Primero hay que sacudiros un poco el polvo.

—¿Qué polvo? —dijo Grace con los labios blanquecinos.

—Tú espera un momento.

Sarah fue a meter las bolsas en el coche y, cuando regresó unos segundos después, Harry estaba llorando y Grace miraba para otro lado con los brazos cruzados y cara de fingida indiferencia.

—¿Qué pasa? —preguntó Sarah.

Harry se abalanzó contra su hermana. Grace se apartó y el niño cayó de bruces en la acera. Se levantó de un salto y volvió a lanzarse contra ella. Al estirar el brazo para sujetarle, a Sarah se le cayó el bolso y su contenido se desparramó por el asfalto.

—¿Se puede saber qué pasa? ¿Por qué os estáis peleando otra vez?

—Me ha manchado de tiza —dijo Grace.

—Ya estás manchada de tiza.

Harry sorbió por la nariz e hizo un mohín sacando el labio inferior. Una lágrima dibujó una línea en su mejilla embadurnada de tiza.

—Me ha pellizcado, mami.

—Ya está bien, los dos. Bastantes preocupaciones tengo ya sin que os comportéis como un par de bebés, joder.

—Has dicho una palabrota, mami —dijo Grace en tono acusador.

Sarah se arrodilló a su lado y recogió el contenido de su bolso mientras les sacudía el polvillo blanco y trataba de impedir que volvieran a enzarzarse.

—¿Puedo echarte una mano? —preguntó amablemente alguien a su lado.

Al levantar la vista, vio a un hombre alto y de cabello moreno, con una mochila colgada al hombro. No tenía edad para ser un estudiante, pensó Sarah, pero tampoco para ser un profesor. Corpulento y de espaldas anchas, tenía pinta de jugador de *rugby*, pero vestía con más elegancia que el estudiante medio.

El desconocido le pasó un par de barras de labios que se le habían caído del bolso.

Sarah las cogió, agradecida.

—Gracias, muy amable.

—De nada.

Se quedó allí parado, como si intentara armarse de valor para decir algo más.

—Trabajas con el profesor Lovelock, ¿verdad?

Sarah sintió una punzada inmediata de inquietud al oír mencionar aquel nombre.

—Estamos en el mismo departamento, sí.

—Eso me parecía. —Él sonrió ampliamente—. Mi novia tiene clase con él los miércoles. Dice que es el mejor profesor que ha tenido nunca. Pero esta semana no ha venido a clase y dicen que también ha faltado al resto de sus clases.

—¿Quién lo dice?

—Se comenta en Twitter. ¿Está enfermo o algo así?

—No, no creo.

El desconocido levantó una ceja.

—Vaya, entonces los rumores son ciertos, ¿no?

48

Sarah acabó de guardar sus cosas en el bolso y cerró la cremallera.

—¿Qué rumores?

—La gente dice en Twitter que le han echado de la universidad. Por conductas delictivas.

«Ojalá», pensó Sarah.

—Tampoco creo que sea eso.

El hombre la miró con ojos oscuros y confiados.

—¿En serio? Entonces no está enfermo ni le han echado. O sea que se ha largado, ¿no?

Una mujer delgada y morena apareció junto a él. Sarah la conocía de algo, pero no sabía de qué. Tenía un iPhone en la mano y vestía un traje pantalón negro de corte exquisito y una tiesa blusa blanca bajo la chaqueta. Sarah leyó su nombre en la tarjeta de acreditación de la universidad que llevaba colgada del cuello con una cinta. *Lisa Gallagher, Oficina de Prensa.*

—Hola —le dijo enérgicamente al hombre alto—. ¿Es usted alumno de la universidad?

—Sí. De posgrado. Ciencias Políticas.

—Está muy lejos de su facultad, ¿no?

—Iba camino de mi residencia.

—¿No me diga? ¿Y cuál es su residencia?

—Perdona, pero tengo que irme.

—Le conozco, ¿verdad?

—No, no creo.

—Sí, claro que le conozco. Es Ollie Bailey, del *Daily Mail*, ¿verdad? ¿O es del *Evening Standard*?

El hombre la miró con aire calculador. Pasado un momento sonrió y levantó una mano en un gesto de rendición.

—Del *Mail* —dijo por fin—. Bueno, ¿dónde está?

—¿Dónde está quién?

—Alan Lovelock, su profesor estrella.

—Deme su tarjeta y le enviaré nuestra declaración oficial.

Bailey se sacó una libretita del bolsillo de atrás e hizo unas anotaciones en taquigrafía.

—Ya conozco la postura oficial y no aclara gran cosa. Pero hay una investigación policial en marcha, ¿verdad?

—Le enviaré el comunicado de prensa de la universidad —insistió Gallagher—. De aquí a una hora.

—¿Es cierto que le han detenido como parte de la Operación Tejo?

—Ya puede marcharse.

—¿Es cierto?

—Adiós.

—No tengo por qué ir a ninguna parte. Esto es un espacio público.

—Se equivoca. Si lo prefiere, estaré encantada de llamar a mis compañeros de Seguridad para que le acompañen fuera del campus.

Bailey se encogió de hombros y volvió a mirar a Sarah.

—Encantado de conocerla, doctora Haywood.

Mientras Bailey se alejaba, Sarah bajó la mirada y vio que llevaba su tarjeta de identificación colgada de una cinta alrededor del cuello, con su nombre y su puesto.

—¿Es periodista? —preguntó, sintiendo que se sonrojaba de vergüenza.

Lisa Gallagher se volvió hacia ella.

—En sentido lato —contestó—. Es usted profesora de la facultad, ¿verdad? ¿Qué le ha dicho?

—Pues que Alan no está enfermo, nada más. —Notó que volvía a sonrojarse—. Y que tampoco le habían echado de la facultad.

Gallagher arrugó el entrecejo y clavó en ella sus ojos verdeazulados.

—¿Cómo lo sabe?

Sarah abrió el coche y comenzó a abrochar las correas de la silla de seguridad de Harry.

—Bueno, acaban de interrogarme dos detectives de la policía.

—¿Qué más le ha dicho a Bailey?

—Solo que Alan y yo éramos compañeros de departamento y que lleva varios días sin aparecer. La gente está especulando sobre su desaparición en Twitter.

—No diga nada más. A nadie. ¿De acuerdo?

Una idea espantosa asaltó a Sarah.

—¿No irá a citarme en el periódico?

—No me extrañaría.

—¿Mañana?

—O esta noche, si es en Internet.

—Pero no le he dado autorización.

—Estamos hablando del *Mail.*

Sarah acabó de abrochar la silla de Harry y cerró la puerta.

—Lo siento, no me he dado cuenta. Estaba distraída con los niños y nos hemos puesto a hablar.

Gallagher le dio una tarjeta de visita.

—Si algún otro periodista intenta hablar con usted, remítalos directamente a mí. Mis números están en la tarjeta.

—Claro. —Se guardó la tarjeta en el bolso—. No he pensado que lo de Alan despertaría tanta expectación. Lo lamento.

—Los tiburones acuden en cuanto husmean sangre en el agua.

Sarah sintió que se le encogía el corazón.

—¿Sangre? ¿Es que… le ha pasado algo?

—Es solo una forma de hablar. Estoy segura de que se encuentra perfectamente. Lo que quería decir es que es lógico que la desaparición del profesor más famoso del país despierte el interés de la prensa sensacionalista. Siempre andan fisgoneando a la caza de una historia.

—Lo siento muchísimo, de veras. No sabía que era periodista, no se ha presentado.

Gallagher miró un momento su móvil y se lo guardó en la chaqueta.

—Recuerde: si algún otro medio se pone en contacto con usted, remítalos a mí directamente. Sin excepciones. Este problema con el profesor Lovelock tiene todos los visos de convertirse en un marrón de los gordos, y no nos conviene empeorar más aún las cosas, ¿no le parece?

49

La mañana del sábado, Sarah despertó con una intensa resaca de vino blanco y tardó un minuto —como cada mañana últimamente— en cobrar conciencia de la realidad. Durante un instante fugaz, mientras emergía del sueño previo al alba, antes siquiera de abrir los ojos, se olvidaba de todo: de Volkov, del hombre de la cicatriz y hasta de Alan Lovelock y de la llamada telefónica que había sellado el destino de su jefe.

Luego, todo le volvía de golpe y a partir de ese momento, cada minuto que pasaba despierta, el recuerdo de lo ocurrido le rondaba siempre cerca, al alcance de la mano.

Como ahora.

Preparó el desayuno a los niños y pasó casi dos horas mirando páginas web de noticias y redes sociales en busca de algún indicio, de alguna pista que sugiriera que la policía se hallaba cerca de encontrar a Lovelock o su cadáver. Efectivamente, el *Daily Mail* publicó en su página web un artículo sobre la misteriosa desaparición del profesor en el que citaba diversas fuentes anónimas además del comunicado de prensa oficial, el cual se limitaba a aclarar que la universidad estaba colaborando activamente con la policía y a manifestar su apoyo a la familia en esos «momentos tan difíciles», pero que, aparte de eso, aportaba muy poca información. El artículo estaba firmado por Ollie Bailey, el periodista que había intentado sonsacarla el día anterior, y

Sarah se quedó paralizada un momento al pensar que podía haber citado su nombre.

Exhaló un suspiro de alivio al ver que no era así. Bailey había incluido sus declaraciones sin nombrarla y se refería a ella como a «una profesora cercana a Lovelock».

A las diez llevó a los niños al partido de fútbol de Harry, donde se les unió su padre para animar al equipo. Perdieron por doce a uno. Harry y su abuelo se quedaron en casa después de comer y Sarah se fue de compras con Grace al centro comercial de Wood Green.

A las cuatro, cuando empezaron a fallarle las fuerzas, se sentaron a tomar algo en un Costa Coffee. Mientras Grace disfrutaba entusiasmada de su chocolate caliente con nubes de malvavisco, ella tomó un capuchino y buscó en el móvil las últimas noticias sobre la desaparición de Lovelock. El *Evening Standard* había publicado una versión de la historia que reproducía casi palabra por palabra el artículo del *Mail*, y el periódico local, la *Gazette*, había hecho lo propio añadiendo una nota de pintoresquismo. La única novedad parecía ser la inclusión de varias fotografías antiguas de Lovelock y la negativa de su esposa a hacer declaraciones.

Dejó el teléfono y, acunando el capuchino con las dos manos, disfrutó de su sabor fuerte y terroso y del trallazo instantáneo de la cafeína. Se fijó en su entorno por primera vez mientras Grace estrenaba su nuevo juego de material de papelería. Era una tarde normal de sábado y, a su alrededor, gente corriente hacía cosas corrientes: unas adolescentes se reían por lo bajo mientras miraban sus teléfonos móviles sentadas en torno a una mesa; un jubilado leía el periódico; un joven papá atendía a un bebé en un carrito; y, en la mesa de al lado, una mujer sentada frente a un hombre en silla de ruedas se reía con una risa aguda y estentórea.

Sarah arrugó el entrecejo. Aquella risa desentonaba, sonaba fuera de lugar. Chirriaba, en cierto modo. Le resultaba conocida y desconocida al mismo tiempo. Miró con más detenimiento a la mujer. Rondaba los cincuenta años, iba elegantemente vestida con chaqueta y pantalones de lanilla y tenía el cabello liso suelto sobre los hombros. Sarah la conocía, pero el contexto no era el adecuado. Parecía distinta. Otra persona.

La mujer volvió a reír mientras se levantaba y se ponía el abrigo, y el hombre de la silla de ruedas también rio.

Sarah la observó atentamente, asombrada por lo distinta que parecía fuera del trabajo. Ni siquiera recordaba haberla oído reír con anterioridad, ni haberla visto sonreír.

—¿Jocelyn?

Jocelyn Steer se volvió, con la sonrisa todavía en los labios.

—Ah… Hola, Sarah.

—Casi no te reconozco.

—Me lo tomaré como un cumplido.

—Es que pareces tan… distinta.

Y era cierto que lo parecía. En el trabajo siempre vestía de gris o de negro, con chaquetas de punto y vestidos largos, llevaba el pelo recogido hacia atrás y la cara lavada. Nunca sonreía, y desde luego jamás soltaba una carcajada.

—La ropa que me pongo para ir a trabajar es muy distinta a la que uso en mi vida normal. —Señaló al hombre de la silla de ruedas—. Por cierto, este es mi marido, Andrew.

—Encantada de conocerte —dijo Sarah.

Andrew asintió con una sonrisa, pero no dijo nada. Sarah les presentó a Grace y Jocelyn estrechó la mano de la niña con una amplia sonrisa.

—No quería molestarte —dijo Sarah—. Es solo que me ha sorprendido un poco, nada más.

—No te preocupes. En serio.

No era solo la apariencia de Jocelyn lo que la había confundido. Era también su humor, lo animada que parecía.

—¿Qué tal estás? Con… con todo lo que está pasando en el trabajo, digo.

—Bien. ¿Y tú?

—También, supongo.

Jocelyn se inclinó para ayudar a su marido a abrocharse la chaqueta.

—Oye, vamos para casa. ¿Os apetece acompañarnos hasta el metro, si vais en esa dirección?

Caminaron calle arriba hacia la estación de metro de Wood Green mientras anochecía. Hacía frío, olía a invierno y las calles estaban atestadas de gente: de compradores que volvían a casa y de bebedores que salían temprano a empezar su ronda del sábado. Sarah agarraba con fuerza de la mano a Grace mientras Jocelyn empujaba la silla de ruedas de su marido maniobrando hábilmente entre el gentío.

—Quería pedirte disculpas por lo de la semana pasada —dijo Jocelyn—. Por lo de la reunión del lunes.

—¿Cuando llegué tarde?

—Por eso que dije sobre que te quedaras a solas con él en su despacho. Creo que quizá, tal y como lo dije, sonó como no debía. Lo siento.

—Entonces, ¿no has sido tú quien le ha dicho a la policía que tenía un lío con él?

—¡No! Claro que no. Odio cómo trata a la gente, cómo te ha tratado a ti. Odio que se salga con la suya.

—¿Y no le dijiste a Alan que intenté grabar mi última reunión con él?

Jocelyn pareció sorprendida.

—¿Yo? No. No tenía ni idea.

Caminaron un poco más entre la multitud.

—Si odias cómo es, ¿por qué no te marchas? —preguntó Sarah.

Jocelyn se encogió de hombros.

—No puedo permitirme el trastorno que supondría buscar otro empleo con el panorama que tenemos en casa, y menos aún ahora que solo disponemos de mi sueldo. Alan me ascendió al máximo rango salarial de mi categoría laboral hace un par de años, así que gano más en la universidad de lo que ganaría en cualquier otro sitio. —Miró la silla de ruedas y esbozó una sonrisa melancólica—. Y me ha dicho más de una vez que, si me marcho, no me dará referencias, o me las dará muy malas. Alan tiene la costumbre, por decirlo de algún modo, de poner trabas a la gente para que se marche.

—Ya lo he notado —comentó Sarah.

—Sé dónde tiene enterrados los cadáveres, por decirlo así, y él sabe que lo sé. Es un acuerdo tácito entre los dos.

—¿Quiere tenerte cerca por lo que has visto y oído?

—Sí. Por eso he desarrollado una estrategia para sobrevivir: interpreto un papel. Hago de bruja antipática y estirada y mantengo absolutamente a todo el mundo a distancia. Incluido Alan.

—¿También lo intentó contigo?

—Una sola vez, al principio. Fue entonces cuando adopté mis normas, mi camuflaje. Vosotras tenéis vuestras reglas y yo tengo las mías.

—¿Sabes lo de las reglas?

Jocelyn se encogió de hombros.

—Procuro tener los oídos bien abiertos.

—No pareces muy preocupada por lo que ha pasado. Porque haya desaparecido, quiero decir.

—Bueno, ya aparecerá. Siempre se las arregla para salir airoso.

—¿Y si no aparece?

Se pararon a la entrada de la estación de metro y Jocelyn se inclinó hacia ella y bajó la voz.

—Digamos que no me parecerá una tragedia espantosa. Pero ¿qué opinas tú?

—¿Yo? —dijo Sarah tratando de adoptar una actitud adecuada—. Evidentemente espero que esté bien, como todo el mundo.

Jocelyn la observó un momento.

—Claro. Como todo el mundo.

Sarah alargó el brazo y se estrecharon las manos.

—Ha sido un placer conocerte. Conocer a la verdadera Jocelyn, quiero decir.

—Lo mismo digo. —Jocelyn le apretó la mano y su semblante se endureció de pronto, dejando ver un atisbo de ese otro personaje que adoptaba en el trabajo—. Si mencionas algo de esto, lo negaré todo, por supuesto.

—Por supuesto.

—Pero, si no se lo dices a nadie, quizá podríamos quedar alguna vez.

Intercambiaron sus números de móvil y se despidieron.

50

La cara pálida de Caroline Lovelock la estaba esperando cuando llegó a casa. Preparó la cena a los niños con el telediario puesto de fondo, mientras meditaba sobre su encuentro con Jocelyn Steer. Puso a cocer pasta y sacó dos latas de atún del armario, tratando aún de asimilar lo distinta que parecía Jocelyn fuera del trabajo. Lo distinta que era en realidad y hasta qué punto se había equivocado al juzgarla. Troceó un pimiento rojo y una cebolla y removió la salsa puesta al fuego.

En el televisor colgado a la pared, las noticias nacionales dieron paso al boletín regional de la BBC de Londres.

—Nuestra noticia destacada de esta noche —dijo la presentadora—. La esposa del conocido profesor Alan Lovelock pide públicamente que su marido vuelva a casa sano y salvo.

Sarah se volvió, dejó caer los cubiertos que sostenía, que chocaron contra el suelo con estrépito, y agarró el mando a distancia mientras la presentadora seguía hablando y una fotografía de Lovelock aparecía en la esquina inferior izquierda de la pantalla.

—Los detectives de la policía afirman estar cada vez más preocupados por la seguridad del popular profesor y presentador televisivo, que no se presentó a trabajar el martes por la mañana. Caroline Lovelock, su esposa, ha comparecido esta tarde en una rueda de prensa de la policía. Nuestra reportera, Anna Forsythe, nos cuenta más detalles.

La imagen cambió a una sala abarrotada de gente. Detrás de una mesa festoneada de micrófonos se sentaban cuatro personas iluminadas por potentes focos: la inspectora detective Rayner, otro oficial de policía vestido de uniforme y, al otro lado de la mesa, una mujer a la que Sarah no conocía. En el centro se hallaba Caroline Lovelock, con chaqueta oscura y blusa de color crema. Parecía tranquila y dueña de sí misma, a pesar del bosque de micrófonos que apuntaban hacia su cara.

—Han pasado cuatro días desde que se vio por última vez al profesor Alan Lovelock —dijo una voz en *off*— y la Policía Metropolitana ha intensificado su búsqueda tras dar máxima prioridad al caso. Caroline Lovelock ha hecho hoy un llamamiento ante los medios de comunicación.

Apareció un primer plano de Caroline Lovelock, con el emblema de la Policía Metropolitana tras ella, sobre fondo azul. Caroline cogió una hoja de papel que había sobre la mesa y comenzó a leer.

—Alan, si estás viendo esto, solo quiero que sepas que estamos todos muy preocupados por ti y que queremos que vuelvas a casa sano y salvo lo antes posible. Por favor, ponte en contacto conmigo o con la Policía Metropolitana para que sepamos que estás bien. O, si alguien sabe dónde puede estar Alan, que por favor informe a la policía.

Acabó de hablar, dejó el papel y miró fijamente a la cámara. Parecía muy incómoda, pero también decidida a no llorar, a no derrumbarse delante de la prensa nacional.

«Esto es culpa mía», se dijo Sarah sintiendo un escalofrío en la nuca. «Lo he propiciado yo. Yo la he sentado en esa silla, en esa sala, con esa gente. Por culpa mía se ha quedado viuda».

Deseó mirar para otro lado, pero no consiguió apartar la vista de la pantalla, de los ojos marrones de Caroline Lovelock, que parecían mirarla fijamente, sin pestañear. La culpa, que la acosaba desde todas direcciones, amenazaba con asfixiarla. Pensó, como muchas otras veces, en *Doctor Fausto*, la tragedia isabelina a la que tantas horas de lectura, análisis y disección había dedicado a lo largo de su vida profesional. Fausto había vendido su alma al Diablo a cambio de éxito terrenal, dinero, poder y conocimiento, sellando el pacto en un contrato escrito con su propia sangre. Y, transcurridos veinticuatro años, el Diablo había vuelto para arrastrar su alma al infierno para el resto de la eternidad.

«Para. Eso no tiene nada que ver contigo. Con tu situación. Lo de Fausto es solo una historia, palabras escritas en una página».

En la pantalla apareció una imagen de la casa de los Lovelock tomada desde el final de la avenida. La periodista seguía hablando, poniendo punto final a su historia, pero Sarah no oía lo que decía.

—Lo siento —musitó.

«Pero lo hecho hecho está».

—¿Qué sientes? —Grace había aparecido de pronto a su lado.

Sarah dio un respingo.

—¡Grace! Casi me da un infarto.

—¿Qué es lo que sientes, mami?

—Nada. Ya pasó.

Grace miró los cubiertos esparcidos por el suelo, la pasta puesta al fuego, que empezaba a quedarse sin agua, y las latas de atún sin abrir.

—¿Ya está lista la cena, mami? Me muero de hambre.

51

El lunes, la noticia estaba ya en todas partes.

En la cafetería no cabía un alfiler, y Sarah tenía la impresión de que, allá donde mirara, los estudiantes que almorzaban en los largos asientos corridos solo hablaban de una cosa: del profesor Alan Lovelock, que llevaba casi una semana desaparecido. Los chicos que hacían cola detrás de ella llevaban cinco minutos intercambiando rumores que habían visto en las redes sociales: que Lovelock había sido suspendido de empleo y sueldo, o detenido, o que estaba en una bacanal en Las Vegas, puesto de cristal hasta las cejas. O quizá las tres cosas, dijo uno de ellos con un dejo de admiración.

—Puede que le haya secuestrado el ISIS —añadió uno de sus amigos riendo.

Sarah reprimió un escalofrío y mantuvo los ojos fijos hacia delante. Por fin llegó a la caja, pagó su sándwich de jamón con ensalada y fue a sentarse junto a Laura a una mesita, al fondo de la cafetería. El lunes era el día que, supuestamente, Laura «trabajaba desde casa», pero cuando Sarah le había pedido que se vieran en el campus para comer y charlar un rato había aceptado de inmediato.

Sarah se sentó frente a su amiga y comenzó a desenvolver su sándwich.

—Gracias por venir.

Laura se inclinó sobre su plato de *fish and chips*. A Sarah no dejaba de asombrarla que pudiera comer como comía y estar tan delgada.

—No hay de qué —contestó—. Bueno, ¿qué opinas?

—¿De qué? —preguntó Sarah.

—Ya sabes, de lo que le ha pasado a tu jefe. ¿Dónde narices se habrá metido? Ha salido en todos los periódicos.

—¿Cómo voy a saberlo yo?

Laura se encogió de hombros y pinchó una patata con el tenedor.

—No digo que lo sepas, solo te pregunto qué opinas. El sábado vi a su mujer en la tele, haciendo ese llamamiento. ¿Qué se cuenta por ahí?

—Es un gran misterio. Nadie sabe nada, en realidad.

—¿No tienes curiosidad?

Sarah dio un bocado a su sándwich y masticó, dándose tiempo para pensar. El sándwich era muy fino, blando y prácticamente insípido.

—Claro que tengo curiosidad. Como todos —contestó sin dejar de masticar.

Su móvil sonó al recibir un nuevo mensaje de texto y ella dio un respingo y puso el teléfono boca abajo sobre la mesa.

—¿Y qué dicen los jefazos?

Sarah se encogió de hombros.

—El decano no suelta prenda. Es como si hubieran hecho voto de silencio. O eso, o es que no saben nada.

—¿Tú crees? —Laura pinchó un trozo de bacalao rebozado y se lo metió en la boca—. Claro que saben algo. Solo que no lo dicen.

—¿Por qué crees eso?

—Porque alguien siempre sabe algo.

Sarah dio otro mordisquito a su sándwich.

—Puede.

—Pero ¿tú no lo estás disfrutando?

—¿Qué? No. ¿Qué quieres decir?

—Me refiero a que ese cerdo no esté por aquí.

—Supongo que sí.

—Sarah, ¿estás bien? No estarás preocupada por Lovelock, ¿verdad?

Ella dejó de masticar.

—¿Por qué iba a estar preocupada?

—Ni idea. Pensaba que estarías dando volteretas de contento, ahora que no está.

—Soy un poco mayor para hacer volteretas.

Laura miró hacia atrás y luego se inclinó hacia ella y bajó la voz para que nadie la oyera.

—¿Crees que está muerto?

Sarah sintió un aguijonazo de miedo en el pecho. Dio otro bocadito a su sándwich, pero le supo a ceniza.

«¿Cuánto tiempo tardará la gente en darse cuenta? Aunque no aparezca el cadáver, tarde o temprano será evidente».

—¿Qué?

—Puede que esté muerto. Como esa gente que se va a las Tierras Altas de Escocia con una botella de Jack Daniel's y cien pastillas de paracetamol y se lo toma todo y se tumba en lo alto de una colina.

«Ojalá», pensó Sarah.

—No le veo capaz de una cosa así.

—Pues es una pena —comentó Laura en voz baja.

—No deberías decir esas cosas. Ha desaparecido.

—Le haría un favor al mundo si desapareciera del todo.

—No digas eso —repuso Sarah.

—Pero es cierto, ¿no? Tú has visto su peor cara, has tenido que aguantarle estos últimos dos años, como otras muchas mujeres. Todo el mundo lo sabe.

—¿Todo el mundo? —repitió Sarah.

Sentía un hormigueo nervioso, le ardía la garganta.

—Es la verdad, ¿no? ¿Qué me dices de esa charla que tuvimos la semana pasada en mi casa? Cuando hablamos de hacer algo malísimo de lo que nadie se enteraría nunca. No me digas que nunca has deseado que le atropellara un autobús.

Sarah meneó la cabeza.

—No. Y no deberías decirle eso a nadie.

—¿Por qué?

—Porque no, ¿vale?

Laura se quedó de piedra con el tenedor a medio camino de la boca. Volvió a dejarlo en el plato.

—Espera un momento, ¿no creerás que sospechan que tú puedes tener algo que ver con su desaparición?

—Lo sospecharán si la gente sigue diciendo que era una de sus víctimas.

—Pero es que lo eras, amor.

Sarah dio una palmada en la mesa y ambas se sobresaltaron.

—¡Ya lo sé, pero la policía lo considerará un móvil!

En torno suyo se hizo un pequeño círculo de silencio. Algunos estudiantes y profesores se volvieron al oír el ruido. Al ver que no era nada, siguieron comiendo.

Sarah se frotó la frente, diciéndose que debía calmarse.

—La policía está buscando sospechosos que tengan un móvil. Y me incluirán en ese grupo si creen que tenía motivos para hacer daño a Alan. —Se arrellanó en la silla, apesadumbrada—. O si piensan que he podido encargar a alguien que le haga daño.

—Perdona, cielo, no quería disgustarte. Pero eso es absurdo, ¿no? Que tú tengas un móvil.

—Puede que la policía no lo vea tan absurdo.

—No creo que debas preocuparte por eso. Porque no estás involucrada, ¿no?

Sarah observó a su amiga un momento tratando de descubrir si sabía más de lo que aparentaba. «Claro que no. Me estoy volviendo paranoica. ¿Verdad?».

—No —contestó por fin—. Pero la policía podría sumar dos y dos y que le salgan cinco.

—No sería la primera vez.

—Escucha —dijo Sarah—, tengo que pedirte un favor.

—Claro. Lo que sea.

—La otra noche, cuando me quedé a dormir en tu casa con los niños, te hice esa pregunta sobre si harías algo si supieras que ibas a salirte con la tuya sin ninguna consecuencia. Ya sabes, algo ilegal.

—Sí, me acuerdo.

—Te agradecería mucho que no se lo mencionaras a nadie.

—Vale.

—Por lo que acabamos de hablar de que la policía podría llegar a conclusiones erróneas.

—Ya. Claro.

—¿Podrás hacerlo?

—Por supuesto. Pero ¿tú no...? —Laura se interrumpió.

—No, claro que no. Pero si la policía se entera de esa conversación, sabe Dios qué pensará.

—Entiendo. —Laura hizo como si se cerrara una cremallera sobre los labios—. Mis labios están sellados.

—Gracias, eres un sol. —Sarah miró ostensiblemente su reloj, se levantó y tiró su sándwich a medio comer en una papelera cercana—. Mira, tengo que volver al despacho. Gracias por venir.

Laura cogió una última patata de su plato y de un mordisco la partió por la mitad.

—Te acompaño hasta el aparcamiento.

Cuando salieron al vestíbulo, Sarah echó un vistazo a su móvil, distraída. Tenía un mensaje de texto de un número desconocido. Había llegado hacía un par de minutos. Lo abrió.

Sé lo que has hecho.

52

A su alrededor, todo pareció enmudecer y alejarse. Se detuvo con la mirada fija en el teléfono. Solo cinco palabras, con el potencial de destruirlo todo.

Sé lo que has hecho.

Le dio un vuelco el estómago, como si cayera por un precipicio.

—Sarah, ¿estás bien?

No pudo responder. Tenía de pronto la garganta tan cerrada que no podía articular palabra.

Laura se acercó como si se dispusiera a echar un vistazo a la pantalla.

—¿Es de Nick?

Sarah apenas consiguió hacer desaparecer el mensaje antes de que lo viera.

—No es nada —dijo con voz estrangulada mientras se guardaba el teléfono en el bolso.

—¿Seguro? Pareces un poco asustada. ¿Estás bien?

—Tengo que irme.

—¿Puedo ayudarte en algo, Sarah?

—Tengo que volver al despacho, de verdad.

Antes de despedirse, Sarah respondió a las preguntas de su amiga con monosílabos y, una vez en su despacho, sacó el móvil y volvió a leer el mensaje. Un escalofrío recorrió su piel.

Sé lo que has hecho.

El remitente era un número que no figuraba en su lista de contactos. ¿De quién era, entonces? ¿Quién podía haberle mandado un mensaje así? ¿Un amigo de Lovelock, quizá, o un colega de la facultad? De pronto se le ocurrió que había otra candidata mucho más probable: Caroline Lovelock, la esposa de Alan. Recordó como la había visto en las noticias hacía un par de días, mirando fijamente a la cámara. Recordó la mirada gélida que les había dedicado a Marie y a ella en la fiesta, hacía un par de semanas. ¿Qué había dicho Gillian Arnold aquella noche? «Incluso recibía mensajes y correos ofensivos de Caroline, su mujer. ¿Os lo podéis creer? Como si todo fuera culpa mía…».

¿Era posible que Caroline sospechara de algún modo que estaba involucrada en la desaparición de su marido? Se le revolvió el estómago y tuvo que hacer un esfuerzo por contener una oleada de náuseas y mala conciencia al pensar en lo que debía de estar pasando su mujer —o su viuda— desde hacía seis días. Respiró hondo tres veces y tecleó con sumo cuidado una respuesta.

¿Quién eres?

Envió el mensaje.

Siguió mirando la pantalla, deseosa de que aquello fuera un error, un mensaje dirigido a otra persona que le habían enviado por equivocación. Era fácil que ocurriera: solo había que equivocarse al marcar.

Pero lo dudaba.

«Sé lo que has hecho».

Pero ¿qué podía saber esa persona? ¿Qué sabía exactamente? Y, sobre todo, ¿cómo lo sabía?

Necesitaba respuestas, pero su teléfono guardaba un terco silencio.

Temblando, escribió otro breve mensaje.

¿Quién es?

No hubo contestación.

Se sentó con la mirada fija en la pantalla y esperó a que llegara la respuesta. Cuando no pudo esperar más, se levantó y se acercó a la ventana, asaltada súbitamente por la idea de que quizá la persona que había enviado aquel mensaje estaba allí fuera en ese momento, observándola.

Recorrió el aparcamiento con la mirada. Los grupitos habituales de alumnos, charlando mientras iban a clase o al sindicato de estudiantes.

No vio a la esposa de Lovelock, ni a ninguna otra persona sospechosa.

Apostada aún junto a la ventana, sostuvo el móvil delante de ella y volvió a abrir el mensaje. Con una vaga idea de lo que iba a decir, seleccionó el número de móvil y pulsó la tecla de llamada.

Tenía que saber quién era aquella persona, cómo había conseguido su contacto.

No podía ser Caroline Lovelock, ¿verdad? Era imposible que se hubiera enterado. ¿No?

De una manera o de otra tenía que averiguarlo. La línea sonó tres veces y luego, con un chasquido, se estableció la comunicación.

Habían contestado.

Sarah contuvo el aliento y aguzó el oído, pero no oyó ninguna voz.

Al otro lado de la línea se oía el leve sonido de una respiración. Se apretó el teléfono contra el oído, intentando oír a su interlocutor.

—¿Hola? —dijo—. ¿Quién es?

La respiración se difuminó hasta acallarse por completo al otro lado de la línea.

—¿Quién es? —repitió Sarah alzando la voz.

Con un chasquido, se cortó la llamada.

53

Al día siguiente, incapaz de afrontar la idea de ir a trabajar, llamó para decir que estaba enferma. Los niños tenían colegio y estaba sola en casa.

Sola con sus pensamientos.

Pensó en ir a casa de Lovelock a hablar con Caroline cara a cara en lugar de quedarse allí sentada esperando a que le enviara otro mensaje amenazador, pero enseguida se dio cuenta de que era una pésima idea por muchos motivos. Dio un brinco cuando oyó sonar el tono del teléfono que anunciaba la llegada de un nuevo mensaje. Con el corazón en un puño, desbloqueó el móvil. Su miedo se tornó en exasperación al ver que era un mensaje de Nick.

Tendríamos que hablar. ¿Los niños están bien? ¿Y tú? Besos.

Hacía más de un mes y medio que se había marchado y no le había devuelto sus dos últimos mensajes. Sarah dejó el teléfono y pensó que quizá contestara y quizá no, pero que desde luego no iba a contestar inmediatamente. Le dejaría con la incógnita un rato, hasta que tuviera claro qué sentía por su marido. Si quería que volviera o no.

Se sobresaltó al oír de nuevo el pitido del teléfono atravesando el silencio de mediodía en la casa sin niños. Evidentemente, Nick no soportaba su mutismo. Estaba segura de que, ahora que había vuelto a ponerse en contacto con ella, seguiría enviándole mensajes hasta que contestara. Agarró el teléfono y desbloqueó la pantalla, resignada a enzarzarse en un largo tira y afloja con su marido.

Era otro mensaje del número desconocido.

Quizá todo el mundo debería saber lo que has hecho.

Miró aquellas palabras casi sin respiración. Con mano temblorosa, tecleó la misma pregunta que había formulado el día anterior.

¿Quién eres?

La respuesta llegó casi de inmediato, pero, como de costumbre, ignoraba por completo su pregunta.

En tu casa, hoy, a la una del mediodía.

Dejó caer el teléfono y se tapó la boca con la mano. Quedaban menos de veinte minutos para la una.

Fuera quien fuese, iba para allá.

Llegó otro mensaje en el instante en que recogía el móvil del suelo.

Si se lo cuentas a alguien, iré a la policía.

Aun así, marcó el número de la policía y dejó en suspenso el pulgar sobre el botón verde de llamada.

Pero ¿qué iba a decirles?: «Pues verá, agente, alguien se ofreció a matar a mi jefe y ahora su mujer, o por lo menos creo que es su mujer, está amenazando con denunciarme. Y va a venir a mi casa dentro de un cuarto de hora. ¿Pueden mandar a alguien, por favor?».

Era ridículo. Naturalmente, no podía llamar a la policía.

Llamó, en cambio, a su padre y oyó sonar la línea un buen rato, hasta que saltó el buzón de voz. Colgó y volvió a llamarle. Esta vez, esperó a que acabara el mensaje del buzón de voz.

—Papá, soy Sarah. ¿Puedes llamarme cuando oigas esto, por favor? Es urgente, muy importante. Gracias.

Colgó, salió corriendo al pasillo y echó la cadena de la puerta.

«Va a venir a mi casa».

Echó un vistazo por las ventanas de delante y de atrás para asegurarse de que no había nadie en la calle, vigilándola. Entró en el cuarto de estar y luego en la cocina, y subió después al dormitorio que daba a la parte delantera de la casa para asomarse a la calle. Volvió a bajar al cuarto de estar, se sentó en el borde del sofá y fijó la mirada en el gran reloj de encima de la chimenea.

«Tienes que estar preparada. Para cualquier cosa».

Regresó a la cocina y sacó el cuchillo más afilado que había en el portacuchillos: uno de deshuesar, de mango negro. Lo sostuvo un momento en la mano y luego volvió a introducirlo en su lugar. Lo extrajo de nuevo, se lo llevó al cuarto de estar y buscó un sitio donde ocultarlo.

«Ahí». Lo colocó encima de la librería, donde no se veía, pero podía alcanzarlo estirando el brazo.

Sacó el cúter de la caja de herramientas, agarró el frío mango metálico y deslizó la hoja un par de centímetros. La cuchilla estaba nueva, pero aun así la probó en la yema del pulgar y se cortó ligeramente. Brotó la sangre y, al chupársela, notó su regusto metálico. Replegó la hoja y escondió el cúter en la cocina, encima de un montón de libros, fuera del alcance de los niños. Repitió el proceso con el atizador de la chimenea, que puso en el suelo junto a su cama.

Pero no sirvió de nada. Se sentía atrapada entre aquellas cuatro paredes.

Tenía que haber alguna otra manera de hacer aquello. No tenía por qué quedarse allí, atrapada en una red, a la espera de que llegara la araña. Agarró su abrigo, su bufanda y un gorro de punto de Nick, sacó las llaves del coche del cuenco de la entrada y, tras mirar una última vez por la ventana, quitó la cadena y abrió la puerta. Miró rápidamente a un lado y otro de la calle —estaba todo despejado— mientras la puerta se cerraba a su espalda. Se subió al coche, salió marcha atrás y lo aparcó al otro lado de la calle, tres puertas más allá de su casa. Se puso el gorro, el abrigo y la bufanda y se hundió en el asiento.

Eran las 12:57.

Faltaban tres minutos para la hora señalada.

Vibró su teléfono: una llamada entrante.

—¿Sarah? —dijo su padre—. Acabo de oír tu mensaje. ¿Pasa algo?

—No, nada, está todo… controlado.

—¿Estás en casa? ¿Quieres que vaya?

Ella miró de nuevo a un lado y otro de la calle. Todo seguía en calma. Desde donde estaba sentada veía a cualquiera que se acercara a su casa antes de que la persona en cuestión pudiera verla a ella. Y, si era necesario, podía arrancar y marcharse antes de que se diera cuenta de que estaba vigilando. Se caló un poco más el gorro.

—No, no hace falta. Pero ¿podrías hacerme un favor? ¿Puedes recoger a los niños en el colegio y quedarte con ellos en tu casa esta tarde?

—Claro, cariño. Puedo darles de cenar, si quieres, y llevártelos a la hora de acostarse.

—Perfecto.

—¿Seguro que estás bien?

—Sí. Gracias, papá.

Se despidieron y colgaron.

La señora Lowry, una vecina, venía por la calle con su pequeño terrier, Buster. Sarah agachó la cabeza y fingió mirar el móvil, intentando pasar desapercibida. Pero ya era demasiado tarde. Notó que la señora Lowry aminoraba el paso y se detenía junto al coche.

Finalmente levantó la vista y bajó la ventanilla.

—Hola, Jean —dijo enérgicamente.

—Hola, querida. —La señora Lowry se apoyaba en su bastón, bien abrigada del viento de noviembre—. ¿Va todo bien?

—Sí, estaba a punto de irme a hacer la compra.

—Ah. —Echó un vistazo por encima del hombro de Sarah para ver si había alguien en la parte de atrás del coche—. ¿Los niños están en el cole?

—Sí. Luego me toca ir a buscarlos.

—Pues hace un frío terrible para estar aquí sentada, en el coche.

—Necesitaba tomar un poco el aire —repuso Sarah confiando en que su anciana vecina captara la indirecta.

Cuanto más tiempo pasara allí la señora Lowry, más posibilidades había de que atrajera la atención sobre ella.

—Pero usted debería entrar en casa. Buster parece aterido.

Lo cierto era que Buster siempre parecía aterido. Daba la impresión de no tener suficiente pelo para cubrirse y estaba siempre tiritando, en verano y en invierno. Su carita bigotuda se contraía con nerviosismo.

«Váyase», pensó Sarah. «Si llega alguien ahora, la verá enseguida. Y luego me verá a mí».

Pero la señora Lowry no captó la indirecta.

—¿Qué tal ese gato tuyo?

—¿Jonesy?

—El rojizo. El otro día estuvo otra vez en mi jardín, haciendo sus cosas en mi parterre de flores. Le dio a Buster un susto terrible.

—Ah. Lo siento. Luego revisaré la valla. —Giró la llave en el contacto como si se dispusiera a arrancar y el motor del Ford Fiesta se puso en marcha con un carraspeo—. Será mejor que vaya a hacer la compra.

—Claro, querida. Hasta luego, entonces.

Sarah se puso el cinturón y miró por el retrovisor lateral mientras la anciana se alejaba lentamente calle arriba, con Buster tiritando a su lado. Cuando la señora Lowry entró en su jardín delantero, ella volvió a subir la ventanilla, se hundió en el asiento y se caló aún más el gorro sobre los ojos. El cielo de primera hora de la tarde estaba cubierto de nubes, y confió en pasar desapercibida con aquella luz.

Pasado un minuto, apagó el motor y volvió a mirar el teléfono. No había más mensajes. Eran ya las 13:04. El visitante misterioso llegaba tarde.

Ajustó la posición del retrovisor interior para ver los coches que subieran por la calle, a su espalda.

Un vehículo de la policía dobló la esquina y avanzó hacia ella.

«Pero ¿qué demonios…? ¿Qué hacen aquí?».

El coche patrulla siguió avanzando lentamente por la calle. Dos agentes uniformados ocupaban los asientos delanteros. ¿Estaban mirando las casas? El que iba sentado a la izquierda parecía hacerlo: volvía la cabeza de izquierda a derecha. Sarah miró de nuevo la pantalla oscurecida de su móvil. Tenía la sensación de estar llamando la atención. Se hundió un poco más en el asiento, ansiosa por evitar el contacto visual con los policías.

Sintió que el coche aflojaba la marcha al acercarse. Estaba casi a su lado. ¿Se iban a parar? ¿Y si estaban allí cuando llegara el visitante desconocido? ¿Pensaría que había llamado a la policía? Clavó la mirada en su regazo y rezó por que el coche patrulla no se detuviera. Un momento después pasó de largo. Lo siguió con la mirada por el retrovisor lateral hasta que, al llegar al cruce, puso el intermitente y torció hacia Abbey Drive.

Sarah dejó escapar un gran suspiro de alivio, apoyó la cabeza contra el asiento y cerró los ojos un segundo.

«Cálmate. Ya has hablado con la policía y lo hiciste bastante bien. No hay nada que te relacione con este asunto, ninguna prueba que pueda conocer el visitante misterioso. Solo tienes que ver quién es. Luego podrás decidir qué hacer a continuación. Si es que aparece».

Se sobresaltó al oír que alguien tocaba el cristal. Abrió los ojos y vio una cara cerniéndose a su lado. Tardó un segundo —un segundo de pura incredulidad, un mazazo de asombro— en darse cuenta de a quién estaba viendo.

Era Alan Lovelock.

TERCERA PARTE

54

Lovelock entró tras ella en la casa, puso la cadena y giró la llave en la cerradura. Siguió a Sarah al cuarto de estar, agachándose ligeramente para no golpearse la cabeza con el marco de la puerta, y corrió las cortinas del ventanal.

La habitación quedó en penumbra y, automáticamente, Sarah hizo amago de encender la luz.

—No —dijo él—. No enciendas. Siéntate en el sofá.

—Cuánto me alegro de que estés a salvo, Alan —dijo ella con toda la convicción de que fue capaz—. Estábamos todos preocupadísimos por ti.

Lovelock desdeñó su comentario con un ademán y se sentó frente a ella en el sillón favorito de Nick, con las largas piernas cruzadas y las manos de largos dedos abiertas sobre los reposabrazos. Sus ojos tenían un brillo extraño en medio de aquella penumbra. Parecían distintos, como si en ellos centelleara algo que Sarah no había visto hasta entonces.

—¿Sabes qué es lo que más me asquea en el mundo, Sarah?

—No, no lo sé.

—La estupidez —contestó él lentamente—. Sobre todo viniendo de una mujer. ¿Y sabes qué es lo que más valoro por encima de todas las cosas?

—¿El prestigio?

—La información. Con la información adecuada, puedes hacer casi cualquier cosa. Puedes conseguir que otras personas hagan casi cualquier cosa. Pongamos por caso que yo supiera que estás involucrada en mi secuestro y encarcelamiento ficticio.

Sarah tuvo la sensación de hundirse en un agua helada. Refrenó un escalofrío.

—Eso no es cierto.

—Que no solo estabas al corriente, sino que de alguna forma lo propiciaste.

—¡No! Te equivocas.

Lovelock se rio: una carcajada áspera, semejante a un ladrido, en la oscuridad del cuarto.

—¿Sabes qué es lo que no me has preguntado ni una sola vez desde que te mandé ese mensaje?

Sarah negó con la cabeza.

Él sacó un teléfono, lo desbloqueó y deslizó con el dedo la lista de mensajes.

—Este teléfono tan estupendo me lo han prestado los chicos de la policía mientras arreglo mis asuntos. Como por lo visto el mío se ha perdido, querían poder localizarme rápidamente. Muy considerado por su parte, ¿no crees? Lo usé para decirte que sabía lo que habías hecho. Tú reaccionaste preguntando quién era, dos veces, pero no preguntaste lo que habría preguntado cualquier persona inocente. No preguntaste qué había querido decir con mi mensaje. No preguntaste qué era lo que, supuestamente, habías hecho. ¿Y eso por qué? Porque ya lo sabías.

—Alan, sé que debes de haber pasado por una situación realmente…

—Y cuando hace un momento he visto la cara que ponías al verme, no me ha quedado ninguna duda. Toda la gente que me ha visto desde ayer por la mañana ha sonreído y se ha reído, encantada y llena de alivio. Mi pobre esposa rompió a llorar cuando le dijeron que me habían encontrado. Tu reacción, en cambio, ha sido única. No has hecho ninguna de esas cosas. Has reaccionado como si hubieras visto un fantasma, como Macbeth viendo el cuerpo decapitado de Duncan en el salón de banquetes. Como si hubieras visto una aparición, a un muerto salido de la tumba. Porque, en lo que a ti respectaba, yo estaba muerto.

Sarah negó con la cabeza mientras trataba de pensar qué podía decir para contradecirle.

—No, eso no es...

—Nadie más se puso en lo peor, ¿sabes? La mayoría dio por sentado que me había largado con alguna joven posgraduada a pasar unos días follando y emborrachándome. Unos pocos pensaron que había sufrido una especie de crisis nerviosa. Pero nadie me dio por muerto. Excepto tú.

—Yo no te di por muerto.

Lovelock se levantó despacio, cerniéndose sobre ella en medio del cuarto de estar en sombras. Se quitó la oscura chaqueta de *tweed*, la dejó caer al suelo y se desabrochó los gemelos de la camisa.

—Claro que sí. Y me he dicho: «¿Por qué mi pequeña Sarah me mira como si hubiera vuelto de la tumba?». ¿Por qué será? A no ser, claro, que sepa algo que los demás ignoran. Algo que hasta la policía desconoce. —Se sentó en el sofá, a su lado, y apoyó la mano tranquilamente en su rodilla—. A no ser que tenga algo que ver con el hombre de la cicatriz.

Ella dio un respingo al oírle mencionar al esbirro de Volkov.

—No sé de quién me hablas.

—No te molestes en negarlo. Se te nota en la cara. La verdad es que creo que te conozco mejor de lo que te conoces tú misma. —Acercó la mano y le puso un mechón de pelo suelto detrás de la oreja antes de que Sarah pudiera apartarse—. Por cierto, mientes fatal. No sé cómo convenciste a ese ruso tatuado para que lo hiciera, lo que le diste a cambio, pero sé que estás involucrada. ¿Dónde le conociste? ¿En un bar? ¿Ofrecía sus servicios en Internet?

—Repito que no sé de quién me hablas.

—¿Cuánto le pagaste? ¿O te lo estás tirando? ¿Es eso?

—Yo no...

—Es eso, ¿verdad? Te estás tirando al tipo de la cicatriz. ¿Sabes?, cuando me secuestró, dijo algo que en un principio no entendí. Fue después de que me ataran y me amordazaran, justo cuando estaban cerrando el maletero del coche. Me miró y dijo algo en ruso. Imagino que pensó que no le entendería.

Lovelock se arrimó un poco más a ella.

—Lamentablemente para ti y para él, pasé un año en la Universidad de Moscú cuando era joven y aún conservo cierto conocimiento del ruso. ¿No quieres saber qué dijo?

—¿Qué?

—*Mílaia molodaia dóktor zheláiet Vam vsegó nailúchshego.* O sea, «la linda doctorcita te desea lo mejor». —Entornó los párpados—. ¿A quién crees tú que podía referirse con eso de «la linda doctorcita»?

—No tengo ni idea. —El corazón le latía tan fuerte en el pecho que le hacía daño—. Podía ser cualquiera, mucha gente.

Lovelock sacudió la cabeza lentamente.

—No lo creo. Y menos si pienso en lo oportuno de todo esto, y en tu reacción a mis mensajes y a mi milagroso regreso de la tumba. Además, tus negativas suenan muy poco convincentes. O sea, que todo encaja.

—Y... ¿qué vas a hacer?

—Bueno, la policía detuvo a ese gorila ruso cuando me llevaba en el maletero, así que supongo que ya no corro peligro por ese lado. Lo pillaron con las manos en la masa, digamos. Le juzgarán e irá a prisión. Puede que les dé tu nombre o puede que no, pero de una cosa estoy seguro: he pasado mucho tiempo hablando con la policía estas últimas treinta y seis horas. ¿Y sabes qué? Que están a esto de detenerte, Sarah —añadió separando el pulgar y el índice el ancho de un pelo.

55

El miedo que se apoderó de Sarah era afilado como una cuchilla, como una esquirla de hielo clavada en su espina dorsal.

—¿Detenerme a mí? ¿Por qué?

—Si no te han detenido aún es solo porque todavía no les he contado lo que le oí decir al ruso. No les he hablado de la «guapa doctorcita» a la que mencionó al decirme adiós. Pero se lo diré, a no ser que empieces a jugar limpio conmigo.

«Jugar limpio». Siempre le habían fascinado los eufemismos que usaba la gente para disfrazar su conducta. Dejó que su mirada se posara en lo alto de la estantería, donde había ocultado el cuchillo de mango negro. Si cruzaba la habitación en dos zancadas podría alcanzarlo y, antes de que Lovelock se diera cuenta de lo que ocurría, podía clavárselo en el pecho hasta la empuñadura, metérselo entre las costillas, alegar defensa propia y…

No. Era una locura. Ya le había deseado la muerte una vez y solo había conseguido pasar de una situación insostenible a otra.

—No es cierto —dijo—. No sé de qué me hablas.

—Si crees que voy de farol, ¿qué te parece si le cuento a la policía lo que sé?

Sarah no se atrevió a mirarle.

—¿Por qué no lo has hecho ya?

—Esto es como el *whist*, querida mía. Tú has echado tu rey y yo he echado mi as. Tú pierdes.

Sarah intentó que el temor no impregnara su voz. «Que no se dé cuenta de que tienes miedo». Pero era imposible.

—Siento lo que te ha pasado, pero no tengo ni idea de qué…

—¡Ya basta! Tú y yo vamos a tener una nueva relación. Una relación en la que tú vas a dejar de decir «no» y vas a empezar a decir «sí». —Se inclinó hacia ella y la agarró del brazo.

Sarah se apartó bruscamente, pero Lovelock la agarró del hombro con la otra mano, impidiéndole moverse.

«Cálmate, cálmate, no permitas que pase esto, no le dejes que…».

—Alan, me estás haciendo daño. Por favor…

Él respiraba agitadamente. Tenía el cuello enrojecido. Sarah estuvo a punto de gritar cuando la agarró del pecho y le pellizcó el pezón con fuerza. De pronto la soltó, le cogió la mano y se la puso sobre su bragueta, apretándola contra su miembro erecto.

—¿Te gusta? —dijo con voz pastosa—. Bien, muy bien.

—Por favor —respondió ella con una vocecilla estrangulada que le sonó detestable—. Por favor, no me hagas daño.

«Papá, te necesito. Nick. Laura. Que alguien me ayude, por favor. Por favor».

Lovelock se inclinó hasta que su boca quedó a escasos centímetros de la oreja de Sarah y ella sintió su aliento caliente y húmedo en la mejilla, y el olor agrio del *whisky*.

—Tú has hecho de esto algo personal. Es culpa tuya. Tú fuiste quien aumentó la apuesta. Así que, aunque me supliques que pare, no voy a parar.

La besó violentamente, raspándole la mejilla con la barba, y la empujó contra el sofá. Sus labios finos dejaron un rastro de baba en su cuello y su oreja cuando Sarah volvió la cara. La agarró de nuevo del pecho y se lo estrujó, pellizcándola dolorosamente por encima de la blusa. El olor penetrante de su sudor era casi sofocante. Sarah sintió que se echaba encima de ella y trató de zafarse. Le palpitaba tan fuerte el corazón que temía que fuera a estallarle. El miedo había pasado de ser una preocupación abstracta y lejana en torno a la policía a convertirse en un terror cegador respecto a lo que estaba a punto de ocurrir.

«Así que así es como va a terminar esto. Va a violarme en mi propia casa, aquí, en mi sofá».

Intentó recordar qué había que hacer para sobrevivir en una situación así. «Obedece. No ofrezcas resistencia. Mantén la calma. No te revuelvas».

—Alan, aquí no, no…

—Cállate. Cállate. Deja de hablar. Ahora hablo yo. Voy a decirte cómo van a funcionar las cosas entre nosotros a partir de ahora. Desde hoy, vas a hacer lo que te diga y cuando te lo diga.

Volvió a besarla, arañándole el cuello con la barba al tiempo que la empujaba con sus manazas contra el respaldo del sofá. Comenzó a manosearla por todas partes, estrujándola, separándole las piernas y apretándole los muslos con tanta fuerza que Sarah supo que después tendría moratones. Sintió que el tiempo se ralentizaba a su alrededor, que todo se reducía a aquel único instante. Estaba paralizada, clavada en el sitio, le pesaban los miembros y el corazón le martilleaba contra las costillas. Cerró los ojos y se volvió, ansiosa por evitar la violencia incipiente que advertía en sus manos.

«Mantén la calma. No luches. Está furioso, solo hace falta una chispa para que estalle».

De pronto cobró conciencia de un arañar en el suelo de parqué. Y de que Lovelock había dejado de besarla.

Abrió los ojos.

Jonesy, su gato rojizo, estaba agazapado en un rincón, gruñendo. Sarah pensó momentáneamente que les gruñía a ellos, pero entonces el gato se dio la vuelta y ella vio que tenía algo grande y gris en la boca. Una paloma de pecho voluminoso colgaba inerte de sus fauces, con un ala desplegada y torcida. Sin dejar de gruñir, Jonesy bajó la cabeza al suelo. Caían gotas de sangre de las plumas de la paloma.

Lovelock aflojó las manos y Sarah aprovechó para apartarse de él en el sofá.

Jonesy depositó el pájaro herido en el suelo.

Inmediatamente, la paloma volvió a la vida y se lanzó contra la cortina cerrada de la ventana con un aleteo frenético, golpeando los muebles con sus alas. Volaron plumas grises por todas partes. Lovelock soltó un grito, alarmado, y levantó las manos para protegerse la cara mientras la paloma se estrellaba contra la cortina sin dejar de aletear furiosamente. Luego, se apartó y fue a posarse en la barra de encima de la ventana.

Jonesy se acercó al pie de la cortina, gruñendo.

«Gracias, gatazo tonto», pensó Sarah. «Gracias, Jonesy. Ahora, que por favor esto se acabe. Que se termine».

Lovelock se acercó a la puerta como si fuera a marcharse. Sarah estaba a punto de dar gracias al cielo cuando la agarró bruscamente por la muñeca.

—Arriba —siseó él—. ¿Dónde está tu dormitorio?

Abatida, Sarah sintió que le fallaban las rodillas y que la debilidad volvía a apoderarse de ella mientras trataba ansiosamente de encontrar una manera de distraerle, de poner fin a aquello. Tenía que ganar tiempo, darle largas. Tenía que dar con alguna excusa para impedir lo que estaba a punto de ocurrir.

—El dormitorio —repitió Lovelock, solo que esta vez no era una pregunta, sino una orden.

Empezó a tirar de ella hacia la escalera.

«Piensa».

—Ahora no —dijo Sarah con voz entrecortada. Estaba a punto de echarse a llorar.

—¿Qué?

—Los niños y mi padre están a punto de volver.

Él soltó un bufido.

—Pues entonces más vale que nos demos prisa, cariño.

Llegó al primer escalón, tirando de ella.

—Por favor, Alan, te lo suplico. Aquí no, en mi casa no. Mis hijos pueden llegar en cualquier momento.

—¿Qué?

—En mi casa no, por favor. Vamos a otro sitio donde no nos molesten. Vamos a tu casa. Voy contigo.

Él se detuvo en el segundo escalón y miró su reloj.

—Caroline está en casa esta tarde.

«Di algo, lo que sea, para que esto pare».

—No me refería a hoy, pero ¿y si nos vemos otra noche? En tu casa.

Lovelock reflexionó un momento.

—Caroline va a ver a su madre este fin de semana. Tendremos la casa para nosotros solos.

—¿El sábado, entonces?

Él sonrió lentamente: una sonrisa feroz que dejó al descubierto sus dientes. Asintió como para sí mismo.

—Sí. Nos veremos una vez por semana, empezando desde el sábado por la tarde. Una vez por semana, todas las semanas, vendrás a mi despacho. Cerraremos la puerta, yo me recostaré en mi sillón y tú te arrodillarás y te pondrás manos a la obra. —Se inclinó hasta situar su cara a escasos centímetros de la de ella. Sarah sintió el hedor de su aliento en las fosas nasales—. O quizá te tumbes boca arriba. O boca abajo. O puede que las tres cosas. Cada semana, hasta que me canse de ti.

Se oyó un estruendo acompañado de maullidos en el cuarto de estar y un momento después reapareció Jonesy con la paloma, que aleteaba aún, atrapada entre sus fauces. Lovelock le lanzó una patada, pero el gato fue más rápido, se escurrió entre los dos y subió al trote la escalera dejando un rastro de goterones de sangre en la moqueta beis.

—El sábado por la tarde —dijo Lovelock por fin, soltando a Sarah, y cerró de un portazo al salir.

56

Sarah no sabía cuánto tiempo llevaba encerrada en el cuarto de baño. Se lavó la cara una y otra vez tratando de quitarse su olor, de eliminar aquella peste de sus fosas nasales. Notaba un martilleo en las sienes y le dolía la garganta de tanto contener los sollozos, pero sabía que, si empezaba a llorar, ya no podría parar.

Se quitó la chaqueta y la blusa, lo echó todo al cesto de la ropa sucia y finalmente abrió la puerta del baño y se fue a su dormitorio a buscar algo limpio que ponerse. Vio entonces el desaguisado que había dejado Jonesy en el descansillo. Los restos de la paloma —la mayor parte de las alas, la cabeza y las plumas, con manchas de sangre y de sabía Dios qué otras cosas— estaban esparcidos por la moqueta descolorida.

—¡Mierda! —gritó en medio de la casa vacía—. ¡Mierda! ¡Mierda!

Buscó una bolsa de plástico, metió la mano dentro y recogió las partes del pájaro que su gato no se había comido. Luego dio la vuelta a la bolsa y la cerró con un nudo. Llenó un cubo de agua, añadió detergente y se puso a fregar de rodillas el descansillo con una esponja, tratando de eliminar los restos de sangre y tripas, pero solo consiguió empapar la moqueta raída de la escalera hasta dejarla de un color marrón oscuro. Aun así, siguió restregando y escurriendo la esponja, una vez y otra, solo por tener algo en lo que ocupar las manos.

Sabía, en el fondo, que estaba haciendo lo que hacía siempre que los problemas amenazaban con asfixiarla: atarearse, mantener la mente ocupada para no pensar en sus preocupaciones. Buscar una distracción y alejar de sí por la fuerza todo lo demás.

Pero ese día no estaba funcionando.

Porque aún notaba el olor agrio de Lovelock en el pasillo, en el cuarto de estar y las escaleras.

Sentía el arañar de su barba en las mejillas y el cuello.

Y una sola idea le rondaba incesantemente por la cabeza, una sola imagen grabada a fuego en su retina: Lovelock inclinado hacia ella, los ojos inyectados en sangre y las mejillas recubiertas de capilares rotos, el índice y el pulgar separados apenas un centímetro.

«La policía está a esto de detenerte, Sarah».

¿Era cierto o solo intentaba engañarla? Y, sobre todo, ¿podía correr el riesgo de intentar averiguar si era verdad o no? ¿Podía desafiarle, acusarle de mentir?

«Intenté solucionar las cosas y he acabado empeorándolas diez veces más».

«Sabe que estoy implicada. Olvídate de conservar tu trabajo, tendrás suerte si no acabas en prisión. Tus hijos corren más peligro que nunca. Y encima, para poner la guinda al pastel, he convertido a Alan en la víctima, he conseguido que la gente se compadezca de él».

Después de lo que había pasado esa tarde, la solución habría sido obvia si se tratara de cualquier otro nombre y las circunstancias fueran otras: acudir a la policía, declarar, presentar una denuncia.

Pero no podía hacerlo tratándose de Alan Lovelock, y menos en esos momentos.

Si antes Lovelock estaba blindado, ahora era absolutamente intocable.

Al darse cuenta de que no podía acudir a la policía, se quedó paralizada. Nunca se había sentido tan sola, tan absolutamente derrotada. Dejó de refregar la moqueta y se derrumbó en el rincón del descansillo.

Sintió que volvían a aflorar las lágrimas y no intentó detenerlas.

Lloró con todo su corazón, hasta quedarse sin aliento, como no lloraba desde que murió su madre, con las rodillas pegadas a la barbilla y la cabeza apoyada en el marco de la puerta. Sacudida por los sollozos, pensó en todo lo que había perdido y en lo que le quedaba aún por perder, y sintió que algo se quebraba por fin dentro de ella. Lloró hasta que notó la garganta en carne viva y le dolió el pecho.

Lloró hasta que no le quedaron más lágrimas.

Perdió la noción del tiempo. Pasado un rato, cuando vio que fuera empezaba a oscurecer, bajó las escaleras despacio, con cuidado. Le dolían los miembros y la cabeza y tenía las mejillas resecas por la sal de las lágrimas. Se sentía enferma y agotada, invadida por una desesperación que no había sentido nunca hasta entonces. Al verse en el espejo de la entrada, no reconoció a aquella desconocida de mirada desquiciada que la observaba con fijeza. De pronto ansió con todas sus fuerzas proteger a los niños de todo aquello, asegurarse de que no la vieran en ese estado. No quería que estuvieran en los lugares donde había estado Lovelock, ni siquiera cerca. Al menos, hasta que hubiera borrado todo rastro de su paso por la casa.

Ella era el único parapeto que separaba a sus hijos de todo el mal que había en el mundo. Y estaba decidida a protegerlos.

Mandó un mensaje a su padre.

¿Pueden quedarse los niños a dormir en tu casa esta noche y que los lleves al cole mañana? Besos.

La respuesta llegó casi de inmediato.

Claro. ¿Estás bien? Besos.

Estaba tan cansada que no consiguió dar con una mentira convincente.

Sí, pero necesito acabar un par de cosas aquí. Tengo un montón de trabajos que corregir. Voy a echar una siesta y luego me pongo con ello. Nos vemos mañana. Dales un beso a los niños. Besos.

Ni siquiera a ella le sonaba creíble. Sabía que su padre la

llamaría en algún momento para comprobar que de verdad estaba bien, pero no quería que la viera así. No quería que nadie la viera así.

Cinco minutos después, llamó su padre. Y, a los cinco minutos, volvió a llamar.

Sarah no contestó.

57

Estaba allí. Venía a por ella. Y no había puerta, ni salida. Estaba en el pasillo, y ella estaba sentada en el sillón, pero en el cuarto de estar de la casa de él, y estaban solos, no había nadie que pudiera socorrerla. No podía moverse mientras él se cernía sobre ella, estiraba el brazo y le metía la mano entre...

Despertó sobresaltada.

Estaba en el suelo del cuarto de estar de su casa, envuelta en una manta. Era más de medianoche. La calefacción se había apagado y la casa estaba fría. Tenía las mejillas mojadas. Había estado llorando en sueños. A su alrededor había un revoltijo de cosas, dispersas como hojas movidas por el viento del otoño: papeles, libros, una copa de vino rota y una botella de vino vacía y volcada, ropa tirada por el suelo, sus viejas agendas, el portátil medio abierto y vuelto del revés. Hojas de papel a rayas cubiertas por una letra garabateada que apenas reconoció como suya. Un marco de fotos con el cristal resquebrajado, álbumes de los niños abiertos por sus páginas favoritas. Su tesis doctoral, encuadernada en tapa dura, abierta y tirada en un rincón.

Le dolía la cabeza, los miembros le pesaban. Se sentía como si tuviera cien años. Pensó que debería comer algo, pero hacía semanas que había perdido el apetito y no lo había recuperado desde entonces.

Abrió otra botella de vino y sacó su teléfono para escribirle un mensaje a Nick.

Te necesito. Necesito hablar contigo. ¿Cuándo vas a volver? Bss.

Escribió tres versiones del mismo mensaje y las borró sin mandarlas. Por fin, tiró el teléfono al suelo, enfadada.

Pensó, como había pensado otras veces, que quizá las cosas serían así a partir de entonces. Que había disfrutado de lo mejor de Nick —de sus mejores años juntos— y que él no estaba dispuesto a darle nada más. Habían pasado por muchas cosas juntos, habían tenido dos hijos preciosos, habían compartido un tramo de sus vidas. Pero quizá ahora Nick formaba parte de su pasado y no de su futuro.

Tal vez no volvería nunca.

Aquella idea la había hecho llorar muchas veces en las últimas seis semanas. Ahora, en cambio, no sintió deseos de llorar. En lugar de tristeza, sintió solo resignación. Como si se hubiera trazado una línea divisoria. Nick la había abandonado en todos los sentidos y no tenía sentido llorar por algo que no podía remediar. Ya no.

Bebió más vino y vagó por la casa arrastrando los pies. Corrió todas las cortinas y comprobó que las puertas y las ventanas estaban bien cerradas. Sacó todos los cuchillos de los cajones de la cocina y los colocó en fila sobre la encimera, de mayor a menor. Rebuscó en el armario de debajo de la escalera hasta encontrar la caja de herramientas de Nick, que estaba casi sin usar, y extrajo de ella más armas para añadir a su arsenal. Por fin, se sentó en el sofá con la botella de vino y se quedó mirando fijamente la chimenea apagada. Veía su cara en la oscuridad. La cara de Lovelock.

No supo cuánto tiempo pasó así. Horas, quizá.

Todavía no había amanecido cuando subió cansinamente al cuarto de baño y abrió el armario de encima del lavabo. En el estante de arriba estaban las cajas de Temazepam que le habían recetado el año anterior, cuando la situación con Lovelock empezó a darle problemas de insomnio.

Sabía por experiencia que normalmente bastaban dos pastillas para que le entrara sueño. Nunca había tomado más.

Sacó todas las cápsulas que quedaban y las contó. Tres blísteres estaban casi llenos: cuarenta y una en total. ¿Cómo se tragaban tantas pastillas? ¿Era mejor tragárselas todas de una vez, a puñados, o de dos en dos? ¿O convenía abrir las pequeñas cápsulas de plástico, verter el polvillo blanco en una cuchara y tomárselo así? ¿O mezclarlo con agua en un vaso, quizá? No, seguramente lo mejor era tomarlas de dos en dos, se dijo. Así una podía contar cuántas se había tomado. Era lo mejor. De ese modo, evitabas vomitar antes de que la dosis hiciera efecto. Llenar un vaso grande de agua, poner las pastillas a tu lado e ir tragándolas de dos en dos. Dos, dos y otras dos... Y luego tumbarse y dejar que las cosas siguieran su curso.

Adiós a Lovelock. A la policía. Y al miedo.

«Una vez por semana, todas las semanas. Yo me recostaré en mi sillón y tú te pondrás de rodillas».

Llenó un vaso grande de agua del grifo, dio la vuelta a los blísteres y fue sacando las cápsulas. Las sostuvo en la mano: cuarenta y un minúsculos torpedos de color naranja, con poder suficiente para hacer que se olvidara de todo. No parecían gran cosa, así amontonadas. Buscó un paño limpio y las puso encima, ordenándolas por pares. Dos, dos y dos. Mejor así. Sacó el teléfono del bolsillo de su bata y comprobó que estaba apagado.

Se tragó dos cápsulas con un sorbo de agua. Luego, tiró las demás al váter.

Cerró la puerta del armario y se miró fijamente en el espejo hasta que no pudo soportarlo más. Después se fue a su cuarto arrastrando los pies, se dejó caer en la cama y logró a duras penas taparse con el edredón antes de quedarse dormida.

Seguía allí, acurrucada y sumida en un sueño exhausto, cuando su padre entró en casa horas después.

58

Su padre le llevó té al sofá, donde Sarah estaba recostada mirando la tele sin verla, con el volumen apagado. Se sentía vacía por dentro, agotada por el llanto. El cansancio la envolvía como un sudario.

—¿Los niños están bien?

—Sí. Acabo de dejarlos en el colegio.

—Gracias, papá.

Él se sentó en el borde del sofá y le pasó la taza humeante.

—Sarah, ¿te acuerdas de cuando tenías siete años y escondiste tus Barbies por la casa porque tus hermanas entraban en tu cuarto y te las quitaban?

—Reñíamos muchísimas veces por las dichosas muñecas.

—Estabas muy orgullosa por haber conseguido salirte con la tuya por una vez. Una semana después, un día volví del trabajo y estabas llorando a moco tendido porque habías olvidado dónde tenías escondidas las muñecas. ¿Te acuerdas?

Sonrió ligeramente al acordarse.

—Recuerdo que escribí una lista con todos los escondites en tinta invisible. Y que luego perdí el papel.

—Tuve que buscar las muñecas. Registré la casa de arriba abajo, pero las encontré todas, ¿verdad?

—Todas, sí.

Su padre le dio unas palmaditas en el tobillo.

—Sarah…

—¿Sí?

—Quiero enseñarte una cosa.

—¿Qué?

—Ven. Levántate, hay que ponerse en pie.

Apagó la tele y Sarah se levantó del sofá con un gemido. Siguió a su padre hasta la cocina, donde él le señaló la mesa. Dispuestas sobre ella, en fila, estaban las armas que había escondido por la casa: el cuchillo de deshuesar, el atizador, el cúter.

—Parece que se te han traspapelado algunas cosas por la casa, cariño.

Sarah sintió que volvían a saltársele las lágrimas y tragó saliva.

—Era para defenderme.

—¿Para defenderte de quién?

—No te lo puedo explicar. Lo siento.

Su padre se quedó pensativo un momento y pareció decidir no presionarla.

—Está bien. Pero ¿puedes decirme si esta vez también las he encontrado todas?

—Sí. Solo eran esas tres cosas.

—¿Y si las hubieran encontrado Harry o Grace? —preguntó él con suavidad.

—Las puse en alto para que no las alcanzaran. Me aseguré de que no pudieran cogerlas.

—Mmm. —Su padre asintió lentamente—. Siéntate un minuto, Sarah.

Ella hizo lo que le decía y tomó asiento frente a él, preguntándose si debía contarle la verdad. Toda la verdad. No sabía cómo explicarle lo de las armas que había escondido por la casa, lo del hombre cuyo regreso temía, y lo que ese hombre podía hacer. La sensación de absoluta indefensión que se había apoderado de ella al verle en su casa por primera vez.

Agarró con las dos manos la taza de té y bebió un trago. El té estaba caliente y dulce. Se alegró de que llevara azúcar, aunque solía tomarlo solo.

—Gracias.

—Estoy preocupado por ti, Sarah.

Ella no dijo nada.

—Creo que va siendo hora de que me digas qué está pasando.

Sarah negó con la cabeza, recordando las palabras de Volkov. «No se lo diga a nadie».

—No puedo.

—¿No puedes o no quieres?

—Ojalá pudiera, papá. De verdad.

El silencio se prolongó entre ellos un minuto, hasta que por fin él se sentó a su lado y la abrazó. Estuvieron así un rato. Luego, él la soltó y se acomodaron ambos en sus respectivos asientos.

Su padre bebió un largo trago de té.

—¿Sabes?, puede que esto te sorprenda, pero después de que muriera tu madre hice una cosa terrible.

Sarah le miró por si estaba bromeando.

—¿Qué? —preguntó con un encogimiento de hombros—. ¿Qué hiciste?

—No se lo he contado nunca a nadie, así que tienes que prometerme que me guardarás el secreto.

—Te lo prometo.

—Sobre todo, no se lo cuentes a tus hermanas.

—Claro.

—Ni a Laura, ni a ninguna de tus otras amigas o tus compañeros de trabajo.

Ella frunció el ceño con nerviosismo.

—Muy bien —dijo despacio.

—De acuerdo. Después de que muriera tu madre… —Titubeó, pero solo un segundo—. Pasé seis meses planeando cómo matar a un hombre.

59

Sarah tosió y estuvo a punto de derramar su té.

—¿Qué? No, qué va. ¿Qué estás diciendo?

—Es la verdad.

—No seas tonto, papá. ¿Cómo ibas tú a matar a nadie?

—Lee Goodyer.

Ella levantó la vista bruscamente. Hacía años que su padre no hablaba del accidente. Hablaba a menudo de su difunta esposa —de la madre de Sarah—, pero no sobre las circunstancias de su muerte. Ya no. Y ella jamás le había oído pronunciar el nombre de la persona que le había arrebatado a su mujer: Lee Goodyer, un vendedor de treinta y dos años cuyas prisas por llegar a su siguiente cita habían acabado en tragedia. Goodyer adelantó temerariamente a un camión en una carretera nacional para ganar unos minutos. La madre de Sarah, que venía en sentido contrario, se vio obligada a dar un volantazo para esquivarlo. Calculó mal y chocó contra otro camión que venía por el otro carril.

Murió en el acto.

El jurado declaró a Goodyer culpable de conducción temeraria con resultado de muerte y el juez le condenó a cuatro años de prisión.

—Cumplió dos años, por buen comportamiento —dijo Roger con amargura—. Dos puñeteros años por segar una vida. No era suficiente, no era suficiente ni de lejos. Así que, en cuanto le metieron en la cárcel, empecé a planear lo que iba a hacer.

—Te replegaste en ti mismo por completo. Pensé que estabas llorando la muerte de mamá.

—Y así era. Pero canalicé mi pena ideando un plan.

Sarah meneó la cabeza, incapaz aún de creer lo que acababa de reconocer su padre. Era su padre, a fin de cuentas: un hombre que había trabajado toda su vida en el sector de los seguros marítimos y al que nunca habían puesto ni una multa por exceso de velocidad.

—Santo Dios, papá. ¿Qué ibas a hacer?

—Tenía varios planes distintos. En todos ellos me habrían pillado, seguramente, pero en aquel momento no me importaba. Ya me había pasado lo peor que podía pasarme, así que ¿qué más daba que me cogieran? Compréndelo: estaba tan enfadado que sentía que la rabia era lo único que me quedaba después de que muriera tu madre.

—Nos tenías a nosotras. A Lucy, a Helen y a mí.

—Lo sé, lo sé. Fui un idiota. Pero tus hermanas y tú erais mujeres hechas y derechas, ya no dependíais de nosotros. Tu madre y yo estuvimos treinta y tres años casados y ese hombre la mató por ganar unos minutos. Pasó dos años en la cárcel y luego le dejaron salir para que siguiera disfrutando del resto de su vida. Yo quería que pagara por lo que había hecho. Que pagara de verdad.

Sarah miró a su padre, el mejor hombre que conocía, y vio que tenía los ojos anegados en lágrimas. Se inclinó y le abrazó, frotándole la espalda como si consolara a un niño.

—¿Qué te hizo cambiar de idea?

Él se apartó y sonrió. Una lágrima corrió por su mejilla.

—Tú.

Sarah arrugó el entrecejo, buscó un pañuelo de papel en su bolsillo y se lo dio.

—¿Yo? ¿Y se puede saber cómo lo hice?

—Puede que no fueras tú exactamente. Puede que fuera Grace.

—Pero Grace ni siquiera había nacido cuando murió mamá.

—La primera vez que vi a Grace en el hospital, la primera vez que la cogí en brazos —dijo él enjugándose los ojos—, supe que tenía que tomar una decisión. Si me vengaba de aquel hombre, era muy probable que me cogieran y que acabara en la cárcel. No vería crecer a Grace, y quizá mi nieta no sabría quién era yo. Todos los planes que había tramado, todo lo que pensaba hacerle a Goodyer, las listas, los mapas, las fotografías y toda la información que recabé… Lo puse todo en la chimenea y lo quemé esa misma noche. Luego me cogí una buena borrachera. Y por la mañana os llevé a las dos a casa desde el hospital.

—¿En serio pensabas hacerle algo a Lee Goodyer cuando saliera de prisión?

—Sí, absolutamente. Pero Grace me salvó. Tú me salvaste al darme a mi primera nieta, aunque fuera un poco antes de lo que tenías previsto. —Su padre sonrió.

Sarah meneó la cabeza.

—Yo no puedo salvar a nadie. Ni siquiera puedo salvarme a mí misma. —Le miró, miró a aquel hombre amable y bueno que era su padre y le vio con nuevos ojos—. ¿Por qué no me lo habías contado hasta ahora?

Él se encogió de hombros.

—No se lo había contado a nadie.

—¿Y todavía quieres vengarte?

—Quise durante años. Pero Grace me mantuvo en el buen cambio. Y luego Harry.

—¿Y ahora?

—El caso es que yo pensaba que vengarme de Goodyer haría que me sintiera mejor. Hacerle daño. Incluso matarle, quizá. Pero eso no habría hecho retroceder el reloj, no me habría devuelto a tu madre. Yo sabía que tenía que desprenderme de la rabia o, al final, me consumiría por completo.

—¿Por qué me lo cuentas ahora?

—Porque tuve que aprender a pasar página, a enfrentarme a la vida tal y como era, en lugar de como yo quería que fuera. —La señaló con el dedo—. Igual que tú. Y ahora que ya sabes mi secreto, es hora de que me cuentes el tuyo.

60

—No puedo contártelo —dijo Sarah—. No puedo.

—Yo te he contado el mío. No creo que sea peor que eso: yo, vengando la muerte de tu madre.

Ella se rio, pero sin ganas.

—Quizá te sorprenderías, papá.

—A mi edad, cariño, ya nada me sorprende.

—Si te lo cuento, alguien podría salir malparado.

Su padre señaló la panoplia de armas expuesta sobre la mesa de la cocina.

—Me da la impresión de que alguien va a salir malparado de todos modos.

—Me refiero a los niños. Los niños podrían sufrir algún daño.

Roger se enderezó en el asiento.

—¿Te están amenazando? ¿Están Harry y Grace en peligro?

—No, si guardo el secreto.

—¿Qué secreto? ¿A qué te refieres? Creo que deberíamos llamar a la policía.

Ella le puso una mano en el brazo.

—¡No, papá! No. A la policía, no.

—Pues cuéntamelo.

Sarah miró a su querido padre, vio la preocupación reflejada en su semblante. El cariño de su mirada. Y sintió que volvían a asaltarla las lágrimas, que le escocían los ojos antes de que cediese al llanto. Empezó a sollozar, respirando agitadamente, dando rienda suelta a semanas y semanas de emociones reprimidas.

—Lo he liado todo, papá —dijo entre sollozos—. Se ha torcido todo y es culpa mía.

Su padre la abrazó con fuerza.

—¿Qué se ha torcido, Sarah?

—Todo.

Él aguardó un momento. Luego dijo en voz baja:

—Yo lo único que sé es que no puedes seguir como estas últimas semanas. Y esta no es forma de vivir —añadió señalando otra vez los cuchillos—. Así que, ¿por qué no me lo cuentas, Sarah?

—Tienes que prometerme que no se lo dirás a nadie. Nunca. Ni a Helen, ni a Lucy, ni a mis amigas, ni a nadie del trabajo. Y menos aún a la policía.

—Te doy mi palabra.

—Júramelo. Por la vida de tus nietos.

Él se lo pensó un momento. Luego, por fin, asintió.

—Juro no contárselo a nadie.

Sarah apoyó la cabeza en su hombro.

—He hecho algo malo, papá. Algo muy malo. Y ahora todo se está viniendo abajo. Las cosas se complican cada vez más y no sé qué hacer para que esto pare.

Se sentaron a la mesa de la cocina y le contó la historia desde el principio: le habló de la conducta de Lovelock durante los dos años anteriores, de las reglas y de hasta qué punto se le había hecho imposible trabajar con él. Le dijo que Lovelock se había negado a darle el ascenso y que pensaba echarla del departamento. Le habló de Volkov y de su oferta y de lo que había sucedido desde aquella llamada telefónica, hacía dos semanas.

Su padre no la interrumpió, la dejó hablar. Finalmente, al acabar su relato, Sarah vio que tenía lágrimas en los ojos. En más de treinta años, pocas veces le había visto realmente enfadado. Dos o tres veces, quizá, en todos esos años. Su padre era el pragmático, el prudente, el corredor de seguros que reaccionaba lógicamente ante cualquier situación.

Ahora, sin embargo, estaba enfadado. Despedía ira en oleadas.

—Santo cielo, Sarah. Me dan ganas de ir a matar a ese cabrón con mis propias manos.

Otra cosa que rara vez hacía su padre era decir palabrotas.

Sarah le pasó un pañuelo de papel y cogió otro para ella.

—No sé qué hacer, papá. No puedo solucionar esto, ni hacer que desaparezca. Las cosas se ponen cada vez peor.

—¿Por qué no me lo has contado antes? Podría haberte ayudado.

—Te habrías preocupado y no quería. Quería que estuvieras orgulloso de mí, de lo que había conseguido.

—Estoy orgulloso de ti. Más orgulloso de lo que puedas imaginarte.

—Solo quiero arreglar las cosas. Quiero saber cómo arreglarlas.

Roger se quedó callado un momento, con la mano apoyada sobre la de Sarah en medio de la mesa. Luego se levantó y preparó más té para los dos.

—Seguro que se nos ocurre algo —dijo por fin. Volvió a la mesa y le dio otro abrazo—. Pero primero tenemos que saber qué alternativas tienes. Dame unas horas para pensarlo.

61

Sarah siguió a la inspectora detective Rayner por el laberinto de pasillos de la comisaría de Wood Green, hasta que llegaron a una puerta sencilla, sin más distintivos que un panel electrónico. La inspectora marcó una serie de números y la puerta se abrió con un chasquido. Rayner giró el pomo y la abrió. Sarah entró tras ella.

La inspectora Rayner la había llamado para pedirle que se pasara por comisaría antes de ir al trabajo. «Solo serán veinte minutos, aproximadamente», le había dicho, sin explicarle para qué quería que fuera. Se sentaron frente a frente, con una mesa de metal gris en medio, en una sala blanca escuetamente amueblada.

—Gracias por venir habiéndola avisado con tan poca antelación —dijo la inspectora—. Imagino que ya sabrá que su colega ha aparecido sano y salvo.

—Sí, ya me he enterado —contestó Sarah con una sonrisa forzada—. Una noticia estupenda.

—¿Se encuentra bien? Parece un poco pálida.

—Sí, claro. Es solo que estoy aliviada. Pensábamos todos que Alan… En fin, pensábamos que le había pasado algo.

—¿Como qué?

Su pregunta sorprendió a Sarah.

—No sé. Supongo que, como nadie tenía noticias suyas, nos pusimos en lo peor.

—¿Por algún motivo en particular?

—No, claro que no. Pero era muy impropio de él no dar señales de vida.

La inspectora la observó un momento antes de continuar.

—Como le decía, esto es confidencial, de modo que le agradecería que fuera discreta. Según la información que obra en nuestro poder, el profesor Lovelock podría haberse convertido en blanco de una organización mafiosa rusa, por razones que desconocemos por el momento.

Sarah sintió que un escalofrío recorría su piel.

—Entiendo —dijo—. ¿Qué les hace pensar eso?

—Permítame mostrárselo. —La inspectora Rayner la condujo a una ventana alargada que había en la pared de enfrente y Sarah vio que en realidad era un falso espejo que daba a la habitación contigua—. ¿Ha visto alguna vez a ese hombre?

Al otro lado del cristal estaba sentado el hombre de la cicatriz.

Sarah le miró con fijeza. Parecía tranquilo. No llevaba chaqueta y las mangas de su camisa, enrolladas, dejaban ver una serie de abigarrados tatuajes en ambos brazos, mezcla de símbolos religiosos y de otras cosas que Sarah desconocía.

Las preguntas se le agolparon en la cabeza, haciendo que se le acelerara el pulso.

«¿Qué sabían? ¿Qué les había dicho ya aquel hombre?».

En su cabeza resonaba, ante todo, la amenaza de Lovelock el día anterior: «La policía está a esto de detenerte, Sarah».

La inspectora se removió a su lado.

—¿Doctora Haywood?

Mientras Sarah le observaba, el hombre de la cicatriz se volvió lentamente en la silla y pareció fijar los ojos en ella. Sarah apartó la mirada rápidamente.

—¿Puede vernos?

—No. Es un cristal espejo. Tampoco puede oírnos. Estamos hablando con diversas personas de su departamento por si alguien ha visto a este sujeto en el campus en las últimas semanas.

Sarah respiró hondo y procuró modular su voz. «Piensa», se dijo.

—¿Quién es?

—De momento no lo sabemos. No llevaba documentación cuando fue detenido, solo un montón de dinero, y en nuestra base de datos no hay nada que permita identificarle, ni huellas dactilares ni registros de ADN. Tenemos indicios, no obstante, de que puede estar relacionado con la mafia rusa. Los tatuajes lo confirman. Es posible que esta persona vigilara los movimientos del profesor Lovelock durante los días previos a su secuestro. Parece probable que haya alguna conexión, algo o alguien que vincule al profesor con este sujeto, solo que de momento no sabemos cuál puede ser ese vínculo. ¿Le reconoce usted?

Sarah hizo un esfuerzo consciente por mirar al hombre de la cicatriz como si lo viera por primera vez. Él miraba ahora la pared de enfrente con semblante inexpresivo.

«El hecho de que le vieras no prueba nada».

—Sí, creo que sí. Es el hombre al que vi hace un par de semanas. Informé de ello en su momento.

La inspectora Rayner hojeó un dosier que tenía en la mano.

—Le preocupaba que fuera un acosador.

—Sí.

La inspectora señaló al hombre sentado al otro lado del cristal.

—¿Está segura?

—Creo que sí. ¿Qué ha hecho?

—Bueno, es posible que no la estuviera siguiendo a usted, sino al profesor Lovelock.

—Entonces, ¿está implicado en lo que le pasó a Alan?

—Sí. Esto es confidencial, desde luego.

—Desde luego. —Sarah se puso la mano bajo la barbilla—. Dios mío. ¿Cómo le han cogido?

—De pura chiripa, en realidad. Le dio el alto un agente de tráfico por utilizar el teléfono móvil mientras conducía. Le hizo parar en la cuneta y, mientras estaba hablando con él, el agente oyó ruidos procedentes de la parte de atrás del vehículo. Abrió el maletero y vio a su compañero allí metido, atado, amordazado y con los ojos vendados. Eso fue cinco días después de su desaparición, y aún no sabemos por qué le secuestraron. Cabe la posibilidad de que pensaran pedir un rescate en algún momento. Todavía no estamos seguros.

—Qué horror —dijo Sarah, intentando parecer impresionada—. ¿Y qué ha dicho él?

—¿El sospechoso? Nada de momento. Se queda ahí sentado, como una piedra. Pero al final hablará. —Pasó otra página de su dosier—. Entonces, ¿diría usted que el profesor Lovelock tenía enemigos?

—¿Enemigos? —repitió Sarah.

—Gente que quisiera hacerle algún daño.

—Debe de tener rivales académicos, supongo. Gente con la que haya competido por becas y esas cosas. Y es posible que haya personas dentro de la comunidad universitaria que no hablen muy bien de él. Pero enemigos, lo que se dice enemigos, no.

—¿Cree que alguno de esos rivales podía desear su desaparición?

Sarah fingió pensar un momento. Luego negó con la cabeza.

—No creo. ¿Hay algo que lo indique?

—Estamos investigándolo, pero también estamos investigando otras hipótesis, como el secuestro para pedir rescate, habida cuenta de que el profesor es un hombre acaudalado, tanto por su familia como por sus ganancias personales. Pero, al parecer, nadie tiene nada malo que decir sobre él.

«Quizá debería hablar con Gillian Arnold».

—Seguro que no.

Sarah sintió la mirada de la detective fija en ella.

—Bien, tengo entendido que tuvo usted una discusión con el profesor Lovelock recientemente, en una reunión. Algo relacionado con una posible fuente de financiación en Estados Unidos.

—No fue una discusión. Solo un pequeño desacuerdo.

—Pero no le agradó a usted cómo manejó él la situación.

—Yo no diría eso…

—Le acusó de ser un tramposo y un embustero. Se quejó de él a su superior.

—¡Yo no dije eso!

—¿Pero sí algo parecido? Es lo que me han dicho.

—No es cierto.

—¿Está segura?

Sarah respiró hondo y dejó escapar el aire lentamente. En un rincón de su cerebro, algo hizo clic: dos, tres, cuatro datos se juntaron y encajaron como piezas de un rompecabezas. Ahora que veía el conjunto, le asombraba no haberse dado cuenta antes.

«Dios mío. Oh, Dios mío. ¿Cómo he podido tardar tanto en descubrirlo?».

La inspectora Rayner se inclinó hacia ella.

—¿Doctora Haywood? —dijo—. ¿Está segura?

—Perdone. Sí, la verdad es que me llevé una desilusión. Esperaba que el profesor Lovelock dejara que me ocupara sola de ese asunto, pero al final se hizo cargo él.

—Supongo que debió enfadarse.

—Al principio sí. Pero no era para tanto. Todo el departamento saldrá beneficiado si Alan consigue esa beca. Nos vendrá bien a todos, a la universidad entera. —De pronto la asaltó una idea—. ¿Debería buscarme un abogado?

—Eso depende enteramente de usted —contestó la inspectora Rayner antes de beber un sorbo de té—. A ninguno de sus compañeros le ha parecido necesario hasta el momento, pero puede hacerlo si lo desea. Esto no es un interrogatorio formal. Solo intentamos averiguar si existe algún vínculo entre el caballero de la cicatriz y la universidad. Pero, ya que lo menciona, hay también otra cosa.

—¿Cuál?

—Una llamada telefónica.

62

Sarah sintió una opresión en el pecho.

—Cuando detuvieron al sospechoso —explicó la inspectora Rayner—, llevaron el vehículo a nuestro depósito para registrarlo minuciosamente. El maletero en el que fue hallado su colega estaba completamente forrado con plástico desechable, presumiblemente para que no quedaran restos del ADN de la víctima. Los técnicos forenses no encontraron nada útil en el coche propiamente dicho. En cambio, hemos conseguido localizar pruebas útiles basándonos en el atestado del agente que efectuó la detención.

—¿Pruebas de qué?

—El agente informó de que el sospechoso estaba mascando enérgicamente cuando se acercó a él. Después descubrimos que a los dos móviles que tenía en su poder les faltaba la tarjeta SIM.

—¿Se las había comido?

—Las había masticado y se las había tragado, sí. Pero hemos podido recuperar los fragmentos, mejor que no sepa cómo. Las tarjetas SIM de nueva generación son mucho más resistentes de lo que pueda pensarse. Los chicos de nuestro laboratorio han podido extraer parte de los datos de una de las tarjetas y hemos analizado las llamadas y los mensajes de texto, la procedencia de las llamadas, el número desde el que se efectuaron, etcétera.

Sarah se estremeció involuntariamente. ¿Estaba jugando con ella la inspectora de policía?

«Saben que fuiste tú. ¡Lo saben!».

—Ese número solo recibió una llamada —prosiguió la inspectora Rayner—. Solo una. Una llamada de veintinueve segundos emitida a través de una antena de telefonía móvil situada al este del campus de su universidad. Cinco días antes de que desapareciera el profesor Lovelock.

Sarah se dijo que debía calmarse.

—Ah. ¿Y quién la hizo?

—Se efectuó desde otro teléfono móvil de prepago. Aún no hemos encontrado el teléfono, pero estamos rastreando el número en estos momentos y lo localizaremos en cuanto vuelva a utilizarse.

Sarah vio como en un fogonazo el móvil envuelto en una bolsa de plástico y lastrado con piedras, hundiéndose en el estanque de Hampstead Heath mientras sus hijos daban de comer a los patos.

—¿No pueden localizar al propietario a través de la empresa de telefonía o algo así? —preguntó, procurando que su voz sonara firme.

—No es tan sencillo tratándose de un teléfono de prepago. Pero al menos tenemos una conexión clara entre el número del sospechoso y el campus de la universidad.

Sarah sintió que se le revolvía el estómago. Tenía la boca seca. Se humedeció los labios.

—Eso es bueno, ¿no? Quiero decir que es un avance.

—Podría ser el vínculo que estamos buscando. Parece muy improbable que el sospechoso tuviera contacto con alguien de la universidad por otros motivos. De ahí que le haya preguntado si el profesor Lovelock tenía algún enemigo.

—Pero durante el curso hay miles de estudiantes y profesores en el campus.

—¿Dónde se encuentra su edificio dentro del recinto del campus?

—¿Mi despacho?

—Sí.

—En la Facultad de Artes, en el lado norte del campus.

—Pero ¿aparca a veces en el lado este?

—¿Cómo dice?

—A veces aparca en el lado este del campus. Junto al edificio de Ingeniería.

Sarah tomó aliento.

—Sí, a veces. Con frecuencia no hay sitio cerca de mi despacho cuando llego a la facultad y el aparcamiento de Ingeniería es el más grande.

—Fue desde allí desde donde se efectuó la llamada. A las 17:27 de la tarde, o sea, al final de la jornada lectiva. Por alguien que iba a coger su coche para volver a casa, quizá.

—Ya.

—Hemos solicitado las grabaciones de las tres cámaras de seguridad que hay en ese lado del campus. A ver qué nos dicen.

—¿Qué área cubre esa antena de telefonía?

La detective se encogió de hombros.

—Un radio bastante amplio. La mitad del campus, quizá, y también la zona de viviendas que hay al otro lado de la carretera de circunvalación.

—Mucha gente, entonces.

—Aun así, es una de nuestras líneas de investigación. ¿Le suena de algo el siguiente número?

Leyó en voz alta un número de once dígitos, dos veces, mirándola de vez en cuando para observar su reacción.

Sarah sacudió la cabeza con premeditada lentitud, de forma que pareciera lo más natural posible.

—No me sé de memoria muchos números de teléfono, pero ese no me suena de nada.

Recordó con una súbita efusión de adrenalina que había escrito el número de Volkov en un pósit antes de tirar el teléfono al río. Ese pósit seguía dentro del bolsillo de su monedero, pegado a un librillo de sellos de correos. Y su monedero estaba en su bolso, que ahora descansaba al borde de la mesa, a unos treinta centímetros de la mano izquierda de la inspectora.

Miró ostensiblemente su reloj.

—Lo siento, pero de verdad tengo que marcharme. Doy un seminario a las diez. ¿Puedo irme?

—Claro —contestó la inspectora Rayner sosteniéndole la mirada—. Gracias por venir con tanta urgencia. Si se acuerda de algo, de cualquier cosa que le parezca relevante, llámeme. Cualquier cosa que crea que debamos saber.

Sarah asintió en silencio y se levantó. Confiaba en que sus piernas temblorosas no la traicionaran al salir.

63

Después del seminario, se retiró a su despacho y se quedó sentada, muy quieta y callada, con la puerta cerrada con llave y las luces apagadas para que nadie llamara a la puerta y la molestara. Su almuerzo —un sándwich de queso— descansaba intacto sobre la mesa, a su lado. No tenía apetito. Solo quería estar sola, tener un rato para pensar en su situación. En lo que debía hacer a partir de ese momento. No podía quitarse de la cabeza la conversación que había tenido con su padre la noche anterior, la calma, el método con que él había diseccionado racionalmente sus alternativas. Había sido un alivio compartir esa carga con él, contarle su secreto, pero ahora sabía que tenía que decidir qué camino tomar para...

Alguien llamó suavemente a la puerta del despacho. Un instante después, oyó la voz sofocada de una mujer.

—¿Sarah?

Se quedó paralizada, confiando en que la persona del otro lado de la puerta se marchara.

—¿Estás ahí? Soy Marie.

Sarah permaneció completamente inmóvil.

Marie volvió a llamar, más fuerte esta vez, y añadió:

—Sé que estás ahí.

Por fin, con un suspiro, se levantó y abrió la puerta.

Marie estaba en el pasillo con una tartera en una mano y su móvil en la otra.

—Hola —dijo—. ¿Te vienes a comer?

—Creo que voy a comer aquí, en la mesa.

—¿Te importa si te acompaño?

—No, claro. —Abrió un poco más la puerta y Marie tomó asiento en una silla plegable encajada en el rincón, entre dos montones de libros.

Sarah cerró la puerta y volvió a su mesa.

—¿Estás bien? —preguntó Marie—. Pareces un poco aturdida. Esto está muy oscuro. ¿Se ha fundido la bombilla?

—Me duele la cabeza, eso es todo. Anoche no dormí muy bien.

—¿Harry ha vuelto a tener esa pesadilla?

—¿Qué pesadilla?

—La del hámster gigante.

Sarah tardó un momento en recordar a qué se refería su compañera: durante un periodo de una semana, en verano, su hijo se despertaba al menos tres veces cada noche, convencido de que había un hámster gigante debajo de su cama.

—Ah, sí —mintió—. Esa.

Marie le quitó la tapa a su tartera.

—Bueno, ¿qué opinas?

—¿De qué?

—De Alan.

Se removió inquieta en su asiento. «¿Qué sabía Marie? ¿Qué sospechaba?».

—¿En qué sentido?

—¿Qué crees que le pasa?

Sarah intentó componer una sonrisa, pero no lo consiguió.

—¿De cuánto tiempo dispones?

Marie soltó un resoplido y pinchó un poco de pasta vegana con el tenedor.

—Sí, ya, pero me refiero a desde que volvió de… lo que le pasara.

—El secuestro.

—Está distinto. Igual, pero distinto.

—¿Te refieres a que es peor que antes?

Marie asintió.

—Es como si… se hubiera desquiciado un poco, como si se le hubiera ido la olla. Yo creo que ha vuelto demasiado pronto al trabajo.

—Lleva mucho tiempo desquiciado, Marie. Lo que pasa es que la mayoría de la gente no se daba cuenta.

—Ya lo sé, pero ahora parece más loco que antes. Más incontrolable, como si hubiera subido a tope sus peores características y ahora no supiera cómo volver a bajarlas.

Sarah cogió su sándwich y lo contempló un momento. Luego volvió a dejarlo.

—Supongo que es lógico que te afecte que un ruso te secuestre y te meta en el maletero de un coche.

Marie frunció el ceño.

—¿Era ruso, entonces?

Sarah sintió una punzada de alarma. «Ten cuidado, mucho cuidado».

—Eso dijo la policía.

—A mí no me lo dijeron. —Señaló a Sarah con el tenedor—. ¿Cómo es que siempre se entera usted de las primicias, doctora Haywood?

—La verdad es que no recuerdo dónde lo he oído.

—Da igual de dónde sea el secuestrador. El caso es que me parece que esa experiencia ha hecho que a Alan se le vaya la olla. —Masticó pensativamente—. ¿Crees que será estrés postraumático?

—Puede ser.

—Sería fantástico que le dieran la baja un mes o dos, ¿verdad?

Sarah esbozó una sonrisa sardónica.

—Seguramente tampoco ayuda que ahora empiece a beber aún más temprano que antes —continuó Marie mientras masticaba un bocado de pasta—. ¿Qué más te dijo la policía?

Sarah sintió que el estómago se le encogía de miedo. «Cuidado».

—Lo mismo que a todo el mundo, imagino.

—¿Te has enterado de lo último? Alan va diciendo por ahí que la policía está a punto de detener a alguien en relación con el secuestro. Un cómplice.

Sarah tragó saliva con esfuerzo y desvió la mirada, fingiendo que echaba un vistazo a su móvil.

—¿En serio? —logró decir.

—Por lo visto es solo cuestión de tiempo. O eso dice él, por lo menos. ¿Sabes qué creo?

—¿Qué?

—Que no tendrán que buscar muy lejos para encontrar a ese cómplice.

—¿Cómo? —Sarah sintió que el calor empezaba a inundarle las mejillas—. ¿Qué quieres decir?

—Que no ha sido al azar, ¿no?

—No tengo ni idea de qué estás hablando.

—Su mujer. Caroline. Se hartó de que él intentase tirarse a todo lo que se menea y decidió darle un escarmiento. Siempre es el marido. O la mujer, en este caso.

—Podría ser —dijo Sarah quedamente.

—O puede que haya sido Gillian Arnold. Tiene motivos de sobra.

—Eso es verdad.

Marie se metió los últimos macarrones en la boca y levantó el tenedor como si fuera una batuta.

—¿Sabes?, yo esperaba que pasar por eso le bajara un poco los humos. No sé, que le animara a dar un paso atrás, que le hiciera mejor persona de alguna manera. Pero no ha sido así, ¿verdad?

—No, le ha hecho aún peor. Mucho peor. —Sarah se interrumpió un segundo—. Lo cual debería darte que pensar, Marie.

Marie levantó la mirada, desconcertada.

—¿A mí? ¿Por qué?

—Porque quizá no cumpla su parte del trato.

64

Marie cruzó los brazos.

—¿Qué trato?

—El que hiciste con Lovelock. ¿Cuándo, exactamente, decidiste que ibas a venderme?

—Yo no… No sé a qué te refieres, Sarah.

—¿Sabes?, hay una cosa que dijiste aquel día, cuando fui a Recursos Humanos a quejarme de Lovelock, a la que llevaba tiempo dándole vueltas. Me sonaba extraña, aunque no sabía por qué. Dijiste que, si agitaba las aguas, todas saldríamos perdiendo.

Marie cambió de postura en su asiento, incómoda.

—No recuerdo haber dicho eso.

—Pues lo dijiste. Yo en ese momento estaba demasiado enfadada para darme cuenta de que no era solo una manifestación de solidaridad femenina. Luego, una noche, empecé a darle vueltas en la cama y me di cuenta de que no entendía qué habías querido decir. ¿Por qué íbamos a salir perdiendo todas?

—Sarah…

—Entonces caí en la cuenta de que no se trataba en absoluto de un gesto de solidaridad, ¿verdad? Era puro interés personal. Pensabas que iban a meterte en el mismo saco que a mí, que iban a considerarte culpable por ser mi amiga. Y eso habría puesto en peligro el trato que habías hecho con él.

—La verdad, Sarah, no sé de qué me hablas. Somos amigas, ¿no? Sarah levantó una mano.

—Espera un momento, no he acabado. Lovelock sabía que tú y yo éramos amigas. Aquella noche, en Edimburgo, dijo que éramos uña y carne. Seguramente él daría por sentado que, si yo presentaba una queja formal, tú me habrías animado a hacerlo y eso arruinaría tus posibilidades de conseguir el ascenso que te había prometido. Era preferible que nos quedáramos todas calladitas, que obedeciéramos sin rechistar, y que él se encargara del papeleo sin que nadie presentara una denuncia oficial y todo el procedimiento se detuviera.

A pesar de que el despacho estaba en penumbra, Sarah vio que Marie se ponía colorada. Siguió adelante, con furia contenida.

—Yo no entendía de dónde sacaba tanta información. Me quejé ante Clifton de que Alan me había robado mi idea sobre esa fundación de Boston, y al día siguiente Alan ya lo sabía.

—Seguramente se lo dijo Clifton —respondió Marie con un hilo de voz—. Son viejos amigos.

—No, no creo que a Clifton se le ocurriera contarle algo así. Esas rencillas de departamento son minucias demasiado insignificantes para él. Pero tú estabas allí cuando hablé con Clifton. Apareciste de repente. Estuviste escuchando a escondidas nuestra conversación, ¿verdad?

Marie meneó la cabeza, pero no dijo nada.

—Te dije que iba a ir a Recursos Humanos —prosiguió Sarah—. Y Lovelock se me adelantó, llegó antes que yo para poner en antecedentes a Webster y presentarme como una persona problemática. Estaba reunido con Webster cuando llegué a la hora de mi cita. Seguramente, diciéndole que estaba loca, que era una persona inestable, proclive a todas esas mentiras de las que acusó a Gillian Arnold. Esa tarde, cuando Alan me pidió que fuera a su despacho, volvió a adelantárseme. Sabía que iba a intentar grabar la conversación, cosa que yo te había dicho que pensaba hacer. ¿Fuiste tú también quien le dijo a la policía que yo estaba liada con Alan?

Marie no contestó.

—Santo Dios —dijo Sarah—. No puedo creer que me hayas traicionado así. ¿Qué hay de las reglas? Las creamos juntas.

—Lo sé.

—Entonces, ¿por qué has hecho esto?

Marie se quedó callada un momento, con los hombros hundidos. Habló sin levantar la vista del suelo.

—Me dijo que iban a reestructurar el departamento, que mi trabajo corría peligro porque tenía un contrato temporal. Que sería la primera en la lista de posibles despidos. Fue hace unas semanas, más o menos cuando dio su fiesta.

—También me lo dijo a mí.

—Dijo que podía mejorar mi situación si le ayudaba, si le daba cierta información. Si vigilaba a unas personas.

—Incluida yo.

Marie levantó los ojos y asintió.

—Te consideraba problemática.

—¿Porque me negaba a acostarme con él?

—Quería ponerte en tu sitio, fuera como fuese.

—Así que hiciste un trato con él.

—Yo no quería. Pero es mi carrera.

—¡También es la mía, joder!

Marie dio un respingo al oírla.

—Pero tú tienes a tus hijos, y esa casa tan bonita, y todo lo demás. Yo no. Yo solo tengo esto: mi carrera. He renunciado a todo por eso, y Lovelock dijo que iba a quitármelo, que tenía que decidir. Y cuando vimos a Gillian Arnold en su fiesta, me di cuenta de que no quería acabar como ella. Cualquier cosa menos eso.

—Gillian no hizo nada malo.

—Pero se equivocó, intentó enfrentarse a él. Al verla comprendí que no había manera de luchar con él y ganar. Intenté advertírtelo, intenté que no empezaras una guerra con Lovelock que no podías ganar. Pero no me escuchaste.

Se hizo un silencio mientras Marie se levantaba, recogía su bolso y su abrigo y se acercaba a la puerta.

Sarah meneó la cabeza. Después de su arrebato de furia, de pronto se sentía agotada. Estaba cansada de engaños y traiciones, harta de intentar descubrir en quién podía confiar. Pero, sobre todo, sentía pena por su amiga. Le entristecía que se hubiera visto empujada a aquello. Que su amistad se hubiera roto.

Solo quedaba una pregunta por hacer.

—Marie —dijo cansinamente—, ¿también te acostaste con él?

—No fue...

—¿Sabes qué? —la interrumpió Sarah levantando una mano—. Que no me lo digas, no quiero saberlo. Vete.

Marie salió al pasillo y cerró la puerta a su espalda sin hacer ruido.

65

Roger juntó las manos sobre la vieja mesa de roble de la cocina y se inclinó hacia su hija pequeña. Sarah había llegado a media tarde. Grace y Harry estaban aún en el colegio, en el club extraescolar, y la casa había recuperado cierta apariencia de normalidad después del desorden que había creado Sarah el día anterior.

—Bueno —dijo su padre—. He estado pensando desde que hablamos sobre tu situación.

—De acuerdo —repuso ella lentamente.

—Me parece que ahora hay una sola cuestión importante, Sarah.

—¿Solo una? Yo tengo un millón de dudas y ninguna respuesta.

Roger sacudió la cabeza.

—Solo hay una cuestión que importe.

Sarah suspiró y cerró los ojos.

—¿Va a gustarme?

—Que te guste o no es irrelevante. Lo único relevante es esto: estás en un grave apuro y es probable que las cosas empeoren.

—Genial. Ya me estoy sintiendo mejor.

—No puedes dar marcha atrás, Sarah. No puedes deshacer lo ocurrido, retroceder en el tiempo hasta antes de que hicieras ese trato con el ruso. Esa puerta está cerrada. Tienes que seguir adelante, enfrentarte a las cosas tal y como son. De modo que la única cuestión es esta: ¿qué vas a hacer al respecto?

Sarah sabía que su padre tenía razón. Lo sabía desde hacía días, incluso semanas. Desde aquella llamada telefónica que le había hecho cruzar el espejo y penetrar en otra vida.

—¿Hacer? —repitió—. ¿Qué puedo hacer?

—Bueno, tienes que tomar una decisión. Como cuando tenías dieciséis años y tuviste que decidir qué camino tomar. Ahora estás en otra encrucijada y, según lo veo yo, tienes tres opciones.

Sarah bebió un sorbo de té y sintió cómo le quemaba la garganta. Su padre siempre había sido así: tan sereno, tan metódico. Por su trabajo, se había pasado la vida analizando riesgos, y siempre se le había dado bien diseccionar una situación, analizarla desde todos los ángulos. Eliminar todo lo irrelevante y centrarse en los hechos.

—La vida no es tan sencilla —repuso ella.

—La vida puede ser complicada si nosotros queremos que lo sea. Pero no tiene por qué serlo.

—¿Y cuáles son esas tres opciones?

—¿Estás segura de que quieras oírlas?

—No —suspiró ella—. Sí. Adelante.

—Doy por sentado que, obviamente, no hacer nada es inviable —dijo su padre.

—Exacto. No merece la pena ni pensarlo.

—De modo que la primera opción es la más evidente: puedes cortar amarras y huir, reconocer que el sistema falla a veces, que a la gente buena le pasan cosas malas, que en tus circunstancias actuales llevas todas las de perder. Reconocer que a veces no hay una solución justa y eficaz, aceptar que la vida es así. Empezar de cero en otro sitio, en otra disciplina, en otra ciudad. Eso puedo ayudarte a hacerlo.

—Perdería todo lo que he conseguido aquí y por lo que me he esforzado tanto —repuso Sarah.

—Sí. Tendrías que empezar de cero.

Ella se recostó en la silla con un suspiro.

—Aunque no lo creas, papá, no es una opción que me apetezca mucho.

—Lo sé.

—Llega un punto en que empiezas a sentirte demasiado mayor para empezar de cero. ¿Cuál es la opción número dos?

—Confiar en las instituciones. Presentar una queja formal en la universidad y denunciar públicamente el asunto si es necesario. Buscar un buen abogado y prepararte para que Lovelock arremeta contra ti acusándote de conspirar con el ruso. Negar haberte reunido nunca con Volkov, mantenerte firme y tratar de aguantar el tipo. Confiar en que no haya pruebas de que hablaras con Volkov.

—¿Confiar en un proceso que no controlo y mentir descaradamente, además? Más me valdría rendirme desde ya.

—Yo no diría tanto. —Su padre ladeó la cabeza—. Pero rendirse no es siempre la peor alternativa, ¿sabes? Puede ahorrarle a uno muchos sinsabores y muchas penas, un montón de traumas innecesarios.

Sarah miró a su padre con ojos enrojecidos.

—Pero tú nunca te rendirías, ¿verdad?

—Me rendí en lo tocante a Lee Goodyer. A veces, es lo correcto. Es lo único que digo.

Sarah cerró los ojos y aquella oscuridad momentánea la reconfortó.

—¿Cuál es la tercera opción? —preguntó.

—La tercera opción es la más dura, Sarah.

—¿Más que huir o mentir el resto de mi vida?

—Bueno —contestó su padre—, eso depende de cómo lo mires.

66

Sarah metió a toda prisa las bolsas de la compra en el maletero del coche, sin dejar de mirar a su alrededor. El aparcamiento del centro comercial de Brent Cross tenía varias plantas y estaba casi lleno. No quería encontrarse con ningún conocido, con nadie del trabajo que pudiera hacerle preguntas incómodas, por muy improbable que fuera eso a las siete de la tarde de un miércoles. El centro comercial de Wood Green estaba más cerca de su casa, pero estaba deseando alejarse de su barrio, moverse en el anonimato y hacer algo que la distrajera de sus problemas, aunque fuese solo por el plazo de una hora. Había dejado a los niños en casa con su padre y se había ido a hacer la compra.

No quería hablar con nadie. Lo que le apetecía de verdad era acurrucarse en un rincón y esconderse.

Cerró el maletero, llevó el carro a su sitio y regresó rápidamente al coche, ansiosa por salir de aquel lugar claustrofóbico. Los coches estaban aparcados en filas tan apretadas que cualquiera podía acercarse a hurtadillas entre ellos y echársete encima antes de que te dieras cuenta. Tenía los nervios a flor de piel y cada segundo que pasaba en el aparcamiento era un segundo de más. Había llegado a odiar los lugares con una sola salida. Prefería que fueran dos, o incluso tres. Cuantas más, mejor, por si tenía que huir de un lugar —o de una persona— a toda prisa. Pero aquel aparcamiento tenía una sola salida, la rampa de cemento que llevaba a la planta baja. Cuanto antes saliera de allí, mejor.

Veía a Lovelock por todas partes. Creía distinguirle entre la multitud, al final del pasillo del supermercado, o en su calle, vigilándola desde detrás de alguna ventana. Creía ver su cabeza de espaldas, o sus andares característicos, u oír su voz retumbante, y en esas ocasiones un alfilerazo de miedo le atravesaba el estómago. Sabía que en realidad no era él, que solo eran imaginaciones suyas: su mente exhausta, que transmutaba en Lovelock a cualquier hombre alto al que veía.

Pero también sabía que podía ser él en cualquier momento, cualquier día. Y que ese día llegaría.

Necesitaba llegar a casa. Echar las cortinas. Cerrar la puerta con llave. Silenciar el teléfono.

Giró la llave de contacto y estaba saliendo marcha atrás cuando vio por el rabillo del ojo un destello gris metalizado y oyó el chirrido de un frenazo retumbando en el techo bajo del aparcamiento. Pisó el freno instintivamente y su coche se detuvo cuando faltaban escasos centímetros para que colisionara con un enorme todoterreno gris que se había detenido tras ella y ahora permanecía parado, impidiéndole el paso. Tenías las ventanillas tan oscuras que no se distinguía el interior. Sin pararse a pensar, pulsó el claxon con la palma de la mano y el pitido resonó en las paredes del aparcamiento.

En un día normal, habría desdeñado el incidente como una muestra más de mala conducción en una ciudad repleta de ellas. Pero aquel no estaba siendo un día normal. Ni una semana normal, ni un mes normal.

El todoterreno permaneció donde estaba. Nadie salió de él.

Sarah sintió que un estremecimiento de temor le recorría la espalda. «¿Qué demonios…?».

Volvió a pitar, y el bocinazo agudo retumbó más fuerte aún en medio del silencio, multiplicándose en un eco hasta disiparse. El gran todoterreno seguía sin moverse.

Sarah se volvió a izquierda y derecha en su asiento, buscando desesperadamente un testigo, alguien que pudiera ayudarla.

Pero no había nadie.

El miedo fluía ahora libremente, licuando su estómago. La garganta se le inundó de bilis.

En un momento de locura, pensó en pisar a fondo el acelerador y tratar de empujar el cochazo hasta apartarlo de su camino. Pero era el doble de grande que el Fiesta y seguramente pesaba dos veces más. No serviría de nada. Temblando, buscó su teléfono en el bolso, lo encontró y decidió huir. Llamaría a emergencias y luego saldría y echaría a correr antes de que…

Un hombre alto, con barba y gafas de sol, salió del asiento del copiloto del todoterreno. Vestía vaqueros y americana oscura. Rodeó el Mercedes cuatro por cuatro, abrió la puerta trasera del coche y a continuación se acercó al Ford Fiesta de Sarah y abrió la puerta del conductor. Visto de cerca era gigantesco. Los músculos del cuello y la espalda le tensaban la chaqueta sobre los hombros.

El hombre acercó la mano al contacto, apagó el motor y se guardó la llave en el bolsillo. Con la otra mano, le indicó la puerta abierta del Mercedes.

Sarah se quedó donde estaba, paralizada de miedo.

El hombre de barba se inclinó hacia delante y estiró el brazo por delante de ella. Su cara quedó a apenas unos centímetros de la de Sarah, y el coche se llenó de repente de un olor a tabaco, a sudor y a empalagosa loción de afeitado. Sarah se apretó contra el asiento y cerró los puños, lista para golpear al hombre o tocar el claxon, o ambas cosas. Entonces vio la pistola que él llevaba en una funda a la altura del hombro, bajo la chaqueta, y se quedó inmóvil.

El hombre le desabrochó el cinturón de seguridad, se enderezó y señaló de nuevo el cuatro por cuatro.

Sarah salió lentamente de su coche y el hombre cerró la puerta, le quitó el móvil de la mano y volvió a indicarle el Mercedes que esperaba con el motor al ralentí a escasos metros de distancia. Sarah vio el interior de color crema del coche. Parecía haber una sola persona sentada detrás.

El hombre de barba la agarró del brazo y la condujo al todoterreno. Sarah tuvo tiempo de echar una última ojeada frenética al aparcamiento por si veía alguien a quien pedirle que la socorriera o llamara a la policía.

Pero no había nadie.

El hombre de barba la empujó suavemente hacia la puerta abierta del Mercedes.

Sarah subió al coche.

67

—Hola, Sarah.

Volkov estaba tranquilamente sentado, con las piernas cruzadas, en el espacioso asiento de cuero del coche. Vestía camisa blanca y vaqueros azul oscuro.

Sarah se sentó al otro lado del asiento con el corazón desbocado.

—¿Qué está pasando? ¿Qué es esto?

—Póngase el cinturón.

—¿Qué?

Él señaló su hombro.

—El cinturón. A Nikolái le gusta conducir deprisa.

Ella se abrochó el cinturón y se apretó contra la ventanilla, de lado, para no perderle de vista. El hombre de barba ocupó el asiento del copiloto y el coche arrancó suavemente, dejando atrás su Ford Fiesta. El conductor enfiló la rampa, cruzó la salida y salió a la calle atestada de coches.

Volkov pulsó un botón del panel de la puerta y una mampara de cristal se elevó separando la cabina del conductor del resto del vehículo. El silencio se intensificó en el interior del coche, y el sonido del motor y los ruidos de la calle se convirtieron en un zumbido lejano. Sin apartar los ojos del ruso, Sarah intentó descifrar su semblante, averiguar adónde se dirigía el coche.

«Si pensaran secuestrarte, no lo habrían hecho en un lugar

público. Hay cámaras de seguridad en el aparcamiento. Y tampoco habrían dejado tu coche ahí».

—¿Va a decirme qué está pasando?

—¿Cómo está, Sarah? Parece cansada.

—Estoy muy bien, mejor que nunca. ¿Cómo sabía dónde encontrarme?

Volkov se encogió de hombros como si la respuesta fuera evidente.

—¿Cómo se encuentra a alguien hoy en día?

—Creía que había dicho que no volveríamos a vernos.

—Eso dije, sí. Pero hay que adaptarse a las circunstancias imprevistas. Lo cierto es, Sarah, que estoy preocupado por usted.

—¿Por mí? ¿Por qué?

—¿Consigue dormir?

Su pregunta la aplacó momentáneamente.

—A ratos.

—Y ayer por la mañana habló con la policía, ¿no es así? Con la inspectora detective Kate Rayner.

—¿Cómo lo sabe?

—Yo sé muchas cosas. ¿Qué tal fue la conversación?

—Quería que le hablara de Alan.

—¿Qué le dijo?

—Le dije que no sabía nada de ese asunto.

—¿Y qué le dijo de mí?

—Nada. Absolutamente nada.

—¿Y el teléfono móvil que le di?

—Me deshice de él.

Volkov pareció reflexionar un momento.

—De acuerdo. Pero considere esto como una advertencia y una garantía personal. Si le dice una sola palabra a la policía de lo que hablamos, sobre mi oferta, me enteraré. Lo sabré, se lo aseguro. ¿Entiende lo que eso significa?

Sarah asintió en silencio, recordando las fotografías del colegio de sus hijos que le había enseñado Volkov. Grace, ajena a todo, fotografiada en medio del patio de recreo.

—Sí.

—Bien. Es bueno que nos entendamos mutuamente.

—¿Qué hay de su hombre? Está detenido. La policía encontró a Lovelock en el maletero de su coche.

—¿Qué pasa con él?

—¿Y si habla?

Volkov resopló como si aquello le hiciera gracia.

—Permítame contarle algo de Yuri y de cómo se hizo esa cicatriz. Uno de mis rivales de Moscú mandó a cuatro hombres a por él, hace unos años. Yuri mató a uno y mandó a otro al hospital un mes. Los otros le pegaron con barras de hierro hasta dejarle inconsciente y le llevaron a un sótano donde siguieron pegándole tres días seguidos. Le arrancaron las uñas una a una y apagaron cigarrillos en las heridas. Le cortaron tres dedos de los pies con una cizalla. Le torturaron con electricidad. Le rajaron el cuero cabelludo desde la oreja —añadió señalándose la coronilla— y se lo echaron hacia atrás para apagar más cigarrillos en su cráneo desnudo. Y en todo ese tiempo, en todo ese tiempo, Yuri no les dijo nada. Ni una palabra.

—¿Qué querían de él?

—Información sobre mí y sobre mi familia, para atacarme. Pero, aunque le torturaron durante tres días, no consiguieron sonsacarle nada. De modo que, respondiendo a su pregunta, no, Yuri no hablará con esos blandos de la policía británica, aunque intenten obligarle a hacerlo. Ha sentido en carne propia lo peor de lo que es capaz el ser humano y aun así guardó silencio. Antes de que Yuri hable, se helará el infierno y el diablo suplicará piedad de rodillas. Usted haría bien en seguir su ejemplo.

—No tengo nada que ganar hablando con la policía. Y sí mucho que perder.

—Bien. Entonces, nos entendemos.

Sarah miró la tapicería de cuero del lujoso coche, las pantallas de los asientos traseros y el minibar. Escuchó el suave ronroneo del motor mientras circulaban por las transitadas calles del norte de Londres.

Habló sin mirar a Volkov.

—Bueno, ¿qué demonios pasó?

—¿A qué se refiere?

—Su hombre, Yuri, el de la cicatriz. ¿Cómo es posible que le detuvieran con Alan atado en el maletero?

Volkov se encogió de hombros.

—Nuestro procedimiento habitual consiste en esperar unos días tras apoderarnos del sujeto, para que se calme un poco el revuelo. Y para que el sujeto esté debilitado y se muestre más dócil. Solo que esta vez, cuando Yuri se disponía a salir de la ciudad para completar la tarea, tuvo un golpe de mala suerte. Son cosas que pasan. A veces interviene el destino. Le pido disculpas por ello.

—Bueno, en cualquier caso, me alegro.

Volkov frunció el ceño.

—¿Se alegra de que el profesor siga vivo?

—Sí. No. No exactamente. Sigo odiándole con toda mi alma, pero me alegro de que no esté muerto, supongo. Me alegro de no ser responsable de su muerte.

—Hace dos semanas quería que desapareciera.

—Lo sé. Estaba enfadada.

—Es usted una mujer voluble. —Volkov sonrió vagamente, con tristeza—. Mi esposa era igual.

El coche se detuvo y Sarah miró por la ventanilla. Habían vuelto al aparcamiento. Su Ford Fiesta azul seguía donde lo había dejado. El conductor se apeó y se acercó a su puerta, miró en derredor y la abrió.

Volkov le tendió la mano.

—Adiós, doctora Haywood. Le deseo suerte.

68

Sarah le miró con fijeza.

—¿Y ya está? ¿Eso es todo? ¿Solo quería advertirme de que no hablara con la policía?

Se sentía como una nadadora que había dejado que la resaca la arrastrara tan lejos que ya no tocaba el fondo. Se limitaba a mantenerse a flote en medio del agua fría, intentando refrenar el pánico y no hundir la cabeza. Pero ¿cuánto tiempo podría hacerlo?

Volkov asintió con la cabeza, una sola vez.

—Eso es todo —dijo.

«No puedes pasarte la vida entera nadando sin hacer pie. Tarde o temprano, te hundirás. A menos que te agarres a algo, a lo que sea, para mantenerte a flote».

De pronto vislumbró un plan, tan lejano que casi se perdía en el horizonte. Pero la desesperación prestó vehemencia a su voz.

—Creía que era un hombre de palabra.

—Y lo soy.

—No. Me hizo una promesa y la ha incumplido. —Vio que la ira ensombrecía el semblante de Volkov, y aun así siguió adelante—. Dijo que era un hombre de honor, un hombre que siempre saldaba sus deudas.

Volkov hizo una seña al conductor y este volvió a cerrar la puerta.

—Las cosas han cambiado —dijo—. Las circunstancias han cambiado.

—Mis circunstancias no han cambiado —le espetó Sarah—. Mejor dicho, sí han cambiado: ahora son diez veces peor. Y su deuda sigue sin estar saldada.

Él arrugó el entrecejo. La ira se disipó de su semblante, y asintió lentamente.

—Tiene razón. No está saldada.

—Cuando me hizo esa oferta dijo que no habría marcha atrás. Era una de sus condiciones.

—Cierto.

—Y sin embargo se ha retractado de su palabra. No ha cumplido.

Volkov la señaló con el dedo.

—Me alegra ver que ha recuperado su garra. Pero acaba de decir que se alegraba de que el profesor siguiera con vida.

—Aun así, algo hay que hacer. Las cosas no pueden continuar de este modo.

—El *volshebnik* no va a poder hacer el truco de la desaparición durante una temporada.

—Lo sé. Pero hay otras formas de hacer desaparecer a alguien.

—En mi mundo, no. En mi mundo, solo hay una manera. A la vieja usanza.

—Estoy hablando de mi mundo.

Volkov la observó un momento.

—¿Y cómo se hace en su mundo?

—Deje que de eso me ocupe yo.

Él reflexionó un instante.

—Estoy intrigado. Cuénteme más.

—Hay más de una forma de hacer que una persona se esfume. Necesito que haga lo que me prometió. Necesito que salde nuestra deuda, pero no a su modo, sino al mío. —Recurrió a la única frase en ruso que conocía, esforzándose por pronunciarla lo mejor posible—. *Ugovor dorozhe déneg.*

Volkov se rio y dio unas palmadas.

—¡Ja! Muy bien, esto me gusta. ¿Sabe qué significa?

Sarah se encogió de hombros.

—Que un trato es un trato —dijo.

—Sí. Y también que un hombre vale tanto como su palabra. Muy bien —añadió Volkov con una sonrisa—. Aunque tiene que mejorar su pronunciación.

—Entonces, ¿va a ayudarme?

Él la miró, traspasándola con sus ojos oscuros.

—Depende, señora Haywood. ¿Qué es lo que necesita?

—Algo por lo que es famoso su país.

—Somos famosos por muchas cosas —repuso él extendiendo las manos—. Tendrá que concretar un poco más.

Sarah le contó su idea. Volkov escuchó sin apartar los ojos de ella. No tomó notas, pero Sarah sabía que recordaría cada palabra de la conversación.

Finalmente, él asintió.

—Me lo pensaré.

—Usted proporcióneme los medios y yo haré lo necesario. Lo haré yo misma.

—Es muy arriesgado.

—Lo más arriesgado para mí es no hacer nada.

Volkov reflexionó un momento.

—Puede ser. Como le decía, me lo pensaré.

—¿Cuándo sabré qué ha decidido? ¿Cómo puedo contactar con usted?

—No puede. Si accedo, yo me pondré en contacto con usted.

Volkov levantó la tapa del compartimento que había entre los asientos traseros. Dentro había una docena de teléfonos idénticos, envueltos al vacío en plástico transparente, como entrecots de primera. Eligió uno y se lo dio.

—Un teléfono de un solo uso. Cárguelo y manténgalo encendido en todo momento. No lo use para nada más. Si lo hace, lo sabremos y daremos por terminado el asunto. —Se inclinó hacia delante—. Pero, si decido ayudarla como sugiere, uno de mis colegas se pondrá en contacto con usted antes de las seis de mañana. Luego, saque la tarjeta SIM y destruya tanto la tarjeta como el teléfono.

—¿Y si no tengo noticias suyas?

—Entonces, le deseo suerte, doctora Haywood.

La reunión, al parecer, había llegado a su fin.

Sarah salió del coche y cerró la puerta. El enorme todoterreno se alejó con un chirrido de neumáticos y desapareció por la rampa de salida, dejando tras de sí solo un eco que resonó en los bajos techos de cemento.

69

Sarah recogió los libros y papeles dispersos por la mesa del seminario cuando el último alumno salió del aula. Era un buen grupo, estudiantes aventajados de tercer curso con un interés sincero por el tema, pero ella a duras penas lograba concentrarse. Dejaba que hablaran ellos, siguiendo el hilo de la conversación lo justo para asegurarse de que el debate no decaía hasta que se cumpliera la hora de clase. Mientras recogía los últimos papeles, oyó el chasquido de la puerta al cerrarse a su espalda. Se quedó paralizada y sintió que un miedo animal inundaba sus venas. Supo quién era sin necesidad de volverse.

—Me alegra verte otra vez en forma, Sarah.

La voz grave de Lovelock llenó cada rincón del aula.

Era jueves por la mañana y hacía dos días que Sarah había vuelto al trabajo después de que Lovelock se le echara encima en el cuarto de estar de su casa. Había decidido evitarle todo lo posible, limitar sus contactos al mínimo mientras trataba de organizarlo todo.

Se volvió para mirarle, con su bolso pegado al pecho.

—Tengo otro seminario ahora mismo —dijo con voz queda.

Lovelock giró el pestillo de la puerta y se apoyó contra el marco, cortándole la salida.

—Descuida, solo va a ser un momento. Quería aclarar lo de nuestro nuevo acuerdo, nada más, después de nuestra conversación del otro día.

—Muy bien.

—Verás, conozco a las mujeres como tú. Sé cómo funciona vuestro cerebro.

Ella hizo un esfuerzo por modular su voz.

—No me digas.

—Oh, sí. Estás pensando que puedes sencillamente recoger tus bártulos y huir del pequeño desaguisado que has montado aquí. Renunciar a tu puesto.

—No —contestó Sarah.

—Bien, porque, si decides dimitir, me acordaré de repente de lo que me dijo nuestro amigo ruso y tendré que informar a la inspectora Rayner. Imagínate lo que ocurrirá después.

Sarah sintió que caía al vacío y acercó una mano a la mesa para sostenerse en pie.

—¿Me estás diciendo que no puedo marcharme?

—Puedes hacer lo que te plazca. —Lovelock cruzó los brazos—. Yo solo digo cuáles serán las consecuencias.

—¿Hasta cuándo?

—Hasta que me canse de nuestro nuevo acuerdo semanal.

—Entonces, no vas a darme un puesto fijo, pero tampoco vas a dejar que renuncie.

—Odio esa palabra. Renunciar. Yo no he renunciado a nada en toda mi vida. Deberías aprender de mí, Sarah. Y piénsalo: si eliges ese camino y acabas yendo a prisión por conspiración para cometer un secuestro, ¿qué crees que será de tus hijos?

—¿Qué? ¿Qué pasa con mis hijos?

Lovelock se quedó callado un momento, dejando que Sarah pensara en lo que acababa de decirle. Luego añadió:

—Te los quitarán y se los entregarán a tu marido, que además de ser un vago te es infiel y que con toda probabilidad se divorciará de ti. Los pequeñines tendrán que aprender a vivir sin su mamá. Y quién sabe, puede que no vuelvas a verlos, si te condenan.

Pese a todo lo ocurrido durante las semanas anteriores, pese a todas las decisiones que había tenido que tomar, a Sarah nunca se le había ocurrido que aquel asunto pudiera repercutir directamente en sus hijos; que ellos acabaran siendo los más perjudicados, que los separaran de su madre y los dejaran en manos del inútil de su padre. ¿Qué esperanza habría entonces para ellos? Se dijo que todo lo que había hecho, absolutamente todo, había sido por salvaguardar el futuro de los niños, por sacar adelante a Grace y Harry. Por tener la seguridad y la estabilidad necesarias para mantener a su familia ella sola, si era necesario.

Y ahora, esto.

Se quedó mirando a Lovelock, llena de rabia.

Y en ese momento, en ese preciso instante, el dique que hasta entonces había represado sus emociones se rompió y una marea abrasadora se apoderó de ella. Sintió miedo, desesperación, la rabia ciega de una madre acorralada que ve cómo amenazan a sus pequeños. Supo con absoluta certeza que podría matar a aquel hombre si era necesario e hizo un esfuerzo supremo por no arrojarse contra él, por no saltar por encima de la mesa y apuñalarle en el corazón con lo primero a lo que echara mano. Por no desgarrarle la garganta, hundir los pulgares en las cuencas de sus ojos y…

Lovelock siguió hablando, pero ella apenas le escuchaba. El fragor de la sangre la ensordecía, la furia le palpitaba en las sienes.

—Y en cuanto a tu carrera —dijo él—, ya puedes olvidarte de ella. No levantarás cabeza, Sarah. Nadie en la universidad querrá saber nada de ti. Quizá consigas trabajo enseñando lengua a chavales de dieciséis años llenos de granos en algún centro de formación profesional, pero olvídate de tener un puesto en la universidad. Despídete de eso para siempre.

«Contrólate. No pierdas los nervios».

Tragó saliva con esfuerzo.

—Soy consciente de ello.

—Bien. Me alegro de que nos entendamos. Me doy cuenta de que estás enfadada conmigo, pero no es culpa mía, ¿no crees? Uno tiene que pensar en las consecuencias de lo que hace. —Lovelock señaló una lámina enmarcada que colgaba de la pared: el frontispicio de la obra más famosa de Christopher Marlowe—. Fausto lo sabía cuando vendió su alma al Diablo. Y tú deberías haberlo sabido cuando te enredaste con el ruso.

—Sé cómo arreglarlo.

—¡Bien! Entonces, el sábado por la tarde vendrás a mi casa, como sugeriste.

«Marie tenía razón», pensó ella. «El secuestro le ha desquiciado por completo».

—Como convinimos —repuso con calma—. ¿Puedes mandarme tu dirección por correo?

Él negó con la cabeza, sonriendo.

—Buen intento, Sarah, pero es preferible no dejar ningún registro electrónico de nuestro nuevo acuerdo, ¿no crees? Que esto quede entre nosotros: de boca a boca. Estoy seguro de que podrás recordar mi dirección, por la fiesta.

Sarah desvió la mirada, avergonzada porque la hubiera descubierto.

—Buscaré la invitación.

—Caroline estará fuera el sábado por la noche, en Devon. Así que tú y yo inauguraremos a lo grande nuestro pacto semanal. —Se inclinó y le susurró al oído—: Contigo de rodillas.

Ella levantó la vista y asintió con un gesto.

—Allí estaré.

70

Llevaba consigo a todas partes el pequeño teléfono plegable y rezaba por que sonara. Era otro Alcatel barato y discreto, no mucho más grande que una cajita de paracetamol. Lo abrió por enésima vez. Ni llamadas, ni mensajes de ningún tipo aún. Se había marchado del trabajo alegando otra vez que estaba enferma y estaba sentada en la cocina de casa, medio a oscuras, con el aparatito en la mano, ansiosa por que cobrase vida. El ruso había dicho que alguien la llamaría antes de las seis si accedía a ayudarla, y solo quedaban un par de horas para que se cumpliera el plazo.

«Por favor, puedo hacerlo, pero necesito tu ayuda».

Se sobresaltó cuando sonó el teléfono fijo en la encimera de la cocina. Un número desconocido. ¿Sería alguien del trabajo? Mejor no contestar. Esperó a que dejara de sonar.

Sin embargo, sonó otra vez. Volvió a ignorarlo.

Un minuto después alguien llamó a la puerta. Cuatro aldabonazos firmes en la madera, luego una pausa y cuatro más.

Esperó a que quien fuera se aburriera y se marchara.

Volvieron a llamar.

Subió de puntillas las escaleras, cruzó el descansillo y, por un resquicio de la cortina de su dormitorio, echó un vistazo al pequeño patio delantero.

No había nadie en la puerta.

Vibró su móvil, que estaba cargándose en la mesilla de noche. Un mensaje de texto.

Abra la puerta, Sarah. Kate R.

Bajó, sintiéndose una idiota porque la hubieran cogido en falta, y abrió la puerta. Era la inspectora Rayner.

—Disculpe —dijo, sofocada—. Pensaba que era un testigo de Jehová.

—He ido a su despacho y me han dicho que estaba enferma. ¿Puedo pasar?

—Estaba ocupada.

—Solo serán diez minutos.

Sarah descorrió la cadena de la puerta y dejó entrar a la agente de policía. La inspectora Rayner rehusó el café que le ofreció y se sentaron ambas en la penumbra del cuarto de estar, con las cortinas corridas, frente a frente en los dos pequeños sofás.

Rayner sacó una libreta y un bolígrafo de su bolso.

—¿Se encuentra bien? Parece agotada.

—Últimamente no duermo mucho. He estado tomando pastillas para dormir, pero parece que, cuanto más dura esto, menos efectivas son.

Se interrumpió de pronto, comprendiendo que ya había dicho demasiado.

—¿Cuanto más dura qué, Sarah?

—Todo. La vida —respondió, y echó mano de una mentira convincente—. Mi marido y yo estamos teniendo ciertos… problemas. Él no está aquí en este momento.

—Sí, recuerdo que nos lo dijo. ¿Y su jefe?

Sarah levantó la vista.

—¿Qué pasa con él?

La inspectora Rayner entrelazó los dedos y la miró con empatía profesional.

—Sé por lo que está pasando, Sarah. Lo sé todo.

Sarah sintió que le daba un vuelco el estómago.

—¿El qué?

—Cómo es él. Cómo es de verdad. No el personaje televisivo. No el brillante profesor universitario. No el incansable recaudador de fondos. La persona real que hay detrás de todo eso, esa que casi nadie ha visto. Ha ocurrido lo mismo con Jimmy Savile y tantos otros. —Rayner se inclinó hacia ella—. Usted ha visto al verdadero Alan Lovelock, ¿verdad?

Sarah asintió en silencio.

—Sé que no ha sido fácil para usted —prosiguió la inspectora—. Hay muchos capullos como él en la policía, créame. Hombres que te hablan como a una inferior, que te menosprecian solo porque eres mujer. Hombres que dan cosas por sentado respecto a ti como jamás harían con un compañero varón. —Hizo una pausa y miró a Sarah a los ojos—. Hombres con los que una procura no quedarse jamás a solas.

Sarah desvió la mirada.

—Sé lo que es tener que tratar con hombres así, día tras día. Así que ¿por qué no me cuenta lo que ha pasado entre ustedes dos?

—No ha pasado nada —contestó Sarah en tono monocorde.

—Es hora de que se sincere, Sarah.

—¿Sincerarme?

Un teléfono comenzó a sonar. Un móvil. El tono, amortiguado, sonaba como una imitación barata y chirriante del sonido de marimba estándar de un iPhone, pero Sarah nunca había usado aquella sintonía. Supuso que era el móvil de Rayner, pero la inspectora no hizo amago de contestar. Con un sobresalto, Sarah comprendió de dónde procedía aquel sonido: del pequeño teléfono que le había dado Volkov el día anterior. Estaba a escasos pasos de donde se hallaban sentadas, sobre una mesita, junto al sofá.

Sintió que palidecía y deseó con todas sus fuerzas que colgaran y dejaran un mensaje.

Se miraron la una a la otra en suspenso mientras seguía sonando la sintonía.

—¿No quiere cogerlo? —preguntó la inspectora Rayner.

—No, no pasa nada.

—¿Seguro?

—Dejarán un mensaje si es importante.

Por fin, el teléfono dejó de sonar.

—¿No va a mirar quién era?

—Lo haré luego. ¿Qué estaba diciendo?

—Estaba diciendo que es hora de que se saque eso del pecho.

Sarah esperó un momento mientras trataba de controlar su respiración. El corazón seguía latiéndole desbocado.

—Dicho así parece fácil.

—Puede serlo: dígame qué ha pasado de verdad entre usted y Alan Lovelock. Sáquelo a la luz. —Le puso una mano en el brazo—. Le prometo, le garantizo que se sentirá mejor cuando lo haya hecho. Se quitará un peso de encima.

—¿Qué le dijo mi marido cuando habló con él por teléfono?

—¿Por qué me lo pregunta?

—Me gustaría saberlo.

—Dijo que Lovelock le hacía la vida imposible en el trabajo. ¿Alguna vez le pidió a Nick que se enfrentara a él?

—No.

—¿Por qué?

—Mi marido no es de esos hombres.

—¿Por eso buscó a otro para que lo hiciera?

—No.

—¿Alguien que le diera una lección a Lovelock?

—¡No!

La inspectora la tomó de la mano. Tenía ojos grandes y amables, la frente fruncida por la preocupación. Y de pronto el deseo de contárselo todo fue casi arrollador. El problema era que Rayner tenía razón, y Sarah lo sabía. Sabía que se sentiría mejor si se descargaba de aquel secreto, si se libraba de aquel peso que acarreaba sobre los hombros y dejaba que otra persona se hiciera cargo de él.

—Yo estoy de su parte, Sarah. Quiero ayudarla.

El impulso de confesar era casi una fuerza física que le oprimía el pecho.

«Olvida lo que ibas a hacer. Cuéntaselo. Cuéntaselo».

Bajó los ojos para no seguir viendo los ojos de la inspectora. La habitación parecía de pronto opresiva, demasiado pequeña para las dos. Había una manera honrosa de salir de aquella situación: confesarlo todo, sacarlo a la luz. Estaba claro que Rayner entendía lo que era aquello, que sabía cómo eran los hombres como Lovelock. Y nadie la escucharía con más ecuanimidad que ella. Sarah se sintió como una funambulista en la cuerda floja, suspendida sobre el abismo. De pronto ansiaba contárselo todo. Confesar hasta el último detalle.

Entonces levantó la vista y vio que la expresión compasiva de la inspectora se transformaba en la mirada intensa y reconcentrada de un cazador a la espera de que su presa se situara en el punto de mira. En la expectación de un león a punto de matar. Fue solo un destello fugaz, pero bastó con eso. La máscara había caído, aunque fuese solo un momento. Cuando volvió a su lugar, Sarah ya había visto lo que necesitaba ver. Se recostó en el sofá y cruzó los brazos sobre el pecho.

«No te fíes de ella. No te fíes de ninguno de ellos. No es tu amiga».

—No hay nada que decir. No hay nada entre Alan y yo. Él tiene cierta fama, pero yo no he sufrido más que otras personas.

—Sé que hay mucho más. Creo haberme hecho una idea muy precisa de cómo es en realidad.

Sarah negó con la cabeza.

—No tiene ni idea, se lo aseguro.

71

Sarah acompañó a la inspectora a la puerta, cerró con llave y la observó por la ventana mientras montaba en su coche y se alejaba. Solo entonces cogió el teléfono que le había dado Volkov y lo abrió. La pantalla mostraba una llamada perdida. No habían dejado ningún mensaje en el buzón de voz, y el número no había quedado registrado, pero había un mensaje de texto. No contenía palabras, solo un número de móvil. Sarah lo marcó y se acercó el teléfono a la oreja.

—Hable —ordenó una voz de hombre al otro lado de la línea.

—Me acaban de llamar.

—¿Qué día y a qué hora nació su hija?

Era una voz con acento ruso, una voz que había oído antes. De un hombre joven.

—¿Cómo dice?

—La fecha y la hora. Del nacimiento de su hija. Nada de dudas, por favor.

Sarah hizo un esfuerzo por concentrarse.

—Nació el diecisiete de diciembre de 2009, a las doce menos veinticinco de la mañana.

—¿Peso?

Ella comprendió al fin. «Me está poniendo a prueba. Comprobando mi identidad».

—Eh, tres kilos.

Un silencio. Luego:

—Correcto.

—¿Cómo sabe que es correcto?

—La base de datos del hospital —contestó él con indiferencia—. Ahora escuche: el mismo aparcamiento de ayer. El mismo piso, el mismo lugar. Dentro de una hora.

—¿Significa eso…?

Pero ya era demasiado tarde. Había colgado.

Entró en el aparcamiento de Brent Cross cincuenta y cinco minutos después, buscó un sitio cerca de donde la había abordado el todoterreno el día anterior y aparcó. Salió del coche y caminó arriba y abajo por la fila de vehículos aparcados, mirando si alguno estaba ocupado.

Una furgoneta blanca sin ningún distintivo paró junto a su Ford Fiesta. El conductor era el joven de las gafas de sol al que había visto allí el día anterior. Sarah se inclinó para ver si había alguien más, pero el joven parecía estar solo en la cabina. La puerta corredera de la furgoneta se abrió, dejando ver una mesita en la parte de atrás. Sentado a ella estaba el joven de la coleta. Tenía enfrente un ordenador portátil y algunos objetos más. Le hizo señas de que entrara. «Vamos, sube».

Sarah subió a la furgoneta y se sentó frente al joven ruso.

Él cerró la puerta corredera.

72

En cuanto volvió a casa se puso manos a la obra. Aún quedaban un par de horas para que tuviera que ir a recoger a los niños al club extraescolar.

Primero hizo cuatro llamadas, anotando la hora, el lugar y otros pormenores. Acordó tres citas para el día siguiente. Encendió su portátil, entró en su servicio de banca *online* e hizo una transferencia a otra cuenta, tecleando los números con mucho cuidado mientras los iba leyendo en el papelito donde los había anotado. Luego fue a su armario, eligió tres atuendos y los colocó sobre la cama, uno al lado del otro. Uno elegante, para salir —una chaqueta negra y una falda del mismo color, tan larga que su madre le habría dado su aprobación— y uno más informal, como los que solía llevar al trabajo. Junto a este último puso unas gafas de sol y un gorro de punto con visera que había vuelto a ponerse con la llegada del invierno. El tercer atuendo era un mono viejo que usaba Nick cuando hacía alguna chapuza en casa o trabajaba en el jardín.

A continuación, buscó en el cajón de la mesilla de noche su móvil antiguo, un Sony Xperia. Encontró el cargador, lo enchufó, se sentó en la cama con varios folios y comenzó a hacer listas y a planificar lo que aún tenía que hacer. Su plan exigía un horario riguroso.

Durmió intermitentemente.

Al día siguiente —viernes— tuvo una clase y dos seminarios por la mañana, pero en cuanto acabó el último se escabulló y fue en coche hasta la estación de tren de Enfield Chase. Pagó en metálico una tarjeta de viaje de un solo día y cogió el primer tren que pasó con destino a Finsbury Park, donde se metió en el metro y tomó la línea de Piccadilly hasta Holborn. Tenía que comprar varias cosas. Había tiendas más cerca del campus, y de su casa, pero allí el riesgo de encontrarse con algún conocido sería mayor y no quería que la vieran cerca de donde vivía o trabajaba. Prefería un sitio donde hubiera mucha gente, donde pudiera confundirse entre la multitud.

Encontró una pequeña tienda de telefonía independiente e, imitando lo que había aprendido de Volkov, compró tres teléfonos de prepago de los más baratos y una tarjeta SIM nueva, también de prepago, para su teléfono antiguo.

Llegó con quince minutos de antelación a su primera cita y se dirigió al fondo del pequeño café situado junto a Russell Square. El café se hallaba en una callejuela, al resguardo de los principales itinerarios turísticos, y a esa hora de la tarde, entre la comida y el fin de la jornada laboral, reinaba una atmósfera de calma.

Solía quedar allí con Nick durante el primer año de su relación, después de la universidad, cuando él estaba dando sus primeros pasos en el mundo de la actuación y ella acababa de empezar el doctorado en la UCL. Era un local italiano, pequeño y agradable, con vigas bajas y reservados acogedores. Servía, además, el mejor café que Sarah había probado nunca.

Pidió un capuchino y se acomodó en un reservado del fondo, dispuesta a esperar. Mientras aguardaba, sacó del bolso la tarjeta SIM nueva y su viejo Sony Xperia, quitó la tapa trasera al teléfono, colocó la tarjeta y volvió a poner la tapa. La pantalla se encendió y el teléfono comenzó a configurarse con una identidad electrónica nueva y —lo que era más importante— anónima.

Los fragmentos de su plan empezaban a ensamblarse. Un plan que, aunque no fuera consciente de ello, había comenzado a gestarse en un rincón de su mente desde el instante mismo en que descubrió que Lovelock seguía con vida. Un plan que equivalía —ella lo sabía— a su última tirada de dados.

Su primer interlocutor llegó puntual. Sarah sonrió y le señaló el asiento vacío al otro lado del reservado.

—Hola otra vez. Muchísimas gracias por venir, aunque te haya avisado con tan poca antelación. Permíteme invitarte a tomar algo.

Exactamente una hora y media después llegó su segundo interlocutor. Otra conversación, la misma meta.

Había exigido que se saldara una deuda. Había pedido ayuda. Ahora, solo quedaba ofrecer la posibilidad de redención… o de venganza, tal vez.

73

—¿Y bien? —preguntó Laura mientras descorchaba una botella de Pinot bien frío, esa noche.

—Me he hartado.

—¡Por fin!

—Y tengo un plan. Pero voy a necesitar tu ayuda. Y la de mi padre.

—Cuenta conmigo —respondió su amiga. Sacó el corcho con un pop y llenó la copa de Sarah.

—¿No quieres saber cuál es el plan antes de decidirte?

—Sea cual sea, me apunto. —Laura se llenó la copa—. Bueno, ¿cuál es el plan?

—Voy a hacer lo que llevas diciéndome que haga desde el principio, desde hace un año. Todo es cuestión de pruebas, ¿no? Pues voy a darle a la universidad una prueba que no podrá ignorar.

—¿Cómo?

—Voy a grabar a Lovelock diciéndome que tengo que acostarme con él para conservar mi trabajo.

—Vaaaale —dijo Laura—. ¿Y si la universidad intenta echar tierra sobre el asunto, como ha hecho otras veces?

—Entonces acudiré a los medios. Algo así hará las delicias del *Guardian*.

Laura dejó su copa.

—¿Hablas en serio?

—Muy en serio.

—Joder. Es cierto, ¿no? ¿Qué te ha hecho cambiar de idea?

—Las cosas han empeorado —contestó Sarah mientras cogía su copa—. Mucho. Lovelock ha tocado fondo, a lo bestia.

—¿Desde lo del secuestro?

Sarah asintió.

—Sí, eso.

—¿Y tienes un amiguete en el MI5 que puede poner un micrófono en su despacho?

—No, nada de eso. Voy a grabarle yo misma.

—¿En vuestra próxima reunión?

Sarah negó con la cabeza.

—Ya no hablará de eso en el trabajo, pero quizá sí lo haga si está en su casa y baja la guardia. Si está cabreado. Si estamos solos los dos y cree que voy a pasar por el aro.

—¡Uf! —dijo Laura levantando una mano—. Espera un momento. ¿Qué has dicho?

—En su casa.

—¡Será una broma! Eso significa romper aposta todas las reglas.

—Sí.

Entró su padre llevándose un dedo a los labios.

—Los niños se han dormido.

—Gracias, papá.

Laura le hizo un gesto levantando el pulgar y se volvió hacia su amiga.

—¿Y cómo exactamente piensas hacerle creer que vas a pasar por el aro? —preguntó en voz baja.

Sarah se encogió de hombros.

—Actuando. Diciendo lo que él espera que diga. Eligiendo el vestido adecuado.

—¡Santo Dios! —exclamó Laura alzando de nuevo la voz, y levantó las manos—. Perdón. Pero ¿tú has fumado *crack* o qué?

—Sé que parece una locura, pero créeme: es lo más lógico. Analicémoslo un minuto. En primer lugar, ¿qué sabemos de él? ¿Cuál es la característica esencial del profesor Alan Lovelock?

—¿Que es un capullo como la copa de un pino? —preguntó Laura.

—Sí, pero no me refería a eso.

Se hizo un silencio mientras sopesaban la pregunta de Sarah.

—Su ego —dijo Roger—. Tiene un ego del tamaño del Big Ben.

Sarah señaló a su padre con una sonrisa.

—Exacto. ¿Y qué se deduce de ello?

Él se encogió de hombros.

—Que tiene una autoestima colosal, indestructible.

—Muy bien. Continúa.

—De modo que, a pesar de todas las veces que le has rechazado, sigue creyendo que en el fondo te sientes atraída por él. Porque, naturalmente, así es, ¿no? Eres una mujer ¿y qué mujer no se sentiría atraída por él?

—¡Bingo! —dijo Sarah—. Piensa que es irresistible. Ese es su punto flaco.

—Y además es un capullo como la copa de un pino —añadió Laura.

—Eso me permite aprovechar su punto flaco, pero tendré que actuar de manera convincente.

Laura cruzó los brazos.

—¿Y cómo piensas hacerlo?

—Interpretando un papel, igual que ha hecho Nick conmigo estos últimos años.

—¿Como una actriz?

—Sí. Va a ser el papel de mi vida.

—Estás hablando de tenderle una trampa.

—Estoy hablando de conseguir pruebas. De salvar mi trabajo… y mi cordura.

Laura habló con más calma. La preocupación suavizaba su voz.

—¿Sabes? —dijo—, en mi trabajo tenemos que evaluar los posibles problemas de reputación que pueda tener la empresa calificándolos como riesgo bajo, medio, alto o crítico. Por lo que me has dicho hasta ahora, tu plan sería más que crítico. Seguramente caería en la categoría de «chaladura catastrófica». ¿Me sigues?

—Sé que es muy arriesgado, Loz, pero me he quedado sin opciones. Además, creía que habías dicho que ibas a ayudarme.

Laura frunció el ceño.

—Y voy a ayudarte, claro. Ese tipo lleva toda la vida jugando sucio, así que ¿por qué no vamos a jugar sucio también nosotras? Pero ¿cómo piensas grabarle?

—Me ha invitado a su casa el sábado por la noche. Bueno, la verdad es que me invité yo misma.

—¿Y su mujer?

—Está fuera, visitando a su madre. Lovelock le está diciendo a todo el mundo en el trabajo que va a encerrarse en casa este fin de semana para acabar de escribir su libro: nada de visitas, ni de llamadas, ni de distracciones. Dice que va a pasar dos días de espléndido aislamiento para acabar su obra magna.

—Espera un momento, ¿vas a ir este sábado? O sea ¿mañana?

—Sí. —Sarah cogió la caja que le había dado Mijail en el aparcamiento de Brent Cross, la puso sobre la encimera y la abrió con el cuchillo de deshuesar—. Así que no tenemos mucho tiempo para prepararnos.

74

—Es muy mala idea —dijo Roger—. Demasiado peligroso.

—Estoy de acuerdo —convino Laura.

Sarah los miró desde el otro lado de la mesa.

—Sé que es arriesgado —dijo con calma—, pero también es mi única oportunidad. Y es lo mejor que se me ha ocurrido. Puede que solo tenga una oportunidad de entrar en su casa y tengo que aprovecharla, por si no se repite. Es ahora o nunca.

Su padre se inclinó hacia ella con expresión adusta.

—¿Por qué tiene que ser en su casa?

—Porque es su territorio, su reino. Es donde es más probable que baje la guardia.

—A mí me da la sensación de que te estás metiendo en la boca del lobo.

—Mira, tengo una idea mejor —dijo Laura—. Podemos hacerlo en un lugar público, en un parque quizá, o en una cafetería, o incluso en tu despacho, y nosotros podemos estar esperando a la vuelta de la esquina, listos para intervenir si las cosas se ponen feas. Podemos estar a veinte metros todo el tiempo, y no a kilómetros de distancia.

—Muy bien dicho —asintió Roger.

—No funcionaría —replicó Sarah—. Es demasiado listo. Se lo olería enseguida. Tiene que ser en su terreno, y con mucho alcohol de por medio, para que se le suelte la lengua.

—Pero eso es justamente lo que lo hace más peligroso para ti, cariño —dijo Roger levantando la voz—. Es un riesgo demasiado grande.

—Es un riesgo necesario —replicó Sarah con firmeza—. Papá, fuiste tú quien me dijo qué opciones tenía. Esta es la que he elegido.

—Yo estoy con tu padre en esto —dijo Laura.

Sarah cruzó los brazos sobre la mesa.

—Mirad, voy a tener que hacerlo así, con vuestra ayuda o sin ella. Creo que tendré más probabilidades de conseguirlo si tengo refuerzos, pero voy a hacerlo de todos modos. Tengo el material necesario para hacerlo y voy a utilizarlo. Sola, si es necesario.

—No puedes hacerlo tú sola.

—Ya veréis como sí.

Su padre y su mejor amiga la miraron desde el otro lado de la mesa y se miraron entre sí.

Por fin, su padre asintió.

—De acuerdo, entonces. Más vale que nos enseñes el material.

—El cielo está enladrillado, quién lo desenladrillará, el desenladrillador que lo desenladrille buen desenladrillador será —dijo el padre de Sarah.

—La lluvia en Sevilla es una maravilla —contestó ella.

—No por mucho madrugar amanece más temprano —añadió él en voz más baja.

Sarah se quedó callada un momento.

—Échate un poco para atrás y dilo otra vez.

Su padre obedeció y se miraron mientras repetía la misma frase. Sarah cogió su móvil, que estaba en la mesa baja, entre los dos, y lo colocó en el brazo del sofá, a su lado.

—¡Otra vez! —gritó Laura desde la habitación contigua—. A ti te oigo bien, Sarah, pero a tu padre no le entiendo.

Repitieron las frases y un minuto después Laura entró en la habitación y se sentó con el portátil abierto.

—Vas a tener que poner el teléfono tan cerca de él como puedas, sobre todo si hay ruido de fondo.

—Para eso tengo el otro aparato.

—Sí, ya. Respecto a eso…

Laura abrió otra pestaña en la pantalla del portátil que el joven ruso le había proporcionado a Sarah y mostró una imagen de la habitación donde se hallaban. Seleccionó la opción de retroceso y la imagen saltó hacia atrás entrecortadamente. Laura la detuvo. Solo se veían las rodillas de Roger, la mesa baja y un trozo de alfombra.

—Esta camarita se mueve un montón. Y eso no es bueno. —Observó el broche que Sarah llevaba prendido en la blusa—. Vamos a tener que sujetarla de algún modo para que sea más estable. Y tienes que quedarte lo más quieta posible y moverte despacio. Si no, la calidad de imagen va a ser una mierda.

—Pero tendré que moverme, Loz. No puedo quedarme sentada como una estatua.

—Cuanto menos te muevas, mejor será el vídeo. Es lo único que digo.

—Eso se dice muy fácilmente.

—Lo ideal sería coger la imagen de la cámara del broche y el sonido del teléfono y sincronizarlos para tener el cuadro completo de lo que esté pasando. También tienes la bolsa, pero no creo que debamos depender de eso.

—Pero ¿todo graba bien?

—Sí. El sonido y la imagen se transmiten sin cables y esto captura la señal —contestó Laura señalando el portátil.

Roger se levantó y se dirigió a la cocina.

—Voy a poner la tetera a calentar.

Cuando salió de la habitación, Laura añadió en voz baja:

—También deberíamos tener una contraseña de emergencia.

—¿Una qué?

—Alguna palabra para que des la voz de alarma y que puedas

deslizar en la conversación sin que él se dé cuenta. Algo inofensivo que no le haga sospechar.

—Si llegamos a ese punto, seguramente ya será demasiado tarde, de todos modos.

—Pero tienes que poder avisarnos de algún modo de que estás en peligro, o de que necesitas ayuda. Y cuando oigamos esa palabra o se la mandes a tu padre en un mensaje, abortamos la misión y vamos a sacarte.

—¿Y qué vais a hacer? ¿Echar la puerta abajo?

—Puede que sí —contestó Laura—. O llamar a la policía.

Sarah meneó la cabeza.

—No. A la policía, no.

—Eso no puedes descartarlo así como así. ¿Y si algo sale mal o él se pone violento o algo así?

—Deja que de eso me preocupe yo.

—¡Qué tontería! —exclamó Laura levantando las manos—. Eso es una tontería y lo sabes.

—Nada de policía —insistió Sarah.

—¿Por qué?

—Ya sabes por qué.

Laura no pudo ocultar su exasperación.

—Este plan tuyo podría torcerse con mucha facilidad. Si Lovelock se huele lo que está pasando, las cosas podrían ponerse muy feas.

—Creo que eso ya lo sabemos todos —contestó Sarah con calma.

—Lo que quiero decir es que esto podría acabar en catástrofe, que las cosas podrían ponerse muy muy jodidas. Te das cuenta, ¿no?

Sarah fijó la mirada en el suelo.

—Sí, me doy cuenta.

Laura bajó la voz.

—Podría intentar violarte. Podría hacer cualquier cosa.

—De alguna forma hay que pararle los pies.

—Y si pasa lo peor, si se tuercen las cosas, te resultará muy difícil explicar por qué fuiste a su casa voluntariamente un sábado por la

333

noche, sabiendo que su mujer estaba de viaje. Sabes a qué me refiero, ¿verdad?

—Sí.

—¿Eres consciente del riesgo que vas a correr?

Sarah asintió otra vez, pero no dijo nada. Prácticamente no pensaba en otra cosa desde que había dado con el plan.

—Santo Dios —dijo Laura—. Ven aquí.

Se acercó a su amiga y la abrazó. Se quedaron así, en medio del cuarto de estar, sin decir nada, tratando de reconfortarse la una a la otra y a sí mismas.

—Lo siento —dijo Laura al cabo de un rato—, pero no me gusta la idea de que vayas a casa de ese cabrón, sola y sin nadie que te cubra las espaldas. Así que tengo que intentar convencerte de que no lo hagas, porque es una completa locura.

Sarah la apretó con fuerza.

—Lo sé, pero en eso confío, precisamente. Si no fuera una locura, Lovelock se lo olería enseguida.

—A veces pienso que eres aún más terca que yo.

—De eso nada.

—Aun así, deberías pensar en una frase de alerta. Tiene que ser algo un poco raro, que no uses en una conversación normal, para que nos demos cuenta de lo que significa en cuanto lo oigamos.

—¿Como qué?

Laura posó la mirada en los teléfonos desechables que Sarah había comprado para que los usaran ella y su padre. Se estaban cargando sobre la mesa.

—¿Qué tal algo relacionado con tu teléfono? Así sabré que quieres hacer una llamada, pero no puedes. Podrías decir «teléfono recién estrenado» en ese orden.

Roger volvió con tres tazas de té humeante.

—Esa frase serviría, supongo —repuso Sarah—. ¿Y qué pasa si la digo?

Su padre arrugó la frente.

—Si creemos que estás en apuros, me voy derecho a la casa en el coche y aporreo la puerta hasta que me abra. Estaré esperando en la calle, en el aparcamiento del *pub*. Desde allí puedo llegar en dos minutos a su casa.

Laura levantó una mano.

—Espera, espera. Si Sarah dice la frase de emergencia, ¿nuestro plan de rescate es que tú vas a llamar a la puerta? ¿Y si no te abre?

—¿Se te ocurre una idea mejor? —preguntó Roger.

—Que te lleves un mazo y le des una patada a la puerta.

Sarah negó con la cabeza.

—Es de roble macizo, de cinco centímetros de grosor. No hay quien eche abajo esa puerta.

—Muy bien —dijo Laura—, entonces ¿qué sentido tiene que busquemos una frase de alerta si no vamos a poder entrar para sacarte de allí?

—Habrá que confiar en que no lleguemos a eso. Ceñíos al plan: me llamas al móvil exactamente a las ocho y diez y me dices que Harry se ha caído por las escaleras y que estás en una ambulancia camino del hospital. Y que mi padre va para allá para recogerme.

—¿Por qué a las ocho y diez?

—Porque es importante calcular el tiempo. Yo llegaré a las siete y media, así que de ese modo tendré cuarenta minutos para conseguir lo que necesito.

—En cuarenta minutos pueden pasar muchas cosas.

—Lo sé. Así que, si me oís decir, «teléfono recién estrenado» en algún momento, me llamáis al móvil enseguida, me decís lo de Harry y la ambulancia y lo paramos inmediatamente.

—¿Y si no puedes contestar?

—No os preocupéis. Tendré el móvil al alcance de la mano en todo momento.

75

Estaban los tres sentados a la mesa de la cocina. Quedaba una hora para la cita y todo estaba preparado. Laura tenía el portátil delante, con las aplicaciones de vídeo y audio abiertas en la pantalla y un teléfono conectado a través de un puerto USB, listo para grabarlo todo. Su padre tenía el abrigo y los zapatos puestos y las llaves del coche en la mano. Parecía exactamente lo que era: un inofensivo jubilado de sesenta y tantos años. Sarah se había puesto una chaqueta elegante, una blusa y una falda larga que hacía meses que no sacaba del armario. Antes, la chaqueta le quedaba perfecta; ahora le venía un poco grande. Supuso que era lo que pasaba por no comer apenas durante varias semanas seguidas. Un broche de cristal nuevo adornaba un lado de la chaqueta, justo encima del corazón.

—Estás preciosa, cielo —dijo Laura agarrándola de las manos.

—Gracias —dijo Sarah.

—Ojalá pudiera ir contigo. Pero, ya que no me dejas, te he traído una cosita para el bolso. Por si las moscas.

—No va a pasarme nada.

—Ya, bueno, por si acaso —respondió Laura. Buscó dentro de su bolsillo y sacó un objeto de plástico negro, fino y rectangular. Presionó un botón que tenía a un lado y una hoja de acero de diez centímetros de largo salió velozmente del mango.

—Madre mía —dijo Sarah—. ¿Una navaja automática?

—Era de mi hermano. Se la birlé un día, cuando éramos adoles-centes, y la tengo desde entonces.

—¿No son ilegales?

Laura levantó una ceja.

—Creo que eso ahora es lo de menos, ¿no te parece?

Plegó la navaja y la guardó en el bolso a Sarah.

—Gracias —dijo Sarah—. ¿Los dos tenéis vuestros teléfonos desechables encendidos y listos?

Ambos levantaron los móviles de prepago.

—¿Para qué los necesitamos? —preguntó Laura.

—Porque, de ese modo, si algo sale mal, podré decir que no es-tabais implicados y no habéis tenido nada que ver con el asunto, y no habrá ningún registro de móvil que me contradiga. Tengo vues-tros números si los necesito, pero, pase lo que pase, mañana esos dos teléfonos irán al fondo del Támesis y no volveremos a verlos.

—No quiero pensar en que algo pueda salir mal.

—Todo va a salir bien, Loz.

Laura asintió y le dedicó una sonrisa tensa.

—Bien —dijo Sarah—. ¿Estamos listos, entonces? ¿Todos sabe-mos lo que tenemos que hacer?

—¿Tú estás lista? —preguntó su padre.

—No, qué va, pero si esperáramos a estar listos nunca haríamos nada, ¿no?

—¿Y estás segura, absolutamente segura, de que quieres pasar por esto?

Sarah se levantó.

—Sí, estoy segura. —Cogió su bolso—. Vamos.

76

Sarah recorrió a pie, con paso cauteloso, el ancho camino que llevaba a la casa de seis habitaciones de Lovelock, haciendo ruido con los tacones al pisar la gravilla. Se alegraba de que la chaqueta le quedara más holgada, porque dejaba espacio para ocultar las cosas que llevaba debajo de la blusa. Se había recogido el pelo y llevaba en la mano derecha un bolso nuevo. Era un poco más grande de lo que habría preferido y no combinaba del todo con el resto de su atuendo, pero confiaba en que un hombre como Alan Lovelock no reparara en ese detalle.

Un foco de seguridad se encendió cuando se acercó a la puerta, bañando el camino con su brillante luz halógena. Detrás, la casa era un enorme amasijo de sombras, erguido en medio de la fría noche de noviembre. Sarah solo distinguió otra luz, que brillaba suavemente en uno de los grandes ventanales. Por lo demás, la casa estaba a oscuras.

Era la segunda vez que iba allí en cuestión de semanas. La primera vez, en la fiesta anual de Lovelock para recaudar fondos, reinaba una algarabía de voces y música y ella confiaba en que su invitación a la fiesta fuera el preludio de una buena noticia, de un ascenso que daría impulso a sus perspectivas profesionales. «Cómo nos engañamos», se dijo al aproximarse a la puerta. De una cosa se alegraba, al menos: de haber conocido a Gillian Arnold en la fiesta. Una mujer con la que tenía mucho en común.

Lo de esta noche sería distinto. Esta vez, la casa no estaría llena de invitados. No podría refugiarse entre el gentío. No habría testigos y, por tanto, Lovelock no tendría que refrenarse. Y ella no tendría a su lado a una compañera que le hiciera de carabina. De hecho, iba a incumplir las reglas de manera tan rotunda que estaba segura de que incluso incumpliría algunas en las que ni siquiera habían pensado. Se quedaría a solas con Lovelock a puerta cerrada y él probablemente estaría borracho, y en su territorio, para colmo. Si Marie hubiera sabido lo que se disponía a hacer, le habría suplicado que se marchara de allí. Pero, como era de esperar, Marie y ella ya no se hablaban.

Marie no sabía nada de todo aquello. Y era preferible que no lo supiera.

Sarah miró hacia arriba y vio la pequeña cámara de seguridad que había encima de la puerta, escondida entre la hiedra. Su lucecita roja, fija entre las sombras, indicaba que estaba encendida y grababa a cualquiera que se acercara por el camino. «Va a tener que ser una actuación estelar», se recordó Sarah.

Sus tacones tamborilearon sobre las baldosas pulidas cuando subió los anchos peldaños que llevaban a la puerta, flanqueada a ambos lados por grandes pilares de estilo romano. Acercó la mano al botón de latón del timbre…

Y se detuvo, de pie sobre el ancho felpudo de bienvenida, con el dedo a escasos centímetros del timbre. Dos segundos. Cinco. Diez.

«Última oportunidad para dar marcha atrás. No tienes por qué meterte en la boca del lobo. Podrías marcharte ahora mismo. ¿Qué es lo peor que puede hacer Lovelock?».

«Última oportunidad».

Rezó una oración para sus adentros y apretó el timbre.

77

Lovelock la recibió con una sonrisa parsimoniosa, la condujo al salón y le indicó el sofá. Vestía pantalones de pana marrones, una camisa blanca que le marcaba la barriga por encima del cinturón, y un fular anudado bajo el cuello abierto de la camisa. Aunque solo eran las siete y media de la tarde, sus mejillas mostraban ya la rojez propia del alcohol. En la gran chimenea ardían varios troncos, y un barboteo discordante de música *jazz* sonaba en los altavoces sujetos al techo de vigas de roble, tan suavemente que apenas se oía. Las gruesas cortinas, cerradas para cortar el paso a la oscura noche de noviembre, hacían que la habitación pareciera sellada herméticamente y aislada del mundo exterior.

Sarah no se había sentido tan sola en toda su vida. Se dijo que debía conservar la calma y respiró hondo varias veces para aquietar su corazón acelerado.

Lovelock la miró de arriba abajo con delectación.

—*Gin-tonic*, ¿verdad?

—Por favor.

Él preparó las bebidas en el mueble bar y le pasó un vaso grande de cristal tallado, lleno casi hasta el borde.

—Gracias.

Sarah se sentó en el mullido sofá de piel, con los zapatos hundidos en la gruesa alfombra de color crema, y puso su móvil con cuidado sobre la mesa baja, entre ella y el vaso de *whisky* de Lovelock. Dejó el bolso al lado. Como tenía la base plana, se sostenía derecho sobre la mesa. Lo colocó con un extremo mirando hacia el sillón de cuero que tenía enfrente, dando por sentado que Lovelock se sentaría allí al principio y pasado un rato se trasladaría al sofá para sentarse junto a ella. «Cómo no».

—Bueno —dijo—, aquí estamos.

Lovelock cogió su copa, se dejó caer en el sillón de cuero, como había previsto Sarah, y cruzó las piernas.

—En efecto, aquí estamos.

—¿Solos? ¿No hay nadie más?

—Caroline ha ido a visitar a su madre, como te dije, y he dado el día libre al cocinero. —Estiró un brazo sobre el respaldo del sillón—. Así que estamos solos.

Sarah tuvo que refrenar el impulso de recolocar el bolso sobre la mesa. «¿Qué alcance tenía la cámara? ¿Sesenta grados?». No recordaba lo que le había dicho Mijail, pero no se atrevió a tocarlo por si resultaba demasiado evidente.

—Esto está mucho más tranquilo que la última vez que vine, desde luego.

—¿El día de la fiesta? Sí. Fue una lástima que apareciera esa invitada inesperada y aguara un poco el final. —Lovelock se detuvo y juntó las manos como si se dispusiera a rezar—. En primer lugar, Sarah, por favor, permíteme decirte una cosa.

Ella se removió en su asiento.

—De acuerdo.

—Quiero disculparme por mi comportamiento.

Sarah no se esperaba aquello. Nunca le había oído disculparse por nada, ante nadie.

—¿Disculparte?

—El otro día… me dejé llevar un poco.

«Es una manera de decirlo», pensó Sarah.

—No tiene importancia —contestó.

—Claro que la tiene. Quería cerciorarme de que no te lo habías tomado a mal.

—No pasa nada, Alan.

—¿Estás segura?

—Sí.

—Estupendo. —Él sonrió y se recostó en el amplio sillón—. Bueno, mi niña, ¿de qué hablamos?

Ella bebió un sorbo de su copa. Llevaba tanta ginebra que casi no se notaba el sabor a tónica o limón. «¿Sabía también a otra cosa? ¿Había añadido Lovelock algo más, disimulando su sabor con el de la ginebra?».

—De lo que quieras, Alan.

—¿Qué tal del viaje a Boston? ¿Has decidido ya si podrás venir?

—La verdad es que lo he estado pensando y he decidido…

Sonó el timbre, un campanillazo en dos tonos que resonó en el enorme vestíbulo.

Sarah se quedó inmóvil, con una expresión de pánico.

—¿Quién es? —preguntó en voz baja—. Creía que este fin de semana lo habías organizado todo para estar solo con la excusa de escribir.

Lovelock levantó una mano con gesto tranquilizador.

—No te preocupes, me desharé de quien sea.

Sarah se tapó la boca.

—Dios mío, ¿y si es Nick?

—¿Sabe que estás aquí?

—No. Al menos… No creo.

Lovelock sonrió con sorna.

—Me alegra saberlo. —Dejó su bebida sobre la mesa baja de cristal y se levantó—. Quédate aquí. Sea quien sea, le diré que se vaya.

Salió al vestíbulo. Sarah oyó que se abría la puerta y, luego, un breve diálogo. Después la puerta volvió a cerrarse. Oyó el chasquido metálico de la cerradura y a continuación el ruido de la cadena. Un momento después reapareció Lovelock llevando un paquete del tamaño de una caja de zapatos. Lo dejó en una mesa y, haciendo caso omiso del sillón donde se había sentado anteriormente, se acomodó en el sofá, junto a ella.

—Descuida, no era tu maridito que venía a buscarte. Era un mensajero.

Sarah se recostó en el sofá, cruzó las piernas y se alisó la falda sobre las rodillas. Movía un pie con nerviosismo.

—¿Algo importante?

—No, solo el envío diario de Caroline. Francamente, no sé cómo pasaba los días antes de que se inventaran las compras por Internet. —Volvió a coger su *whisky*—. ¿Dónde cree tu maridito que estás, por cierto?

—Él no… Ahora mismo estamos separados.

Lovelock sonrió enseñando sus dientes pequeños y amarillos.

—¿No me digas? ¿Os estáis tomando un descanso?

—Algo así.

—Seguramente sea lo mejor.

Sarah miró el interior de su vaso e intentó sofocar el profundo malestar que le producía hacerle confidencias a Lovelock, pero tenía que hablar abiertamente, bajar la guardia para que, cuando llegara el momento, él hiciera lo mismo.

—Ha vuelto a marcharse —añadió—. Se ha ido a casa de otra persona. Dijo que estaba intentando encontrarse a sí mismo. A saber lo que significa eso.

—¿Una mujer?

—¿Cómo?

—¿Está viviendo con otra mujer?

—Sí. La conoció en un *casting*, el año pasado.

—Una lástima —comentó Lovelock sin convicción—. Debes de sentirte muy sola.

—Es duro, con los niños y todo lo demás. Pero los dos necesitábamos un tiempo de reflexión, para poder aclarar nuestras ideas y ver qué pasa a partir de ahora.

—¿Y tú qué quieres que pase?

Sarah bebió otro sorbo de su copa y notó el picor de la ginebra en la lengua. Miró el reloj que había encima del acuario; eran las 19:42. Quedaban veintiocho minutos.

«Lánzale el cebo. Ahora».

—He llegado a la conclusión de que estoy preparada para hacer lo que tenga que hacer —afirmó en tono cargado de resignación—. Y quiero ir a Boston contigo. Los dos solos.

78

—¡Ah! —Lovelock juntó las manos con una palmada—. Al final has decidido acompañarme. ¡Qué maravilla!

—Quiero conocer a la gente de Atholl Sanders. Quiero ayudarte con esa beca y trabajar contigo en el proyecto.

—Por fin has entrado en razón. ¡Sabía que al final lo harías! Es de lo más satisfactorio, Sarah.

—Entiendo la situación. Como te decía, estoy dispuesta a hacer lo que sea necesario.

—¿Dejarte llevar?

—Sí.

En la cara de Lovelock se dibujó una mueca triunfal, la sonrisa más amplia que Sarah le había visto nunca. Ella reprimió un escalofrío.

—Esa es mi chica —dijo Lovelock.

Sarah tragó saliva con esfuerzo mientras buscaba las palabras adecuadas.

—Dijiste que sería bueno para mi carrera conocer a los mecenas y hacer contactos dentro de la fundación.

Lovelock se arrimó a ella y apoyó el brazo en el respaldo del sofá.

—Sin duda. Y, además, nos lo vamos a pasar en grande, tú y yo. El lunes a primera hora le diré a Jocelyn que te reserve el billete de avión y el hotel. Tendremos habitaciones contiguas, claro.

Ella notó que asentía automáticamente.

—No conozco Boston.

—Es una ciudad absolutamente fantástica. —Se inclinó hacia ella—. Será un placer enseñártela en la intimidad.

—Estupendo.

Lovelock la observó con una mirada de inmensa satisfacción y volvió a dar una palmada.

—Me alegra tanto que hayas entrado en razón, Sarah… Va a ser un viaje maravilloso. —Cogió su vaso y lo hizo entrechocar con el de ella—. ¡Salud!

—Salud —contestó Sarah.

«Ahora, cierra el trato. Consigue lo que has venido a buscar».

—Estoy deseando ver Boston —dijo antes de dar otro sorbito a su bebida. Estaba tan fuerte que hizo una mueca.

—Te va a encantar. También hay un congreso en Chicago, en febrero, al que deberías venir. Así podré presentarte a varios miembros realmente fascinantes del mundillo académico estadounidense. ¿Conoces Chicago?

—Nunca he ido a los Estados Unidos, Alan. No he tenido ocasión.

—Bueno, pues ahora vas a tenerla —respondió él, y volvió a brindar levantando su copa.

«Haz que siga hablando».

—¿En qué fecha es?

—Dentro de un mes. Viajaremos en clase *business*, claro. Le diré a Jocelyn que te mande todos los detalles. Boston en enero es algo especial, te lo aseguro.

—Tendré que leer algo sobre la ciudad.

—No te preocupes por eso —contestó él, y le hizo una reverencia burlona—. Yo te haré de guía. Te enseñaré todo lo que merezca la pena verse.

Sarah se llevó de nuevo la copa a los labios y bebió un sorbito.

—Quería preguntarte por… por los términos del acuerdo.

La sonrisa de Lovelock se disipó.

—¿Los términos? ¿A qué te refieres?

«Sabes perfectamente a qué me refiero», pensó ella, acordándose de lo que le había dicho Lovelock unos días antes.

«Una vez por semana, todas las semanas, vendrás a mi despacho. Cerraremos la puerta, yo me recostaré en mi sillón y tú te arrodillarás y te pondrás manos a la obra. O quizá te tumbes boca arriba. O boca abajo. O puede que las tres cosas».

Sarah escogió sus palabras con sumo cuidado.

—Me refiero a qué va a pasar a partir de esta noche —dijo—. ¿Dijiste que sería un acuerdo semanal? Lo digo por lo de los cambios en el departamento.

—Para el carro, Sarah. Me he perdido.

Ella se acercó un poco y cambió de postura para ponerse de frente a él.

«Adelante. Dilo».

—La reestructuración en el departamento. Dijiste que ibais a despedir a varias personas y que mi nombre era uno de los primeros de la lista.

Estaba tan cerca de Lovelock que notó el acre olor a *whisky* de su aliento.

—Va a haber que tomar algunas decisiones difíciles, eso es un hecho.

—Dijiste que mi trabajo corría peligro.

—Es cierto. Como el de otras personas.

—Pero que había algo que podía hacer para evitar el despido. —Tenía grabada a fuego en el cerebro su conversación acerca del hombre de la cicatriz—. Y para que tú... te guardaras ciertas cosas en lugar de contárselas a la policía.

Él se bebió de un trago el resto del *whisky* y se acercó al mueble bar para servirse otro. Sarah advirtió que se servía, de sendas licoreras de cristal idénticas, dos dedos de *whisky* y un dedo de agua. Lovelock volvió al sofá y se desabrochó el segundo botón de la camisa blanca de hilo.

—No hace falta que hablemos de esas cosas ahora, ¿verdad? ¿Qué tal si lo hablamos… más tarde? ¿Después?

—Si no te importa, prefiero que lo hablemos ahora.

Un destello de cólera crispó el semblante de Lovelock, y Sarah pensó que volvería a negarse. Luego, sin embargo, él pareció aplacarse.

—Claro, por qué no. —Cruzó las piernas, vuelto hacia ella, y se reclinó en el sofá de modo que sus piernas casi se tocaran—. ¿Qué quieres saber?

79

—Quiero saber si podré contar con que no me despidáis —dijo Sarah.

—¿Es que alguno de nosotros puede contar con eso?

—Ya sabes lo que quiero decir, Alan. Me lo dijiste en tu despacho, lo dejaste muy claro.

—Siempre conviene dejar las cosas claras, ¿no crees? «Una cuestión que se aclara deja de preocuparnos».

—¿Qué?

—Friedrich Nietzsche.

—Recuerda que me dijiste que, cuando empezara este nuevo acuerdo entre nosotros, te asegurarías de que mi nombre no figurara en la lista de despidos. Que, si nos acostábamos, ese peligro desaparecería.

—¿Tienes hambre? —preguntó él de repente.

—¿Perdona?

—Tengo un par de jugosos chuletones de buey y una botella de delicioso Mouton Rothschild del 91 puesta a respirar. Avísame cuando empieces a tener hambre.

«No dejes que cambie de tema».

Sarah ansiaba que lo dijera en voz alta, que repitiera lo que le había dicho hacía unos días. El reloj de la pared marcaba las 19:51. Faltaban diecinueve minutos para que Laura llamara a su móvil y le diera el mensaje que señalaría el momento de escapar.

—Prefiero que las cosas queden claras entre nosotros, primero. Si empezamos ese nuevo acuerdo esta noche, como me dijiste, ¿luego qué?

Se imaginó a sí misma sentada en la sala de reuniones con Peter Moran, el gerente de la facultad, el decano y el jefe de Recursos Humanos, escuchando aquella conversación grabada. Las caras que pondrían cuando comprendieran lo que significaba aquello: de incredulidad, primero; de rechazo, después. Y, a continuación, de pánico. Ver esas caras, asistir a aquel instante, compensaría hasta cierto punto el calvario que había tenido que soportar esos últimos dos años.

Lovelock se recostó y se pasó una mano por la coronilla casi calva.

—Quieres que firme con sangre, ¿eh?

—Solo quiero asegurarme de que nos entendemos. Quiero oírtelo decir.

—¿Decir qué exactamente?

—Que conservaré mi empleo si accedo a este acuerdo. Si accedo a acostarme contigo.

«Dilo solo una vez. Es lo único que necesito».

Él sonrió. Una sonrisa larga, perezosa, que no se reflejó en sus ojos.

—Me encanta cómo te has vestido, por cierto.

Aquel brusco giro en la conversación dejó momentáneamente desconcertada a Sarah.

—Gracias.

—Y me encanta que te hayas arreglado tanto. No recuerdo haberte visto nunca tan guapa.

Ella se obligó a sonreír.

—He intentado esmerarme un poco. Como muestra de buena voluntad.

—Solo hay un problema, Sarah.

Ella se removió en su asiento, incómoda.

—¿Un problema?

—Me temo que sí.

Sarah sintió un hormigueo de temor en el estómago.

Lovelock se levantó bruscamente y salió al pasillo. Siguió un momento de silencio. Luego, Sarah oyó el ruido de un cerrojo al correrse. Y luego otro.

«La puerta de la calle. Está cerrando con llave la puerta de la calle».

Él volvió al salón guardándose unas llaves en el bolsillo. Cerró la puerta a su espalda y se sentó de nuevo en el sofá.

—Ya. Así está mejor.

Sarah sintió que el corazón le martilleaba en las costillas.

«Estás atrapada».

—¿Qué ocurre, Alan?

Él la miró de arriba abajo con avidez.

—Verás, Sarah, el caso es que te has esmerado mucho con el maquillaje, el pelo, la ropa, los zapatos, el perfume… y has hecho un trabajo fantástico, encantador. —La miró fijamente—. El único problema es que no te creo.

80

Sarah le sostuvo la mirada.

—No entiendo.

—Es muy sencillo, en realidad. —Señaló su blusa con un ademán—. No creía que fueras a venir a mi casa así de arreglada, con esa ropa tan bonita, tus mejores zapatos y tu perfume más caro. Esperaba que cancelaras nuestra cita en el último minuto, que pusieras cualquier excusa, que uno de tus críos tenía un resfriado o algo por el estilo. No creía que fueras a venir. Y desde luego no esperaba que te presentaras con ese aspecto.

—Es lo que acordamos.

Lovelock sacudió la cabeza.

—Has cedido con demasiada facilidad. Con demasiada facilidad. Creo que, en el fondo, en tu fuero interno, crees que estás por encima de todo esto. Que eres demasiado buena, demasiado virtuosa, para meterte en algo así.

Sarah sintió que el pánico comenzaba a aletear frenéticamente en su pecho mientras las palabras de Laura resonaban en sus oídos: «Este plan podría acabar en catástrofe, las cosas podrían ponerse muy muy jodidas si él se huele lo que intentas».

El reloj marcaba las ocho menos siete minutos. Llevaba veintitrés minutos allí y aún faltaban diecisiete para que llamara Laura.

«Diecisiete minutos son demasiados. Demasiados».

352

—¿Demasiado buena para qué, Alan? No entiendo qué quieres decir.

—La verdad es que todos tenemos que hacer sacrificios. Todos somos pecadores, Sarah. Todos. El propio Marlowe lo dijo: «Quien diga que no ha pecado se engaña a sí mismo».

—Te equivocas, no…

Él se llevó un dedo a los labios. Le brillaban los ojos con extraña intensidad. Sus pupilas, encogidas, eran dos minúsculos puntos negros.

—Cállate.

«Sal de aquí. Usa la frase de emergencia. Sal de aquí».

En el momento en que abría la boca para hablar, Lovelock cogió un mando a distancia que había sobre la mesa y pulsó un botón. La música *jazz* que emitían los altavoces del techo subió de volumen hasta volverse casi ensordecedora: un tumulto de trompetas y saxofones.

—¿Qué haces? —Ella apenas oyó su propia voz entre tanto ruido.

Lovelock cogió el móvil de Sarah de encima de la mesa, tocó la pantalla y se dejó caer en el sofá, junto a ella. La agarró de la mano derecha, le sujetó el pulgar y lo acercó al botón de inicio del Sony Xperia. Su huella dactilar desbloqueó el teléfono. Sarah intentó quitárselo, pero Lovelock la apartó de un manotazo, con la mirada fija en la pantalla. Encontró lo que estaba buscando y se lo enseñó.

La grabadora del teléfono estaba en funcionamiento y el contador digital mostraba veinticinco minutos de grabación. Lovelock pulsó el botón de fin y el contador se detuvo. Arrimándose a ella le gritó al oído:

—¿Qué pensabas hacer con esta grabación?

A Sarah, el corazón le latía tan fuerte que casi no podía hablar.

—Nada.

—Nada bueno, desde luego —gritó él.

Ella meneó la cabeza.

Él entró en el administrador de archivos del teléfono y borró la grabación.

—Es igual. Ya está borrada.

Apagó el teléfono, se acercó al acuario de peces tropicales y lo sostuvo encima del agua.

—¡No, Alan! —Acordándose de la frase de alerta, gritó—: ¡Ese teléfono está recién estrenado!

Él se encogió de hombros y tiró el teléfono a la pecera.

—Uy —dijo mientras el aparato se hundía rápidamente.

«¿Habría distinguido Laura sus palabras con aquel estruendo? Parecía improbable».

Lovelock volvió a la mesa, levantó su bolso y lo registró, palpando el forro. Echó un vistazo a la navaja automática y se la guardó en el bolsillo del pantalón. Luego siguió inspeccionando el bolso. Miró atentamente lo que parecía ser un remache decorativo en un extremo, observándolo desde distintos ángulos. Por fin levantó una ceja y asintió lentamente como para sí mismo.

Dejó caer el bolso con todo lo que contenía dentro del acuario y volvió a sentarse a su lado.

—Esas cámaras de espías tan diminutas son asombrosas, ¿verdad? Prácticamente invisibles a no ser que sepas lo que estás buscando. Ahora ya no pueden verme ni oírme, ¿verdad? Tus amigos, quiero decir. Ni a ti tampoco.

Quedaba una sola cámara. Su última oportunidad de que aquello funcionara.

—¡Alan, por favor! —gritó entre el estrépito de la música—. Vamos a hablar.

—Levántate.

—¿Por qué?

—Limítate a hacer lo que te digo, querida.

Sarah se levantó y se alejó un paso de él.

Lovelock la miró con la cabeza ladeada. Tenía gotas de sudor en la frente.

—Date la vuelta. Despacio.

Ella obedeció, buscando con la mirada algo que pudiera utilizar como arma. Un atizador junto al fuego. Un jarrón en la repisa de la chimenea. Acabó de dar la vuelta y le miró de frente.

Lovelock tenía una expresión triunfal en la cara.

—Lo sabía —dijo lentamente—. Es el broche, ¿verdad? No combina con el resto de tu indumentaria. Por poco, pero no combina.

—Era de mi madre —alegó ella, pero ni siquiera a ella le sonó convincente su mentira.

—¿Para qué arruinar una chaqueta tan elegante con una cosita tan cursi? —dijo él con un ademán—. Quítatelo.

—No quiero es…

—¡Quítatelo! —gritó Lovelock.

Sarah comenzó a toquetear el broche tratando de abrirlo, pero le temblaban las manos. Sabía que no podría quitárselo y que esa sería la confirmación final que necesitaba Lovelock sobre sus intenciones al ir a su casa esa noche.

—Está atascado, no puedo quitármelo —dijo con voz entrecortada—. No quiero estropear la chaqueta. Por favor, Alan.

Él se acercó, agarró el pequeño broche de plata y se lo arrancó de un tirón, rasgando la tela. Lo sostuvo un momento en la palma de la mano mientras lo observaba de cerca. Un cable negro muy fino salía del broche y desaparecía bajo la chaqueta. Lovelock tiró de él, acercándola hacia él.

—Lo que pensaba: otra puñetera cámara. —Se sacó del bolsillo la navaja automática y la abrió. Diez centímetros de acero afilado, acabados en una punta tan fina como la de una aguja—. Se acabaron las tonterías.

Sarah buscó frenéticamente una salida mientras trataba de sofocar el miedo que le oprimía la garganta. Lanzó una mirada al reloj de la pared: faltaban cuatro minutos para las ocho.

«Pero eso no sirve de nada. Laura ya no puede llamarte».

—Alan, por favor.

Él no la escuchó. Cortó con la navaja el cable del broche y tiró la cámara al fuego, donde desapareció al instante entre las llamas.

La señaló con la navaja. La luz del fuego destellaba en la hoja de acero pulido.

—Bueno, bueno... ¿Qué otros dispositivos ocultos voy a encontrar, zorrita tramposa y embustera?

—¡Ninguno, Alan, te lo juro!

—Mmm. Por desgracia, creo que has demostrado ser poco digna de confianza, ¿no crees? Así que no me dejas elección. —Dio un paso hacia ella y metió un dedo en el agujero que había abierto en su chaqueta—. Vas a tener que quitártelo todo. Todo.

81

Ella cruzó los brazos y dio un paso atrás.

—¿Qué quieres decir?

—Sabes perfectamente lo que quiero decir. Desnúdate ahora mismo.

—No —contestó Sarah.

—¿Cómo has dicho?

—He dicho que no. No voy a desnudarme.

—No me has entendido bien, querida. No era una petición: era una orden. —Lovelock sacó su móvil del bolsillo—. Si no obedeces, tendré que llamar a mi buena amiga la inspectora detective Rayner para contarle lo que acabo de recordar sobre nuestro amigo ruso. Tengo grabados todos sus números.

Sarah sintió que una oleada de frío pánico la embargaba.

Lovelock la señaló con la navaja.

—No voy a pedírtelo otra vez.

Ella se quedó mirándole un momento más mientras dejaba crecer su ira. Luego se descalzó. Se quitó la chaqueta de los hombros. Se sacó la blusa por la cabeza, se bajó la cremallera de la falda y la dejó caer al suelo. Se quedó de pie delante de él, con las mejillas enrojecidas, en sujetador, bragas y medias.

Nunca, en toda su vida, se había sentido tan sola y vulnerable.

Lovelock la miró con avidez. Una oleada de sangre enrojeció la piel de su cuello y su cara.

—Date la vuelta otra vez.

Sarah llevaba un transmisor inalámbrico muy fino y una batería amarrados a la parte de atrás del sujetador por un tramo de cinta aislante negra que le rodeaba las costillas. Lovelock cogió ambas cosas y las arrojó al fuego. Convencido por fin de que no llevaba encima ningún otro dispositivo de grabación, cogió el mando a distancia y apagó la música.

El silencio los envolvió de pronto.

Sarah se apartó de él, colocándose a un lado del sofá. Lovelock la siguió. Ella dio otro paso atrás. Lovelock ya no se interponía entre ella y la puerta que daba al vestíbulo.

—Quítate también el resto de la ropa —dijo Lovelock con voz pastosa.

—No. Eso era todo. No vas a encontrar nada más.

—¡HAZ LO QUE TE DIGO! —bramó él.

Sarah dio un respingo, asustada. Se alejó otro medio paso de él mientras se bajaba las medias hasta los tobillos y se las quitaba.

Lovelock se pasó la mano por la mandíbula.

—Lo demás también —repitió con voz ronca y jadeante. Una gota de sudor le corría por la mejilla.

Sarah se desabrochó el sujetador y lo dejó caer al suelo. Luego se quitó las bragas e intentó cubrir su desnudez con los brazos.

«Ya está, se acabó. Laura te advirtió de que podía pasar esto».

Se había puesto tan colorada que sentía que le ardía la cara. Una idea resonaba una y otra vez en su cabeza: un instinto animal que se hacía oír pese a la vergüenza, la rabia y el odio que sentía. «Sal de esta habitación y busca un sitio donde puedas encerrarte con llave. Pon una barrera entre tú y él. Luego ya te preocuparás de lo siguiente, ve paso a paso. Porque esto es el fin».

Lovelock avanzó hacia ella despacio, acercando la mano derecha a su pecho.

Sarah esquivó su mano y echó a correr.

82

El aire frío del pasillo rozó su piel desnuda. Torció instintivamente a la derecha, hacia la escalera, pulsando varios interruptores mientras corría. La ancha escalera se llenó de luz.

«Busca una puerta que puedas cerrar con llave».

Subió los peldaños de dos en dos, impulsada por el miedo. Oía los pasos pesados de Lovelock tras ella. Al final de la escalera había un descansillo amplio con cinco puertas y sendos pasillos a derecha e izquierda. Justo enfrente, al otro lado del descansillo, había una puerta abierta a través de la cual se veía un suelo de baldosas y el flanco de una bañera. Se lanzó hacia ella, rezando porque tuviera cerrojo.

Entró en el cuarto de baño y cerró la puerta. Vio con inmenso alivio que había un pestillo plateado bajo el pomo. Lo giró y oyó el chasquido de la cerradura al encajar. Jadeando, apoyó las manos contra la puerta como si pudiera sujetarla solo con sus fuerzas.

«A salvo, por ahora».

Solo llevaba puesto su reloj de pulsera. Eran las ocho menos un minuto. Hizo un cálculo rápido, preguntándose si la puerta y la cerradura aguantarían.

Oyó acercarse los pasos al otro lado de la puerta. El pomo giró: Lovelock intentaba abrir. La puerta permaneció cerrada. Sarah contuvo la respiración, convencida de que se pondría a aporrear la puerta, pero oyó alejarse sus pasos por el descansillo. Recorrió el cuarto de baño con la mirada ansiosamente, buscando algo con lo que cubrirse. Había un montón de toallas blancas de ducha sobre una cómoda de madera, en el rincón. Cogió una y se envolvió en ella.

«¿Qué más? ¿Por dónde puedo escapar?». Había una fila de pequeñas ventanas, pero estaban cerradas y la llave no estaba a la vista. Y además eran demasiado pequeñas para salir por ellas.

«¿Un arma?». Abrió la puerta del armario del baño y rezó por que hubiera dentro cuchillas de afeitar, o tijeras, o algo. No hubo suerte. Agarró un cepillo eléctrico y le quitó el cabezal, dejando solo el eje de acero de unos dos centímetros de largo. Si le imprimía la fuerza suficiente, podría clavarlo en la carne.

Los pasos volvieron, se detuvieron al otro lado de la puerta del baño. Sarah se volvió y miró de nuevo su reloj. Pasaba un minuto de las ocho, hacía poco más de media hora que se había sentado en el salón de la casa de Lovelock. Tenía la sensación de haber envejecido diez años.

Al otro lado de la puerta solo se oía silencio. Silencio en toda la casa.

Retrocedió hasta la esquina con su arma improvisada en la mano y procuró sofocar el pánico que empezaba a apoderarse de ella nuevamente, tras el pequeño atisbo de esperanza que había sentido al cerrar el pestillo de la puerta. Solo un vástago de metal se interponía entre ella y Lovelock.

Mientras miraba la puerta, el pomo comenzó a girar.

Antes de que pudiera reaccionar, antes de que pudiera moverse siquiera, la cerradura emitió un chasquido y la puerta se abrió de golpe.

Lovelock apareció en el vano con un destornillador en una mano y un vaso de *whisky* en la otra. Se apoyó contra el quicio y la señaló con el destornillador. Tenía casi treinta centímetros de largo y una punta reluciente.

—Es bastante fácil abrir lo que está cerrado —comentó—, si se tiene la herramienta adecuada.

—No te acerques —dijo Sarah tratando de que no le temblara la voz.

—Así que vienes a mi casa, intentas engañarme y tenderme una trampa con una grabadora… Era una idea interesante. Demuestra valor. Está claro que te he subestimado, querida.

—Creo que llevas toda tu vida subestimando a las mujeres.

A Lovelock se le endureció el semblante.

—Pero has fracasado —dijo—. Y ahora ha llegado el momento de que empieces a enmendarte. ¿Qué me dices? ¿Vas a obedecer como una niña buena?

Sarah se agarró con fuerza la toalla.

—Deja que me marche. Te prometo que no le diré a nadie lo que ha pasado esta noche.

Él chasqueó la lengua y meneó la cabeza.

—No. Creo que no. Creo que el momento de hacer tratos ya ha pasado, querida. Pasó hace tiempo. Es hora de que me demuestres que eres algo más que una amita de casa con ínfulas de profesora universitaria.

—Por favor, Alan —dijo ella, y le repugnó el tono suplicante de su voz—. No hagas esto.

—Me gusta oírte suplicar. —Lovelock la miró de arriba abajo—. Quítate la toalla.

—No.

Lovelock comenzó a desabrocharse el cinturón.

—¿Sabes qué te digo? —dijo—. Que si te portas muy muy bien en la cama esta noche, quizá decida no tirar tu carrera por el váter.

—No puedes hacerme lo que le hiciste a Gillian Arnold.

—Al contrario, querida: puedo hacerlo. Yo gano, tú pierdes. Así acaba la partida.

Sarah le miró con fijeza mientras las palabras de su padre resonaban en su cabeza:

«La tercera opción es la más dura, Sarah».

—Voy a preguntártelo una vez más, la última. —Lovelock pestañeó una vez, dos, y tomó otro trago de *whisky*, vaciando el vaso. La cara le brillaba, sudorosa—. ¿Qué va a ser?

Ella se irguió en toda su estatura, empuñando con fuerza su arma. Sintió que el temor la abandonaba, que la razón, la lógica y el sentido común, la angustia y la preocupación desaparecían de golpe. Echó mano de toda la frustración y toda la furia que había sentido durante el año anterior, bebió con ansia de los temores que le habían impedido conciliar el sueño durante meses y dejó que la rabia inundara su cuerpo, concentrando todos esos sentimientos en aquel hombre que había conseguido mantener oculta su verdadera faz mientras trepaba hasta lo más alto de su profesión.

Aquello tenía que parar, fuera como fuese.

Sintió que la rabia le bullía en las venas, que la sangre le palpitaba en el cuello. Volvía a oír las palabras de Marie. «Si te enfrentas a él, al final solo uno de los dos quedará en pie».

—Se acabó, Alan. ¿Quieres mi respuesta? Pues aquí la tienes. —Blandió la punta de acero con la mano derecha, amenazándole—. Vete al infierno.

83

Acabó de corregir un trabajo y pasó al siguiente. Había dejado la luz apagada y la puerta cerrada, y el despacho estaba en penumbra, iluminado únicamente por la débil luz invernal que entraba por la ventana. Pero era así como le gustaba ahora. Estar sola, en silencio. Ser casi invisible. «Mantén la cabeza gacha, no armes jaleo, sigue con tu trabajo todo el tiempo que puedas».

Había conseguido asimilar lo que había hecho y estaba preparada para afrontar las consecuencias cuando llegara el momento. Lo había hecho lo mejor que sabía, ¿y qué más podía hacer una? Había tomado una decisión y tendría que apechugar con ella.

Era así de sencillo, y de complicado.

Le producía cierto alivio haber elegido una vía, haber tomado un camino, haberse sacudido la parálisis de las dudas y haber tomado una decisión. Quizá la única viable.

Se levantó y se acercó a la ventana. Era uno de esos días nublados de diciembre en los que no parecía salir el sol. Gruesos nubarrones grises pendían bajos en el cielo. Se había encariñado con aquellas vistas en los dos años que llevaba ocupando el despachito de la segunda planta, en un extremo del edificio. Desde allí, más allá de las zonas verdes del campus, se veían el lago y la torre del reloj. Fuera había estudiantes que iban a clase, o quizá al sindicato a almorzar. Algunos parecían recién salidos de la cama.

«Sería tan agradable volver a ser como ellos», pensó. Tener dieciocho años y ninguna responsabilidad. Que la gente solo esperara de ti que hicieras lo que te apeteciera de día en día. Tener las riendas de tu destino, verse libre de todas esas cosas que poco a poco, con el paso de los años, iban abrumando con su peso a los adultos. Se preguntó si tomaría las mismas decisiones si pudiera disponer de su vida otra vez. Si supiera que el camino que eligiera la llevaría a aquel despacho, a aquel lugar, a aquella situación. A aquel punto de inflexión.

Era una pregunta fácil de responder, ahora.

En la rotonda de enfrente del edificio, alguien —un miembro del equipo de *rugby*, probablemente— había trepado otra vez a la estatua de Neptuno y le había puesto en la cabeza una peluca afro de color amarillo brillante y una papelera sobre el tridente. Otra misión para el señor Jennings, el conserje.

Mientras estaba allí de pie, perdió la noción del tiempo. Estaba a punto de volver a su mesa para seguir corrigiendo cuando un coche salió de detrás de la fila de árboles y entró en el aparcamiento de la facultad. Una berlina corriente, con un hombre y una mujer sentados delante. Seguía una furgoneta de la policía en cuyo costado se leía *Unidad de apoyo científico*. Se detuvieron delante de la entrada principal de la facultad. Dos agentes uniformados salieron de la furgoneta. Del coche se apearon dos detectives a los que Sarah reconoció de inmediato: la inspectora Rayner y el sargento Neal.

Se reunieron todos en torno a Rayner e, inclinando la cabeza, escucharon lo que les decía. La conversación fue breve.

Sarah los observó desde lejos. Intentó conmoverse, pero no sentía nada: ni miedo, ni desesperación, ni ira, ni tristeza. Era como si le hubieran arrancado de cuajo todas las emociones y solo quedara un espacio vacío y yermo.

Que fuera lo que tuviera que ser.

Pasado un minuto, los cuatro policías dieron media vuelta y entraron en el edificio principal. La inspectora detective Rayner iba en cabeza. Sarah los perdió de vista.

Volvió a su mesa.

Colocó rápidamente el trabajo que había estado corrigiendo en el montón, junto a los demás, los guardó todos en un cajón de la mesa, lo cerró y se guardó la llave en el bolsillo. Puso la tapa a su bolígrafo y apagó su ordenador. Luego se acercó al perchero que había junto a la puerta, se puso la chaqueta y volvió a sentarse, dispuesta a esperar.

La policía había vuelto, y con refuerzos.

Y esta vez, pensó, detendrían a alguien.

CUATRO SEMANAS DESPUÉS

84

Sarah se recostó en su asiento, tratando de ponerse cómoda. Estaban apretujados como sardinas en lata, ella y los demás, aquellos desconocidos que la rodeaban.

Grace y Harry estaban muy lejos. No recordaba la última vez que había pasado varias noches seguidas sin ellos. Pensar en sus hijos la debilitaba y al mismo tiempo le daba fuerzas, y esa confusa mezcla de emociones la dejaba aterrorizada y eufórica, ahora más que nunca. Sería capaz de derribar montañas por ellos, afrontaría cualquier peligro y los protegería con su propio cuerpo, hasta que no le quedaran más fuerzas. Estaba más orgullosa de ellos que de cualquier otra cosa en el mundo.

Confiaba en que algún día lo supieran.

Había sido un día muy estresante. Se había despertado temprano, en una cama desconocida, sin sus hijos, lejos de casa. Había esperado en colas interminables, una tras otra, y pasado por infinitos controles de seguridad. Uniformes y radios, detectores de metales, cacheos y registros. Luego había tenido que esperar otra vez, y caminar, y hacer cola.

Tendría que acostumbrarse. Era el camino que había elegido, la decisión que había tomado con una sola llamada de teléfono, y tendría que cargar con las consecuencias. Así era la vida.

Pensó otra vez en cómo era de adolescente. ¿Qué pensaría aquella chica de dieciséis años si pudiera verla ahora? Sacudiría la cabeza con incredulidad: nunca, ni en un millón de años, habría pensado que el destino la conduciría allí, a esto.

Volvía a sentir un hormigueo nervioso, a flor de piel. Era natural, supuso: se dirigía a un lugar extraño y no sabía qué la aguardaba al final del viaje ni, sobre todo, con quién iba a encontrarse.

¿Cómo serían? ¿Podría soportarlo? ¿Podría con aquello? ¿Era lo bastante dura para aguantarlo?

Había tantos interrogantes sin respuesta...

Pero sabía que aguantaría. Por la simple razón de que tenía que hacerlo. Porque ¿qué alternativa había?

«Seguramente debería intentar dormir», se dijo. «Va a ser un día muy largo».

Cerró los ojos un momento y trató de olvidarse de los desconocidos que la rodeaban. La vida se había vuelto muy complicada en las últimas semanas. Había muchas cosas en qué pensar, muchas cosas a las que prestar atención. Pero, en el fondo de su corazón, en sus entrañas, intuía que todo iba a salir bien. Podía conseguirlo. Lo conseguiría.

Siempre y cuando se acordara de las reglas.

De las nuevas reglas.

85

Y, al igual que antes, las reglas eran bastante sencillas.

No hablar nunca de aquella noche en casa de Lovelock. Porque según todo el mundo, menos él, nada de aquello había ocurrido.

No mencionar jamás el cóctel de fármacos que ella le había puesto en el *whisky* cuando Lovelock fue a abrir la puerta, a los pocos minutos de su llegada.

No referirse en ningún caso al «mensajero» que le había distraído durante esos segundos críticos: un joven ruso llamado Mijail con especial talento para la piratería informática.

No hablar nunca de lo que Mijail había añadido al disco duro del ordenador de Lovelock esa noche.

La señora de cabello cano sentada al otro lado del pasillo estaba enfrascada en un ejemplar del *Daily Mail*. La cara de la fotografía de portada era muy conocida. La habían hecho cuando Lovelock salía de la Facultad de Artes esposado. Parecía perplejo, con la boca abierta y una expresión entre furiosa y alarmada, como si se hubiera quedado estupefacto al ver a los fotógrafos armados con teleobjetivos.

La fotografía iba acompañada de un titular en grandes letras negras: *LA BBC DESPIDE AL PROFESOR IMPUTADO POR PEDERASTIA.*

Sarah ladeó la cabeza para leer los primeros párrafos del artículo.

La BBC ha rescindido el contrato del profesor universitario y presentador televisivo Alan Lovelock tras hacerse público que estaba siendo investigado en el marco de una amplia operación policial contra la pornografía infantil.

El profesor Lovelock, de 56 años, presentaba la serie de la BBC2 Historia desconocida *y formaba parte de la junta directiva de varias organizaciones benéficas dedicadas a la protección de la infancia. La BBC ha confirmado que retirará de su programación los capítulos restantes de la actual temporada y que ha suspendido indefinidamente la grabación de una nueva entrega de la serie documental.*

Un portavoz de la universidad ha confirmado asimismo que Lovelock ha sido suspendido de su empleo con efectos inmediatos, a la espera del resultado del procedimiento judicial.

La noticia estaba por todas partes y los perros de presa de los tabloides aullaban barruntando sangre. Lovelock era un compendio de todo aquello que detestaban: un profesor universitario encumbrado en su torre de marfil, un niño mimado de la BBC y un millonario de tendencias socialistas. Olfateaban sangre y no se darían por satisfechos hasta que su reputación quedara arruinada sin remedio. Sarah advirtió con un asomo de ironía que el firmante del artículo era Ollie Bailey, el periodista que le había dado la idea gracias a una pregunta hecha al azar mientras conversaban en un aparcamiento: «¿Es cierto que le han detenido como parte de la Operación Tejo?». La operación policial que había destapado una red de pederastas y depredadores sexuales de perfil alto, a partir de la detención de Jimmy Savile.

La señora de cabello cano la sorprendió mirando el periódico. Chasqueó la lengua y meneó la cabeza.

—Qué asco, ¿verdad? Claro que a mí siempre me había parecido que ese individuo no era trigo limpio. ¿A usted no?

Sarah se encogió de hombros.

—La verdad es que nunca he visto su programa.

—Cuando el río suena, agua lleva, se lo digo yo. —Pasó la hoja del periódico y echó un vistazo al artículo a doble página con fotografías de policías sacando cajas llenas de efectos personales de la casa de Lovelock y de su despacho de la facultad. Tocó la página con su delicado dedo índice—. Mire. Seguro que entre tantas cosas algo encuentran, ¿no le parece?

«Ya han encontrado muchas», pensó Sarah.

Había aderezado la bebida de Lovelock con una mezcla especialmente potente de GHB y Rohypnol que le había proporcionado Volkov junto con el equipo de vigilancia y que en cuestión de media hora había dejado inconsciente a Lovelock, alterando, de paso, su memoria a corto plazo. Combinado con alcohol, el cóctel de fármacos borraba el recuerdo de lo ocurrido durante las horas inmediatamente anteriores a su ingesta. Y en un plazo de doce horas desaparecía del organismo de la víctima sin dejar rastro. Había que calcular la dosis con sumo cuidado, teniendo en cuenta datos precisos de altura y peso, cálculos que habían sido posibles gracias a las medidas del traje de gala hecho a mano que Lovelock usaba para las ceremonias en la universidad. Traje que su secretaria, Jocelyn Steer, mantenía en perfecto estado de revista.

Después de que Lovelock quedara inconsciente, Sarah había abierto el paquete del «mensajero», había sacado de él un teléfono de prepago para llamar a Mijail y advertirle de que ya podía volver y le había abierto la puerta. El paquete contenía asimismo el viejo mono de Nick y dos pares de guantes de goma. Mientras ella se cambiaba y comenzaba a borrar todo rastro físico de su paso por la casa, el joven *hacker* se puso manos a la obra. Porque, aunque Laura y su padre creían que el plan consistía únicamente en grabar a Lovelock —de ahí la tapadera del equipo de grabación—, la presencia de Sarah en la casa tenía otro propósito de mucho más calado. Había que ocultarles el verdadero motivo de su visita. Y sus esfuerzos por grabar a Lovelock tenían que ser lo suficientemente convincentes como para que él no se diera cuenta de que era todo un señuelo.

Porque, cuando Lovelock encendió su ordenador personal al día siguiente, un virus autorreplicante corrompió todos los archivos, incluido su nuevo libro, y causó una avería en la máquina. El lunes, los técnicos de PC World que intentaban arreglar la avería hicieron un descubrimiento siniestro: más de nueve mil imágenes de pornografía infantil almacenadas en el disco duro del ordenador. Una llamada a la policía desencadenó sendos registros simultáneos en su casa y en su despacho, donde se descubrieron miles de imágenes más, en el ordenador del trabajo y en un disco duro externo oculto en su despacho de casa, con fechas que se remontaban a quince años atrás. Otro disco duro externo que Jocelyn había escondido bajo la mesa del despacho de Lovelock en la facultad contenía también gran cantidad de fotografías. La actividad de su correo electrónico vinculó al profesor con una notoria red de pedofilia e indujo a creer a los investigadores de la policía que un desacuerdo reciente en torno a un pago había conducido a su secuestro dos semanas antes.

Sarah sabía que cabía la posibilidad de que Lovelock recordara algo de lo que había sucedido entre ellos y de que tuviera sospechas. Pero no había pruebas materiales de que hubiera estado en su casa, y ella tenía una coartada a toda prueba. Las cámaras del campus la habían grabado entrando en el edificio de la facultad, y su teléfono móvil había estado conectado a la red wifi de la universidad. Había mandado un mensaje de texto desde el despacho a su padre. Había encendido su ordenador del trabajo a las 19:34 de esa tarde y se había quedado allí casi una hora. Las cámaras habían vuelto a grabarla en el trayecto de vuelta a casa, cuando se paró en el cajero automático.

Sarah había hecho todas esas cosas el sábado por la tarde: su huella digital así lo demostraba.

O, al menos, las había hecho alguien que se parecía mucho a ella: otra mujer morena y delgada de poco más de treinta años. Con su misma altura y color de pelo, su ropa, su bolso, su gorro y sus gafas de sol. Y que conducía su coche. Una mujer que, como Sarah, encajaba a la perfección en el tipo que tanto le gustaba a Lovelock.

Alguien como Gillian Arnold.

Mijail incluso se había ocupado de la grabación de la cámara de seguridad de la puerta de Lovelock. Había borrado la secuencia que mostraba la llegada de Sarah a la casa —y la suya propia vestido de mensajero, diez minutos después— y la había sustituido por una hora de grabación anodina perteneciente a la noche anterior. Nada indicaba, por tanto, que Lovelock hubiera recibido visitas el sábado por la noche.

Sarah se acomodó en su asiento de clase *business* y tiró ligeramente del cinturón para asegurarse de que estaba bien ajustado. El vuelo a Boston duraba siete horas y tenía previsto pasar cuatro días muy ajetreados en la ciudad para asegurarse de que conseguía la beca de la fundación Atholl Sanders. Sería un golpe maestro para la universidad, para el departamento y para ella, si podía conseguirlo. De momento, todo iba sobre ruedas. El decano de la facultad se había apresurado a aclarar a la Fundación Atholl Sanders que la doctora Sarah Haywood —que a fin de cuentas había sido su contacto inicial— se haría cargo de todo el trabajo y de las investigaciones. Y que Alan Lovelock solo había intervenido para supervisar la primera parte del proceso y no participaría de allí en adelante en ninguna actividad relacionada con la fundación. El departamento lo formaban muchas personas, insistían los responsables de la universidad. No dependía de un solo individuo. Era mucho más grande.

Con un gemido cada vez más agudo, los motores del avión alcanzaron su máxima potencia y Sarah se reclinó en su asiento, lista para experimentar el empuje de la aceleración que daría comienzo a su viaje. Pensó en su padre, en una charla mantenida en un momento de crisis. Una charla que condujo a una decisión. Una decisión que, a su vez, desembocó en un plan… y en un montaje orquestado con todo cuidado.

«En realidad, solo hay tres opciones en la vida, Sarah: puedes cortar amarras y huir, empezar de cero en otra parte; puedes confiar en las instituciones y en el procedimiento oficial, o puedes plantarte y luchar».

Ella había elegido esto último. Aunque significara revolcarse en el fango con su oponente y jugar sucio. Porque era lo que merecía Lovelock. Y a veces —solo a veces— quizá fuera cierto que, para resolver un problema irresoluble, hacía falta una solución impensable.

El avión empezó a rodar por la pista, lentamente al principio, luego más deprisa, hasta que las líneas discontinuas del asfalto se confundieron formando una sola línea blanca. Se elevó el morro del Boeing, luego el tren de aterrizaje y por fin despegaron de Heathrow rumbo a Boston.

Sarah contempló las carreteras y las casas, que iban haciéndose cada vez más pequeñas allá abajo, mientras el enorme aparato viraba hacia el sol poniente, camino del Atlántico.

Cerró los ojos y sonrió.

AGRADECIMIENTOS

Eso que dicen sobre lo difícil que es sacar el segundo álbum es cierto. Por suerte, yo he contado con un montón de ayuda para sacar a la luz *29 segundos*.

En primer lugar y, ante todo, gracias a ti por escoger este libro. Te lo agradezco. Y gracias a todos los que se han tomado la molestia de hacer una reseña, hablarle de mi libro a un amigo o comentarlo en su club de lectura.

Gracias a mi agente, Camilla Wray, de Darley Anderson, que siempre me brinda la mezcla perfecta de aliento, consejo y experiencia. Gracias también al maravilloso equipo de derechos de autor de DA por llevar mis historias a nuevos lectores de otros países del mundo. Mary, Sheila, Emma y Kristina, sois fabulosas.

Un gracias enorme a Sophie Orme, mi editora en Bonnier Zaffre, y al estupendo equipo de la editorial, y especialmente a Bec Farrell, Katherine Armstrong, Kate Parkin, Emily Burns y Felice Howden. Gracias también a Joel Richardson por abrirme la puerta en un principio.

Quiero expresar de nuevo mi agradecimiento al superintendente jefe Rob Griffin, de la policía de Nottinghamshire, por asesorarme en cuestión de pruebas y procedimiento; y a la doctora Gill Sare por su ayuda en cuestiones médicas. Gracias también a Charlotte, que me propuso a Christopher Marlowe como especialidad académica ideal para esta novela.

Estoy en deuda con el equipo de investigación de *The Guardian*, que tanto ha trabajado por denunciar públicamente algunas de las cuestiones que aparecen en *29 segundos*. Y también con Laura Bates y su impactante libro *Sexismo cotidiano*, una lectura a veces amarga pero muy esclarecedora.

Gracias mil a mis estupendos excompañeros de trabajo, por sus ánimos y sus comentarios elogiosos. En orden alfabético: Anne (¡esas chapitas!), Charlotte, Debs, Emma H.-B., Emma L., Emma R. y Emma T., Esther, Katy, Leigh, Lindsay, Lisa, Liz C., Liz G., Paul, Paula, Rob, Ryan, Tara y Tom. Os echo de menos. Sobre todo, a la hora del té.

A Tean Twenty7 (vosotros ya sabéis quiénes sois): ha sido un gusto conoceros a todos, un placer inesperado desde que empecé a publicar. Gracias por vuestro apoyo, vuestra solidaridad y vuestros sensatos consejos. Y a los Doomsday Writers por las mismas razones.

Gracias a John, Sue, Jenny y Bernard por su ayuda y su aliento inapreciables. Y también a mis hermanos mayores, Ralph y Ollie, que han apoyado con entusiasmo mi empeño de escribir.

Gracias de todo corazón a mi maravillosa esposa, Sally, por guiarme en la dirección adecuada en la primera fase de esta novela, por ser una de mis primeras y más diligentes lectoras y por decirme siempre qué partes quitaría. A mis fantásticos hijos, de los que me enorgullezco cada día y que consiguen que mantenga los pies bien plantados en el suelo como solo pueden hacerlo los adolescentes: a Sophie, que describió sucintamente pero con exactitud lo que yo hacía como «sentarme en el cuarto de invitados a inventar movidas», y a Tom, que sigue preguntándome cuándo voy a volver a tener un trabajo de verdad.

Por último, gracias a mi madre y a mi padre por su cariño y su apoyo de tantos años. No creo que sea una coincidencia que los protagonistas de mis dos primeras novelas se dediquen a la enseñanza. Gracias a los dos por todo.

Un mensaje de TM Logan

Si te ha gustado *29 segundos*, ¿por qué no te unes al club de lectura de TM Logan entrando en www.bit.ly/TMLogan?

En primer lugar, quiero darte las gracias por haber escogido *29 segundos*. Aunque esta es mi segunda novela, sigue pareciéndome un poco irreal dedicarme a escribir a tiempo completo y haber recibido críticas tan elogiosas de mi primer libro, *Lies*. Me considero sumamente afortunado por dedicarme a crear historias que la gente hace suyas y te agradezco mucho que hayas dedicado parte de tu tiempo a leer mi nueva novela.

Siempre me ha fascinado el límite entre el bien y el mal, los tonos de gris de esa zona intermedia, la tensión entre lo que es justo y lo correcto. ¿Cómo se difumina esa frontera cuando te encuentras en una situación sin salida, cuando fallan las leyes y las normas sociales ideadas para protegernos? ¿Qué grado de presión haría falta para impulsarte a tomar una decisión que en circunstancias normales jamás habrías considerado? ¿Y qué ocurre después?

Estas cuestiones me inspiraron *29 segundos*, una historia de ficción que gira en torno a un solo interrogante y una sola decisión.

Empecé a escribir la novela en el otoño de 2016, un año antes de que el *New York Times* publicara su reportaje sobre el abuso sexual en Hollywood. Los ecos que ha despertado esa brillante pieza periodística han puesto de manifiesto el daño que puede causar un individuo poderoso que actúa con impunidad y tiene un control absoluto sobre las carreras profesionales de quienes le rodean: un hombre como el profesor Alan Lovelock. El reportaje del *New York Times* nos recuerda la posibilidad de que se den situaciones como esa no solo en la industria del cine, sino en cualquier otra parte: allí donde haya un gran desequilibrio de poder y un interés personal en mantener el *statu quo*.

Mi siguiente *thriller* psicológico se titula *The Holiday*. Está ambientado en el sur de Francia, donde tres familias pasan juntas las vacaciones. Las tres esposas son amigas de toda la vida, pero una de ellas —Katy— guarda un secreto: su marido tiene una relación extramatrimonial. Y este viaje es la oportunidad perfecta para que Katy le pille con las manos en la masa, porque todo indica que «la otra» es una de sus dos mejores amigas. Katy, sin embargo, se da cuenta demasiado tarde de que las cosas han llegado a un punto mucho más grave del que imaginaba y de que alguien está dispuesto a matar para mantener a salvo su secreto.

Si te apetece saber más sobre mis próximos libros, puedes visitar www.bit.ly/TMLogan y unirte a mi club de lectura. Solo tardarás unos segundos en inscribirte, sin ningún coste ni inconveniente, y los nuevos miembros reciben automáticamente contenido exclusivo, incluyendo una escena eliminada del borrador original de mi primera novela, *Lies*. Considéralo la versión literaria de los extras de un DVD, con comentarios del autor. Tus datos se mantendrán en secreto y nunca serán cedidos a terceros. No bombardearé tu bandeja de entrada con correo basura, pero sí te enviaré un mensaje de vez en cuando para mantenerte al corriente de mis publicaciones, y puedes cancelar la suscripción cuando quieras.

Y si te apetece comentar por extenso mis libros, te animo a reseñar *29 segundos* en Amazon, en GoodReads, en cualquier otra tienda *online*, en tu propio blog y tus redes sociales, o a hablar de la novela con tus amigos, familiares o grupos de lectura. Compartir tus opiniones ayuda a otros lectores, y yo siempre disfruto oyendo lo que piensa la gente de mis novelas.

Gracias otra vez por tu interés en *29 segundos*. Confío en que te apetezca leer *The Holiday* y lo que venga después.

Con mis mejores deseos,

Tim